徳間文庫

別れ、のち晴れ

赤川次郎

徳間書店

目次

1　電話と電話

　電話が鳴り出すと、宏枝《ひろえ》は間髪を入れずにパッと受話器を取った。

　電話が、自分の鳴りっぷりをもっと聞いてほしくて、文句を言うかもしれないと思えるほどの素早さだった。

「はい、細川《ほそかわ》です。――え？――違いますよ！　うちはソバ屋じゃありません！」

　宏枝は頭に来て、叩《たた》きつけるように受話器を置いた。

「全くもう！　どうせ間違えるのなら、せめて天ぷらそばか鍋焼《なべや》きうどんでも頼みなさいよ。〈もり〉に〈かけ〉に〈たぬき〉なんて」

　つい、妙なグチもこぼしたくなるというものだ。さっきから電話を待っている、っていうのに……。

「早くしないと、お父さんが帰って来ちゃうじゃないの！　あのグズ！」

　まあ、十六歳の乙女といっても、そうおしとやかな口などきかないのが、普通というものだ……。殊《こと》に家に一人でいて、学校の先生にも誰にも聞かれる心配がないのだから、何を言ったっていいわけである。

それでも、宏枝が鏡の前に立っていたら、もう少し、ていねいな言葉をつかっただろう。宏枝はなかなか可愛《かわい》いし、当人もそれをよく知っていて、鏡の前では、つい、カメラの前に立ったスターみたいに、澄ましてしまうからだ。

しかし、残念ながら、今は父と二人で住んでいるマンションの居間で、電話を穴のあくほどにらみつけていたのである。

「何してんのよ、もう……。しめ殺すぞ！」

脅しが効いたのか、電話が鳴り出す。宏枝は大きく一つ息をついてから取り上げた。

「もしもし」

「お姉ちゃん、ごめん！」

と、朋哉《ともや》の声が飛び出して来る。「クラブで遅くなっちゃってさあ。これでも走って来たんだよ」

確かに息は切らしている。

「言いわけは無用。お母さんは？」

「まだ帰ってないよ」

「そう。分かってるわね、今度の九日」

「うん。父さん、どんな具合？」

「ま、辛《かろ》うじて生きてるわ。お母さん、仕事の方、どうなの？」

「ここんとこ、ほとんど口きかない。苛《いら》立《だ》ってるよ、相当」

宏枝が、ちょっと眉《まゆ》をくもらせた。

「何かあったのかしら？」

「今朝なんか、右と左、違う靴《くつ》はいて出て、戻って来た」

「そりゃ相当なもんだ」

玄関のチャイムが鳴る。「――あ、お父さんだ。じゃ、日曜日に、いつものとこね」

「分かったよ」

「ね、朋哉」

「何だい？」

「もう息が切れてないじゃないの」

宏枝はそう言って、ハハ、と笑った。

弟の朋哉との電話を切ると、宏枝は玄関へ走って行った。

最近は少し高級なマンションとなると、インターロックといって、中でボタンを押して下のエレベーターホールへ入る鍵《かぎ》を開けるようになっているが、細川宏枝の住むこの中古マンション（宏枝は大古《おおぶる》だと言っていた）には、そんな洒落《しゃれ》たものはない。

インターホンなんかに出るより、玄関へ行って、

「はあい！」

と怒鳴った方が早いのである。

「お父さん？」

と、手がチェーンを外そうとして――止まった。

と、返事がなかったからだ。父親なら、いつも「俺《おれ》だよ」と、答えるはずである。

危ない、危ない……。うっかり鍵をあけちゃって、見知らぬ男がセールスにでもやって来たのだったら……。

何しろ物騒だしね、ここんとこ。女の子一人、留守番しているところへ居直り強盗、乱暴されたあげくに絞め殺された、なんて話はざらにある。特に美女は用心しなきゃいけないのだ。

サンダルをひっかけ、ドアの覗《のぞ》き穴で表を見ると――何だ、やっぱりお父さんじゃないの。

ブワッと鼻の大きな顔が目の前に――あ、いや、もちろんこれは、凸《とつ》レンズを通して見た顔なので、本物はもっとまともなんである。

「――お帰り」

と、ドアを開けると、父親の細川康夫《やすお》は何だかボーッとして突っ立っている。

宏枝は首をかしげて、

「入らないの？」

と、訊《き》いた。

「あ、そうか。——ただいま」

と、細川は我に返った様子で、言った。

様子が変ね。宏枝がそう思ったのも無理はない。誰が見たって変だと思うくらい、細川の様子は変だったのだ。

「——今日はねえ、浜田《はまだ》さん、急用だって帰っちゃったのよ」

と、宏枝は、父の後をついて歩きながら言った。

浜田さんというのは、通って来てくれているお手伝いさんである。

「うん」

「だから、夕ご飯、できてないの」

「うん」

「何か出前取ろうか。それとも、その辺のレストランに食べに行く？　面倒なら、〈ほか弁〉でも買って来るけど」

「うん」

——まるで頭に入っていないのである。

やれやれ、と宏枝はため息をついて、父が床に落としたネクタイを拾い上げた。肝心の日が近いっていうのに、どうしちゃったのよ、一体？

居間へ入った細川は、ワイシャツの一番上のボタンを外して、上衣《うわぎ》も脱がずに、ソファにドサッと座り込んでしまった。

「どうしたのよ、お父さん」

と、宏枝は、後ろへ回って、父の肩にポンと両手をのせる。「私がお腹空《なかす》いて倒れる前に、返事してよね」

「返事？——何の返事だ？」

「やあねえ。夕ご飯のこと」

「ああ、そうか」

細川は、やっと理解した様子で、「俺はどうでもいい。お前の好きなようにしよう」

やっといつもの父親に少し戻って来た。

「じゃ、盛装して、ホテルで食事」

「ホテルで夕食か。——それもいいか」

宏枝は面食らって、

「本当？　いいの？」

「ああ。仕度、すぐできるのか？」

「五分！」

「じゃ、俺もそのネクタイをまたしめるかな」

「やった！　もっと派手なのにしなよ。選んであげる！」

宏枝はピョンピョンとスキップしながら、父の寝室へと飛んで行った。

――細川は、そんな娘の後ろ姿を見送って微笑《ほほえ》んだ。

いつもにぎやかな奴《やつ》だ、全く……。もちろん、元気でにぎやかで当然の年齢なのだし、少々うるさくて生意気でも、その活気が、細川にとってはいい刺激である。

こっちが少々落ち込んでいても、宏枝を見ていると、つい笑ってしまう。まあ、今日の場合は「落ち込み方」がひどくて、宏枝でも完全には救えないのだが、それでもずいぶん気持ちが軽くなり、人を恨んでやりたい、という気持ちは、少なくとも消えていた。

本当に、そうでもなかったら、細川は、すれ違った他人にでも、いきなり殴りかかりかねなかったのだ。

「お父さん！――これに、着替えて」

と、宏枝が戻って来る。

「俺はネクタイだけでいいよ」

「だって、せっかくのデートなのに」

「デート？　お前と、か？」

「あら、悪かったわね。何でしたら、私、遠慮いたしますわよ。可愛い恋人とでも出かけたら？」

細川は笑って、宏枝の持って来たネクタイだけを受け取ると、

「そんなものがいたら、こう毎晩早く帰っちゃ来ないさ」

と、もっともなことを言った。

宏枝の返事は正に、簡潔そのものだった。「何が食べたい？」

「何でも！」

そして、きっかり五分後には、ピンクのワンピースを着て、現れたのである。細川は、一見ドキッとしたものだ……。

姉の宏枝が、父と二人でホテルに食事に行ったと知ったら、朋哉は頭に来たに違いない。

なぜなら——。

「何でも、好きなもの、食べていいわよ」

と、宮内《みやうち》加津子《かつこ》はメニューを広げながら言った。

「うん」

知らぬが仏で、朋哉は大いに張り切ってメニューを隅《すみ》から隅まで見回している。

——細川と宏枝が、ちょうど同じころ眺《なが》めているメニューは、たぶん三倍か四倍の値

がついているはずである。

　このチェーンレストランでは、一番高いステーキだって、千八百円也《なり》。スープ、ライス、サラダにコーヒーまでついて、二千二百円の〈お徳用コース〉もあった。

「じゃ、このコース」

と、朋哉は〈お徳用コース〉を指して、言った。

「じゃ、お母さんもそれにするわ」

と、宮内加津子は言った。「あ、朋哉はコーヒー、やめといた方がいいわよ。この子にはオレンジジュースを」

　朋哉は少々不満だったが、まあ小学校六年生の身で、コーヒーをガブガブ飲むのもどうかとは思っていたので、結局、黙ってメニューをウエイトレスに返したのだった。

「今日、運動会の練習でさあ、六年生の半分くらい、残されて、怒られたんだよ。受験する奴なんて、みんな真面目《まじめ》にやんないんだもん」

と、朋哉は言って、メガネをかけ直した。「僕、もちろん怒られなかったけどね」

　加津子は、車が行き交う表の通りをぼんやりと眺めていたが、

「――え？　何て言ったの？」

　ハッとして、息子の顔を見た。「ごめんね、ちょっと仕事のこと、考えてたもんだから」

「いいけどさ、別に」

「良くないわ、もう一度話してよ。ね？」

と、加津子が身をのり出す。

「お母さん、疲れてんじゃない？」

と、朋哉は言った。

「そう？　そんなことないわよ」

と、加津子は少し大げさに抑揚をつけながら言った。

「でも、目の下にくまができてる」

「そうだった？——ちょっと忙しくて、寝不足なの。大丈夫よ。日曜日にまとめて寝るから」

「そんならいいけど」

朋哉は、早々とやってきたスープを、スプーンでかき回して冷ましながら（猫舌《ねこじた》なのである）、「今日、お姉ちゃんが電話してきたよ」

と言った。

加津子が、懐《なつか》しさと、嬉《うれ》しさと寂しさの入り混じった表情になった。

「宏枝、元気そうだった？」

と、加津子は、ゆっくりとスープを飲み始めながら、訊いた。

「お姉ちゃんは元気さ、いつでも」

「そんなこと言って」

「お母さんのこと、心配してたよ。無理するな、って言っといて、ってさ」

「お母さんは丈夫なのよ、これでも」

加津子は、確かに、見たところ、あまり頑健《がんけん》には見えない。小柄《こがら》だし、色白のせいもあって、ややきゃしゃに見えるし、四十一歳という年齢より、いつも若く見られる。

「宏枝、何か用事で電話して来たの？」

「そうじゃないみたい。お父さん遅くて、暇だったんだろ」

朋哉は、恐る恐るスープをすすって、目を白黒させた。

「あの子も、十六だものね。――お母さんより背が高くなったわね、きっと」

と、加津子は言って、また表通りの車の流れに目をやった。

目が潤《うる》むかもしれない時には、何も見なくていい方を向くことだ。そうすれば、見えなくなっても構わないから……。

――細川康夫と加津子が離婚して、四年たつ。宏枝は夫の方に、朋哉は妻の方に、それぞれ引き取られて、朋哉は宮内と姓も変わった。

まだ八歳だった朋哉には、どうして自分が父親やお姉ちゃんと離れて暮らさなくてはいけないのか、分からなかっただろう。宏枝の方は十二歳で、ちょうど今の朋哉と同じ、小学校の六年生。

女の子なので、少しませて、しっかりもしていたし、それなりに、「リコン」なるものの意味するところを分かっていた。

加津子が朋哉一人でも引き取れたのは、もともと出版プロダクションに勤めて、夫とそう大差ない収入があったからで、やはり小さい朋哉の方が、母親を必要とするだろう、という点で、細川と加津子は合意したのだった……。

それから、四年。加津子は、忙しく仕事に駆け回りながら、決して母親業も手を抜いてはいなかった。

来年は中学へ進む朋哉に、どこかいい私立を受験させようと、担任の先生を何度か訪ねたりもしたのである。

幸い（どっちに似たのか）、朋哉も成績が良く、先生に気に入られていて、ぜひ受験するように、とすすめられた。加津子は、仕事の途中、家へ飛んで帰って、塾《じゅく》へ通う朋哉にできるだけお弁当を持たせるようにしていた。

ただ、十月十日には運動会があり、その準備で、この一週間は塾もお休みである。

平日に、母と子で夕食を一緒にとるのは、久しぶりのことだった。つい、加津子がセンチメンタルになっても、おかしくはない。

宮内加津子と朋哉がスープを飲んでいるころ、細川康夫と宏枝の二人は、オードヴ

ルを食べ終え、ナプキンで口を軽く叩いて、

「おいしかった！」

「うん。悪くなかったな」

と、細川は肯《うなず》いた。「しかし、お前も……」

「何よ？」

「いや、こういうレストランで食事をするのが、さまになってるな、と思ってさ。大きくなったもんだ」

「どうしたの、お父さん？　回想録を出版するには、少し早いんじゃない？」

細川は、ちょっと笑って、

「口も達者になったな」

と言ってから、「ちょっと電話をかけて来る」

「スープ来たら、冷めるよ。待ってようか」

「すぐ戻る。置いといて構わんよ」

細川は、ウエイターに、「電話はどこかな？」

と、訊いた。

「お電話でしたら、お席へお持ちいたしますが」

「席へ？」

「はい。ワイヤレスでございますので、お席でおかけいただけます」

「いや、いいんだ。普通の公衆電話で」

と、細川は少しあわてて言った。

「でしたら、出られてすぐ右手の奥まった所に」

「分かった。ありがとう」

――父親が急ぎ足で歩いて行くのを、宏枝は見送っていたが、ちょっと首をかしげて、

「あやしいな」

と呟《つぶや》いた。

どうやら、宏枝には聞かれたくないらしい。もしかすると、落ち込んでいる理由と、関係があるのかもしれない。

いくら子供とはいえ、宏枝は毎日父の様子を見ているのだ。それに細川は、嬉しがったり、がっかりしたりが、すぐ顔に出る性質《たち》である。

何かあったのに違いない。――宏枝はそうにらんでいた。

まずいね。もうすぐ〈離婚記念日〉なのに……。

「あの、すみません」

と、宏枝はウエイターに声をかけた。「電話、かけたいんですけど」

「すぐにお持ちいたします」

「料金、払うんですか？」

「都内でしたら、結構でございます」

「都内です！」

と言って、宏枝はニッコリ笑った。

ウエイターも、一緒に微笑んでいる。

テーブルについたまま電話か。なかなか面白いじゃないの。誰にかけてやろうかな。

宏枝は、ただ、面白がって、かけてみたかっただけなのである。

細川は、テレホンカードを、公衆電話の中へ滑り込ませた。残りの度数が〈4〉と出た。

もう大して残ってないのか、と細川は思った。──まるで俺《おれ》みたいだな。使い切ったテレホンカード。後は捨てられるだけ、か……。

「──もしもし」

と、向こうが出た。

「細川だよ」

「そうじゃないかと思った」

「悪いな。食事じゃなかったのか」

「いや、家は夕飯は遅いんだ」

「そうか」

細川は、少し間を置いて、「——どうだ、様子は？」

と、訊いた。

「うん、変わらないよ」

「すると……」

「まあ、はっきり言って、諦《あきら》めた方がいいと思うぜ」

「そうだな」

「まあ、またチャンスもあるさ」

「二十年もしたら、か」

と、細川は冗談に聞こえるように言ったつもりだったが、グチにしかならなかったかもしれない。

電話を切ると、戻ってきたカードを、ポケットへ入れる。

すぐには席へ戻りたくなかった。何しろ、宏枝は親の顔色を読むことにかけては、天才的なのである。

——細川は四十三歳。会社の同期入社の中でも、ただ一人、係長にもなっていなかった。

もちろん、細川は「出世一筋」のエリートではない。多少、出世は遅れても、娘のことにできるだけ時間を使いたいと思っている。

しかし、今度ばかりは……。

課長の停年退職に伴って、係長の異動があった。係長のポストが、転職した者もいたので、二つ、空いたのである。

一つは、今年四十八歳になるベテランが、予定通りに就く。もう一つが、細川に回って来るはずだった。それが……。

細川も、自分の失敗や、能力の不足で、平社員《ひら》のままでいるのなら、諦める。ところが、今回はそうではなかった。

今、社内で、社長の次の地位にいて、次の社長のポストを確実視されている、大崎《おおさき》という専務の息子が、他の課から突然移って来て、その係長のポストに就きそうなのだ。

その息子は、何と三十歳！

細川より一回り以上も年下と来ている。

それが今日、社内を駆けめぐった噂《うわさ》で、細川は事情に詳しい同僚に確かめたのだが、その結果は……。

細川としては、落胆するな、と言われても無理な話である。しかし——宏枝が待ってる。

細川は何とか笑顔を作ってみたのだった。

2　鏡のように

「どう？　おいしい？」

と、加津子は、ほとんど皿を空《から》にしてしまっている朋哉に言った。

「うん。──お母さん、何で食べないの？」

「食べてるわよ」

「残ってるよ」

そう。加津子の皿のステーキは、やっと三分の一ほどなくなっているだけだった。

「もっと食べる？　半分あげようか」

朋哉は少し迷って、

「じゃ、その三分の一。──お母さん、食べなきゃ、ちゃんと」

「いいのよ。お母さんは間食してるから」

「体に悪いよ」

朋哉は頭もいい代わりに、理屈っぽい。加津子はしばしば朋哉にやりこめられることがあった。

加津子はそれでも、何とか残りの肉を食べ終えて、チラッと腕時計を見ると、

「お母さん、ちょっと電話かけて来るわね」

と言って、席を立った。

レジのカウンターに、公衆電話がある。

外を歩き回ることが多いので、テレホンカードは何枚も用意していた。

「――もしもし。あの、宮内です」

「あ、加津子さん」

と、若い女性の声。

「どう？　何か連絡、なかった？」

「今のところ、何も」

「そう……」

加津子は、ため息をついた。

「あの――元気出して。きっと何とかなるわよ」

「そうね」

加津子は無理に微笑《ほほえ》んだ。もちろん、電話の相手には見えないはずだが。

「ねえ、社長には黙っててね。お願い。あなたには迷惑かけないから」

「分かってるわ。信用してよ」

「ごめんなさい」

と、加津子は言った。「信じてるわよ。それじゃ、またかけてみるわ」

「うん。何か連絡あったら、電話する」

「お願いね。今、子供と外で食事してるの。でも、三十分もしたら帰ってるから」

加津子は受話器を置いた。――カードが戻って、ピーッと音を立てる。

まるで、私の心が悲鳴を上げてるみたいだわ、と加津子は思った。

それにしても……。何てことをしたんだろう！

ここ何日か、寝不足だったのは確かである。でも、それだけとは思えない。疲労とか、緊張とか、もっとひどい状況はいくらでもある。それでも、こんなことは、今までなかった。一度も。

もちろん、あってはならないことなのである。――加津子は、受け取った原稿を失《な》くしてしまったのだった。

原稿だけは死んでも離すな。

これは、加津子がこの仕事に入って、まず第一に言われたことだった。そして当然、加津子が今、若い子たちに、口を酸っぱくして言っていることでもある。

もちろん、昔に比べると、編集者が原稿をもらって社へ帰る途中で、失くしてしまうという事故は、少なくなった。ファックスで原稿を送る人も多い。

これなら、途中で失くなるという心配もないわけだし、たとえ何か事故があっても、オリジナルが作家の手もとに残っているから、救われる。

ただ——そうなった今、逆に、編集者の方が安心してしまっているのも事実である。

それにしても……。

加津子は、できるだけ、いつもの元気そうな様子を装いながら、席に戻って行った。

何といっても、朋哉はあれでなかなか、鋭いところがある。ちょっと加津子が疲れていて頭痛でもしていると、

「ご飯、何か出前取ろうよ」

とか言い出したりするのだ。

ありがたいような、怖いような、である。

「ごめんね、忙しくて」

と、加津子は席に戻って言った。「さ、デザートは何にしようか」

「もういいの？」

と、朋哉が訊《き》いた。

「何が？」

「問題、片付いたの？」

「問題って？」

「何かあったんでしょ、会社で」

全くもう！　加津子は、否定もできず、

「いいのよ、あんたはそんなこと、気にしなくて」

と、言ってやった。「これは大人の問題なんだから」

大人の……。でも「問題」であることには変わりがない。

よりによって、今日原稿を取りに行った相手は、文壇でも大御所と言われる「巨匠」の一人であった。

夕方まではかかる、と前の日に聞いていたので、ではそれまで眠ればいいや、と、加津子は深夜三時近くまで打ち合わせをしていた。

それから朝、家へ帰って、朋哉を学校へ出し、洗濯《せんたく》をして、さて少し寝ようか、と思っているところへ、会社から電話――。

「あの先生から、原稿ができたから、すぐ取りに来てくれって」

とんでもない、と言いたかったが、ともかく、「すぐ」と言われたら、そうしなくては大変だ。

加津子は全く眠らずに、また出かけるはめになってしまった。――ま、途中の電車で寝て行けばいい、と自分に言い聞かせながら……。

加津子の計算違いは、その先生宅へ行く電車が、通勤時間で、混《こ》んでいたことだった。

却《かえ》って超満員なら、五分、十分、立ったままウトウトするという「離れ技」も可能だが、それほどでもなく、かつ、席もない。一番疲れる状態だった。

そしてその作家の家は、高台にあるので、駅から、二十分近くも坂道を上って行かなくてはならないのだ……。

先方へ着いた時、加津子はしばらくインターホンのボタンも押せないくらい、ヘトヘトになっていた。まともに話ができないほど、息を切らしていたのである。

それでも、何とか原稿を受け取って、すぐに駅へ戻る。上がってお茶を一杯、というのも、向こうが言ってくれなければ、注文するわけにはいかない。

加津子は、駅前の喫茶店で少し休んで行こうかと思った。——もし、ここで休んでいたら、事情も変わったかもしれないのだ。

そこは加津子の、プロの意地みたいなものもあったし、性格的に、どうせ休むのなら、完全に済ませてからにしたい、という気持ちもあって、再び電車に乗り込んだ。

やはり車内は結構混雑していたのだが、たまたま立った前の席の客が、次の駅で降りて、加津子は座ることができた。

これで三十分は座って行ける！　加津子は座って、息をついた。

と――そこまでは、憶《おぼ》えている。

気が付いた時、加津子は、まだ電車に乗っていた。当然のことだが。

よく寝たわ、と思って目をこすった。大分頭がすっきりしている。

そして、ほとんど無意識に、膝《ひざ》の上の、手下げ袋を確かめていた。――膝の上には、何もなかった。

ハッとして床を見ると、袋が落っこちてしまっている。あわてて拾い上げた加津子は、確かにそこに入れたはずの原稿が、消えてしまっているのを見て、愕然《がくぜん》としたのだった。

車内は――何だか少し雰囲気《ふんいき》が違う。もう通勤時間を外れているのだ。

そして、加津子は、電車がいつの間にか、また反対方向へ走っているのに気付いた。

つまり、終点まで行って、また戻っているのだ。

しかし、どこにも原稿はなかった。

しばし呆然《ぼうぜん》として、加津子は動けなかった……。

――思い切り、甘いケーキを食べ、コーヒーをガブ飲みして、加津子は何とかエネルギーを補充しようとした。

「お母さん、そんなに甘いもん食べると、太るよ」

と、朋哉が心配している。

「大丈夫。お母さん、うんとエネルギーを使ってるから」

と、加津子は笑顔で肯《うなず》いて見せた。

朋哉は結構甘党で、ケーキなんかも良く食べる。

もともと、姉の宏枝よりも甘いものが好きで、よく虫歯にならないと加津子が感心するぐらいだったのだが、本人が神経質で、歯みがきに熱心なせいか、あまり歯医者の世話になったことがない。

今も、朋哉はデザートに、生クリームをどっさりのせたケーキを取っておいしそうに食べていた。

加津子の方は、ケーキを食べ終えて、コーヒーを飲みながら、チラッと腕時計を見た。すると、ウエイトレスが、店の入り口の方で、

「宮田《みやた》様。宮田様、いらっしゃいますか」

と、店の中に呼びかけた。

一瞬、加津子は「宮内」と呼ばれたのかと思って、腰を浮かしかけた。――もちろん、電話が入るはずもない。ここに来ていることは、誰も知らないのだから。

「電話、待ってるの？」

と、朋哉が言った。

「そうじゃないの。似た名前だからね、つい――。それより、運動会、何に出るか決

まったの？」

「うん……。八十メートルと、騎馬戦は決まってるんだけど」

何しろ、都心の小学校である。校庭が狭くて、直線で百メートルも取れないので、「八十メートル競走」という、中途半端なものになってしまうのである。

「騎馬戦？　大丈夫なの？　けがしないようにね」

「僕は上にのるわけじゃないと思うから……。でも、体の小さいのが上だからな、ちょっと心配」

「いやだ、って言いなさいよ。上にのれ、って言われても」

そう言ってしまってから、反省する。男の子なのだ。少しぐらいけがしたって、どうってことない、と頭では思っているのに……。

「メガネかけてると、危ないんだ」

と、朋哉は言った。「これ取られたら、何も見えないし、こわされたら困るもん」

「そう。そうよね」

朋哉は、ケーキを食べ終えて、口のまわりについた白いクリームを、紙ナプキンで拭《ふ》くと、

「お母さん、見に来る？」

と、訊いた。

「うん。——行くわよ、もちろん」

もちろん。もしクビになっていなかったらね……。

「今年はね、親子で一緒にお昼食べるんだ」

「そうなの？　じゃ、頑張《がんば》って、お弁当、作んなきゃ」

と、加津子は、明るく言った。「何を食べたい？」

朋哉は、ちょっと考えてから、

「何でもいい。お母さん、作るの大変だったら、何か買ってもいいよ」

「作るわよ」

と、加津子は少しむきになって、「お母さん、どんなに忙しくっても、あんたのお弁当ぐらい、作るわ。それに運動会の日はどうせ仕事だって休みなんだし」

「うん」

朋哉は、母親の誠意を疑ったことを、いささか恥じている様子だったが、「——お父さん、来ないかなあ」

と、何気なく言った。

「朋哉……」

加津子は、ため息をついて、「約束でしょ。そういうことは言わないの」

「分かってるよ。ただ——」

と、朋哉はあわてて言った。「お姉ちゃんがさ、見に行こうか、って言ってたから」

これは出まかせだったが、加津子には大いに効果があった。

「宏枝が？——そう」

「お姉ちゃんだけなら、来たっていいよね」

「そうね……。でも、宏枝の学校も、運動会じゃないのかしら」

朋哉は、しまった、と思った。そこまで考えていなかったのである。しかし、朋哉の頭は素早く回転して、

「違う日なんじゃない？　だから行こうかって言ったんでしょ」

「それはそうね。いやだわ、お母さん、ぼんやりして」

と、加津子は笑って言った。「じゃ、もしまた宏枝から電話があったら、本当に来るかどうか訊いといて」

「お弁当、三倍ぐらい作らなきゃ」

「本当ね」

と、加津子は笑って言った。

——そうだった。今年もまた、あの日がやって来る。

忘れていたわけではない。忘れるはずがないのだ。

ただ、加津子はあえて考えないようにしていただけなのである。——細川との「離

婚記念日」を。

　十月九日。

　これが、二人の離婚した日である。四年前の十月九日。

　翌日が、やはり朋哉の運動会だった。まだ、二年生の朋哉は体も小さくて、頼りなくって……。父母席に一人で座った加津子は、朋哉が五十メートルの徒競走で、途中で転んだ時、思わず飛び出して助けに行きそうになった。でも——朋哉は、自分で立ち上がり、ビリだったけど、ゴールまで懸命に駆けた。

　みんなが朋哉に拍手してくれた。それを見ていて、加津子は涙が溢《あふ》れて来るのを、止められなかったものである。

　今も、あの時のことを思い出すと、胸が熱くなる。

　それから三年生、四年生、五年生、と、朋哉の運動会には、いつも加津子一人で行っていた。

　細川が行っていいか、と訊いて来たこともある。しかし、別れた以上は、朋哉にも、父親はもう一緒にいないのだと分からせておかなくてはならない。

　加津子は、来ないで、と細川に言ってやったのだった……。

　四年目の十月九日が、もうすぐやって来る。

　今年は最悪だわ、と加津子は思った。人生にもスランプってものがある。

——細川と加津子は、別れる時、毎年「離婚記念日」に二人きりで会う約束をした。お互い、どうしているか、特に、子供たちは元気にしているか、会って報告し合うのである。

決してお互いに未練があるから会うのではなかった。むしろ、日ごろ、こっそりと子供に会いに行ったりするのを避けるためだったのだ。

加津子も、いつも、仕事に打ち込み、張り切っている姿を、かつての夫に見せることができた。

ところが、今年は……。果たして、九日までクビがつながっているものやら。でも、絶対に、細川に対して、そんな弱音を吐くわけにはいかない。もし、加津子が失業しているなどと知ったら、細川はきっと朋哉まで手もとに引き取ろうとするだろう。

そんなこと、絶対にさせないからね！

「——お母さん」

「え？」

「怖い顔してどうしたの？」

と、朋哉は言った。

「そう？——そんなに怖い顔してた？」

加津子は笑って見せた。「さあ、帰ろうか。まだ何かほしい?」

「お腹《なか》一杯。でも、ケーキ、買って帰ろうよ」

と、朋哉は立ち上がりながら、言った。

「好きねえ、本当に」

加津子は朋哉の頭を軽く叩《たた》いて、「いいわ、じゃ、好きなのを選んで」

と、言った。


「何ですって?」

と、宏枝は言った。「私があんたの運動会に行くの?」

「そう言っちゃったんだよ」

と、朋哉は、母親がお風呂《ふろ》から出て来ないか気にしながら、言った。

「馬鹿《ばか》ね、あんた! 私のとこだって、十月十日は体育祭よ」

「やっぱりそう?」

「いつもそうでしょ。お母さん……信じたの?」

「お姉ちゃんに会いたがってんだよ」

朋哉の言葉に、宏枝は絶句した。

「お母さんがそう言ったの?」

と、宏枝は訊いた。「私に会いたいって？」

「そうはっきり言わないけどさ、でも、分かるよ。お姉ちゃんが来たいって言ってる、って言ったら、嬉《うれ》しそうだったもん」

「ふーん」

宏枝は受話器を持ち直して、「そう言われても、簡単にゃ休めないわよ、こっちだって……。まあいいや。ともかく、日曜日にね」

「うん。お母さん、よっぽど何かあったんだよ」

「そんなに落ち込んでる？」

「恋人に振られたって、あんなにひどくないよ」

「何言ってんだ、馬鹿」

と、宏枝は言ってやった。「原因、分かったら調べとくのよ」

「うん。それじゃね」

「バイバイ」

宏枝は電話を切った。

父親はまだお風呂に入っているようだ。

やれやれ……。

こっちもあっちも、大分落ち込んでるみたいだな。

宏枝はソファに座って、TVを見ていたが、さっぱり頭に入って来なかった。

父親の細川のことは、宏枝はそう心配していなかった。根が楽天的で、落ち込んでもそう長続きしない、と思っていたからだ。

しかし、母親の方となると……。

加津子は、細川のように、大きな会社の正式な社員として雇われているわけではない。もちろん、ベテランの編集者ではあるが、身分的には極めて不安定である。

そんなにひどく落ち込むような失敗をしたら、加津子の場合、職を失う可能性も小さくない……。

「問題だなあ」

と、宏枝が呟《つぶや》いていると、細川がヒョイと顔を出して、

「何が問題だって？」

「お父さん！　びっくりした。――ねえ、ちょっと、十六の乙女の前でそういう格好しないでくれる？」

バスタオルを腰に巻いただけの細川は、

「そうか？　腹だってそう出てないし、筋肉だって――見ろ」

ぐっと力こぶなんか作って見せて、ギュッとお腹を引っ込めたのは良かったが――。

バスタオルがフワリと落ちて、宏枝はあわてて目を覆《おお》った。

「ハハ、心配するな、ちゃんとパンツはいてるさ」

「娘をからかうと怖いよ！」

と、宏枝は父親をにらんだ。

細川が、こんな風に冗談を言ってみせたりするのは、何か問題がある時に限られる。

宏枝は、こっちはこっちで、調べる必要があるな、と思ったのだった。

3　重苦しい朝

「お母さん、もう行くの？」

と、朋哉が目を丸くした。

学校へ出かけようと、玄関へ出ると、加津子が、もう出勤の仕度をして、やって来たのだ。

「そうなの。今朝は早い会議でね」

と、加津子は腕時計を見た。「朋哉、今夜は少し夕ご飯遅くなるかもしれないわよ」

「うん、いいよ」

「お腹空いたら、パンでも買って食べてて。ね？」

「分かった」

やっぱり、何かあったんだね。朋哉は靴《くつ》をはきながら、思った。

加津子は、夜が遅い代わりに、朝もそう早くは出社しない。編集者の常で、外を回ってから会社へ行くということも、多いのである。

それが今日は……。やはり、これは普通じゃなかった。

「珍しいね、一緒に出るなんて」

と、朋哉が言った。

「そうね」

加津子は、玄関の鍵《かぎ》をかけ、「じゃ、途中まで一緒に行きましょうね」

「うん」

もちろん、朋哉は近くの小学校だから、徒歩だ。加津子はバスに少し乗って、地下鉄の駅まで出なくてはならない。

方向としては同じなので、二人して、朝の道を歩き出した。

朋哉は、せっかちな性格のせいか、遅れるよりも早すぎる方がいい、と、始業よりずいぶん前に学校へ着くようにしていた。

「——いいお天気ね」

と、加津子は言った。

「うん」

と、朋哉は空を見上げて、「運動会まで晴れてるかなあ」

「どうかしらね」

「いやだな、雨だったら」

「どうせ降るなら、その前に降ってほしいわね」

と、加津子は言って、「――朋哉」

「うん？」

「お父さんといた方が良かった？」

突然の言葉に、朋哉は面食らってしまった。

が、すぐに加津子も、

「あら、変なこと言っちゃった。ごめんね」

「お母さん、大丈夫？」

「大丈夫よ。ちょっと朝早いから、寝ぼけてるのかな。――こうやって、毎朝、朋哉と一緒に行けるといいね」

「うん……」

道の角まで来ていた。「じゃ、お母さん、バスでしょ」

「そうよ。――気を付けてね」

「お母さんもね」

と、朋哉は、つい真剣に言っていたのだった。

どうかしてるわ、本当に。

朋哉が手を振って、学校へと歩いて行くのを見送りながら、加津子はため息をついた。

朋哉の姿が見えなくなると、バス停に向かって歩き出す。——別に、そう急いで行かなくてはならないというわけではなかった。

ただ、一つには、何か連絡が入っていないか、と考えたからであり、家で苛々《いらいら》しているよりも、仕事に忙しく駆け回っていた方がいい、と思ったからでもある。

すぐにバスが来た。大して急がない時に限って、スムーズにバスが来る。

人生というのは、こんなものだ。

このピースとこのピースなら、本当にぴったりと組み合わさるのに、と思っても、ほしい時にはその一方が欠けている。人生というジグソーパズルは、合わないピースを、無理に押し込んで、何とか形にしてしまうしかないのだろうか？

バスに揺られながら、少しめまいがして、加津子は吊革《つりかわ》にあわててつかまった。

「——どうぞ」

と、声がした。

目を向けると、まだ二十代だろう、若いビジネスマンという感じの青年が、席を立って譲ってくれているらしい。

「あ、いいんです」

と、加津子は言った。

「いや、顔色が少し悪いですよ。さ、座って下さい」

何だか、ひどく年齢《とし》を取ったような気がして、加津子はいささか落ち込んだが、まあ、落ち込みついで、だ。

「じゃ、失礼して……」

と、腰をおろした。

ゆうべは、あまり寝ていない。いや、床に入ったのは早かったのだが、眠っては起き、まどろんでは目覚めたのだ。

電話が鳴ってる！　原稿が出て来たのかしら、と飛び起きてみると、それは夢の中の電話だった……。

あの原稿がまだ入っていないということが編集長に知れるのに、何日かかるだろうか？　三日？　四日？

いずれにしても、そう先のことではない。今日一杯待ってみて、原稿が出て来なかったら、素直に詫《わ》びるしかないだろう。

「――出版社にお勤めですか」

と、席を譲ってくれた青年が訊《き》いて来た。

「え？」

と、面食らって、加津子は、自分が出版社名の入った封筒を持っていることに気付いた。

「ああ。――いえ、ここに勤めてるんじゃないんです。ここの下請けをやってる、プロダクションですわ」

「そうですか」

青年は明るく言って、「僕、その出版社を受けて、落っこちたんですよね」

と、笑った。

その青年の笑い声の明るさに、気持ちの沈んでいた加津子も、つい笑ってしまっていた。

「それじゃ、恨みのある封筒なんですね」

と、加津子が言うと、その青年は、

「いや、それがね、たまたま僕の知ってる奴《やつ》が一緒に受けましてね。受かったんです。七、八百人の中で、四、五人の採用ですからね。畜生、と思ったんですけど……」

と、何となく複雑な表情になって、「何年かして会ったら、えらく顔色が悪くてね。会社をやめようかと思ってるって」

「あら、どうしたのかしら」

「ちょうど、新しい雑誌の創刊で、その編集部へ回されて、二十四時間、寝る間もないくらい、働かされたようです。でも、それはそれなりに、本人も夢中でね。――これぞ仕事、って感じだったらしいんですが」

「うまく行かなかったんですね」

「出した雑誌の売れ行きが散々で、たった半年で編集長が変わり、一年で、編集部総入れ替え。結局、二年ともたずに廃刊になったそうです」

「よくある話ですよ」

と、加津子は肯《うなず》いて、言った。

「友だちは、婦人雑誌へ回されて、ほとんど雑用係。飲みすぎて体をこわして、入院したり……。会ったのは、退院した直後だったらしいんですがね」

「お気の毒ね。でも、本当に編集者って、大会社に入っていても、一人一人が自分の仕事を持ってますからね。自分の体をよく管理していかないと、もたないんですよ」

「そうでしょうね。いや、そいつの話を聞いて、僕は落ちて良かったな、ってね」

と、青年は笑顔で言った。

すてきな笑顔だ。――もちろん、二十五、六の、若さが輝くようで……。当然、私なんかとはつり合わないけど、と加津子は思った。

「あの――」

バスが、そろそろ駅に近付いた時、青年が急にポケットから名刺を出した。「僕、こういう者です」

「はあ……」

名刺を受け取って、加津子は戸惑った。

「あなたの名刺、いただけますか？」

と、青年は言った。

地下鉄に揺られながら、加津子は、あの青年の名刺を、何度か取り出して、眺《なが》めた。

「市原茂也《いちはらしげや》、か」

聞いたことのない、電子機器メーカーの名が、名刺にはあった。もちろん、肩書は何もない。

だけど……。何を考えてるのかしら？

加津子はおかしくなった。いくら小柄《こがら》で、若く見えるといったって、三十代の半ばより下は無理だ。

あの人、よっぽど目が悪かったのかしら、と加津子は思った。

ともかく、あのバスで出会った市原茂也という青年のおかげで、加津子の落ち込んだ気分は、大分救われていた。

少しはいいこともなきゃね、と呟きつつ、地下鉄の人波をかき分け、やっと駅のホームを出る。

そこから、プロダクションの入ったビルまで、歩いて五分。——ちょうど、普通の九時始まりの会社に出社する人たちが、急ぎ足で加津子を追い抜いて行く。

——まだ、誰も来てないかもしれないわ、と加津子は思った。

大体早い人で出社は十時過ぎ。加津子のような「古顔」になると、昼過ぎに行っても一向に構わないのである。

あまり新しいとは言い難いビルの中へ入って行く。もちろん、貸しビルで、プロダクションは、その三階である。

いつもなら、「運動のため」と、階段を上る加津子だが、今朝はそんな気分じゃなかった。できるだけ、エネルギーの消耗を避けたいと思っていたのである。

エレベーターを三階で降りると、〈オフィス・U——〉というプレートのあるドアへ。——ここが、加津子の職場である。

そうか。もし誰も来ていないと、鍵もあいてないわけだ。

その時は、下の管理室で鍵をもらって来なくてはいけない。長いこと、一番初めに来たことなどなかったので、すっかり忘れてしまっていたのである。

でも、ものはためし、とドアを開けて——開いた！　誰か来ているのだ。

顔を覗《のぞ》かせると、

「あら、宮内さん！」

と、びっくりしたように立ち上がったのは、ここの社長の秘書をしている、中川尚《なかがわなお》子《こ》。

加津子の方もびっくりした。ゆうべ、原稿のことで連絡はないかと訊いていた相手が、この中川尚子である。つまり、夜中、相当遅くまで、ここにいたはずだ。

「尚子さん……。あなた、ゆうべ帰らなかったの？」

と、加津子は訊いた。

「それどころじゃなくて。宮内さんも聞いたの？」

「聞くって、何を？」

「社長が倒れたのよ」

と、中川尚子が言った。

加津子は、唖然《あぜん》とした。

「倒れた？　社長が？」

「そうなの」

と、中川尚子は、疲れ切った様子で、「ゆうべ、夜中の一時過ぎても、社長が戻らないのよ。いくら何でも、遅すぎるから、心配になってね、お宅に何か連絡でも入ってるかと思って、電話したの」

加津子は手近な椅子《いす》を引き寄せて、座った。

「それで？」

「そしたら、社長の奥さんが出て、『あら、主人、出張じゃなかったの？』って……」

加津子にも、その意味はよく分かった。

「社長に女が……」

「うん」

と、尚子は肯いた。「私もね、知ってはいたけど、とっくに切れたと思ってたのよね」

「じゃ、社長——」

「奥さんを、何とかごまかして——ま、奥さんも察したでしょうけどね。電話を切ったら、とたんにかかって来て」

「社長から？」

「女から」

「ああ」

「女のマンションでね、突然胸が苦しいと言い出して……。救急車でK病院へ」

「で、容態は？」

「さっき行って来たわ。まあ、命に別状ないけど、当分安静ですって」

「そう……」

加津子は、ホッと息をついた。

何か起きる時は、重なるものだ。——それにしても！

「ともかく、今日も社長、十件以上、約束を抱えてたから、私が全部、断らなきゃいけないでしょ。家に帰ってる暇なんかなくって……」

「大変ねえ」

「さっき、三十分くらいウトウトしたら、それでも何とかスッキリしたわ。——あ、ごめんね、そのドタバタで、原稿のこと、すっかり忘れてた」

「何も連絡ないんでしょ？」

「私がここにいる間はね。留守番電話のテープにも入ってなかったし」

「そう。——ありがとう。自分で、問い合わせてみるわ。尚子さん、それどころじゃないものね」

社長の尾上《おのうえ》が入院、ということになると、原稿を失《な》くしたのを、知られずにはすむかもしれない。しかし、肝心なのは、その雑誌を出している出版社の方の編集長である。そっちに知られたら、このプロダクションにもう仕事を出して来なくなるかもしれない。

大手の出版社、五十万近い部数の雑誌だけに、その仕事を失うのは痛手だった。しかも社長の尾上が、当分入院ということになると……。

これ以上何もないといいけど、と加津子は思った。


「ま、そういうことだ」

と、課長の永沢《ながさわ》は言った。

そういうこと、か。——もう、細川がこの会議室へ呼ばれて来て、十五分たつ。

その間、永沢の話をじっと聞いていたわけだが、その中身たるや、細川のことを賞《ほ》めて、おだてるばかり。しかし、結局は細川に、

「悪いが、今回、係長のポストは諦《あきら》めてくれ」

——という話だったのである。

もちろん細川の方も、初めから察してはいたのだが、何も、こんなに回りくどい言い方をしなくたって……。

それだけ、課長の永沢も、気がとがめてはいるのだろう。

「——分かったかね」

「ええ」

と、細川は肯いた。

それ以外、どうしようもないじゃないか。子供じゃあるまいし、泣きわめいて、

「いやだ！　係長になるのは、この俺《おれ》だ！」

と、叫んでみたところで……。

「じゃ、大崎君とうまくやってくれ。君の方が先輩なんだ。その辺のことは、大崎君も分かってるはずだからね」

課長の永沢は椅子をがたつかせて、立ち上がった。――まだ四十代の半ばで、細川と三歳ぐらいしか違わないはずだが、もうすっかり禿《は》げ上がってしまっている。

小心で、何かトラブルの起こるのを、何よりも心配している、というタイプだ。

「課長」

と、細川が言った。「一つ、訊いていいですか」

永沢はドキッとしたように目を見開いて、

「もちろんだよ。僕に答えられることなら、どんなことでも」

細川は、こみ上げる笑いをかみ殺して、

「大崎君はいつからうちの課へ来るんですか?」

と、訊いた。

「ああ。――たぶん来週からってことになると思う。辞令は一日付だが、色々と引きつぎがあるからね」

永沢はホッとした様子で言って、「君にもチャンスは来るさ」

ポンと肩を叩《たた》いて、会議室を出て行く。

一人、空っぽの会議室に残った細川は、

「馬鹿《ばか》にしやがって！」

と、吐き捨てるように言った。

これで、係長のポストが望めなくなったわけだ。次のチャンスには？——いつのことだ？

まあ、こうして座っていても仕方ない。細川は、ゆっくりと立ち上がった。昼飯は少し高いランチにするかな。

せめて、どこかでうさを晴らさなくちゃやり切れない、と細川は思った。

会議室のドアを思い切りパッと開けると、

「キャッ！」

と、声がして、ダダッと廊下に書類がぶちまけられた。

「しまった！」

細川はあわてて、「ごめんよ！　大丈夫かい？」

外開きのドアを、いきなり大きく開けたので、ちょうど書類をかかえて通りかかった女子社員が、ドアにぶつかりそうになったのだ。

「あの——大丈夫です」

「悪かった。つい、うっかりして……」

「いいえ。私もぼんやり歩いてたんで」

その女子社員は、急いで、散らばった書類を拾い始めた。

「手伝うよ」

と、細川は言った。

「いえ、一人で大丈夫ですから」

二十歳そこそこ、確か短大を出て、今年入社して来た子だ。

課が違うので、挨拶《あいさつ》には来ていたが、名前までは憶《おぼ》えていなかった。初々《ういうい》しい、ふっくらした顔立ちの、なかなか可愛《かわい》い娘である。

細川は拾い集めた書類を、

「さ、これ」

と、渡した。「いや、びっくりさせて、悪かったね」

「いいえ……。細川さん、どうぞお昼、食べに行って下さい」

「え?」

そうか。いつの間にか、もう昼のチャイムが鳴っていたのだ。

「君――よく僕の名前を知ってるね」

と、細川は言った。「僕は君の名前、憶えてないんだ」

「私、倉田《くらた》です。倉田江梨《えり》です」

「倉田君か。――その書類、順序とか、バラバラになったけど、いいのかい?」

「ええ。後で直しますから」

「悪かったなあ。全く僕はうっかり屋でね」

と、細川は言って、「君、お昼はお弁当なの?」

「いいえ」

「じゃ、お詫《わ》びに、昼をおごるよ」

言ってから、自分でもびっくりした。そんな気があったとは、思っていなかったのである。

「そんなこと……。お一人なんですか?」

倉田江梨は、少し恥ずかしそうに頰《ほお》を染めた。いやでもないらしい。

「ああ。大したものはないけどね、この辺。いつもどこへ行ってるの?」

「色々です」

「じゃ、エレベーターの前で待ってるよ。それを置いて来たら?」

「はい」

倉田江梨は、ニッコリと微笑《ほほえ》んで、急ぎ足で歩いて行った。

4　失意の事情

勤続二十年。——目には見えないが丸山秀代《まるやまひでよ》は、そのプラカードを持って歩いているかの如《ごと》くだった。

体つきも堂々としていたが、それだけではなく、歩き方、ドアの開け方一つにも、その貫禄《かんろく》はにじみ出るのである。

ちょうど、お昼のお弁当を食べようと、丸山秀代は、お茶をいれにオフィスから出て来たところだった。

エレベーターの前に、細川が立っている。

丸山秀代も、もちろん大崎の息子が係長の椅子をかっさらって行ったことを、知っている。

さぞかし、細川もがっくり来ているだろう。一言、慰めといてやろうか。

給湯室へ向かっていた足を、細川の方へ向け、歩き出すと——。

「お待たせして、すみません」

パタパタとサンダルの音をさせて、やって来たのは、新人の倉田江梨。

「いや、構わないよ」

と、細川は、あまり落ち込んでもいないような声である。「少し時間をずらした方が、エレベーターも空《す》いてるしね」

「ええ」

「――おっと」

と、細川はあわててボタンを押した。「ボタン押してなかった。これじゃ、来るわけないな」

倉田江梨が、楽しげに笑った。

残念ながら、秀代ぐらいの年代になると、笑っても、ワッハッハ、という感じになる。ああいう笑い方は、若くなけりゃ、できないのである。

エレベーターが来て、二人が乗る。

「君、何が食べたい？」

と、細川が訊《き》いているのが、閉じかけた扉《とびら》から、洩《も》れて来た。

「へえ」

と、丸山秀代は目をパチクリさせた。「意外な取り合わせ」

しかし、まあ、あの分なら、元気も取り戻せそうだわ、と秀代は思った。

給湯室に行くと、若い子が何人か、集まっておしゃべりしている。

「ちょっと、お茶、いれさせて」

と、秀代が声をかけると、パッとみんなが場所をあける。

何といっても、大先輩。——決して、秀代は若い子から嫌《きら》われているわけではない。意地悪でもなく、さばさばして、むしろ上司の方ににらみをきかせている。しかし、若い子が、何か常識に外れたことをやると、きびしく意見するのにためらいはない。

その点、「敬して遠ざける」存在であることも、確かだった。

「何の話なの？」

と、お茶をいれながら、秀代は訊いた。

「そりゃあもちろん——」

「ねえ」

「そうよね、当然」

と、若い女の子たちは、口々にわけの分からないことを言い出す。

「はっきり言ってよ」

と、丸山秀代は顔をしかめて、「私の悪口なら、喜んで聞くわよ」

「まさか！——あの人のことです」

「代名詞じゃ分かんないわ」

「あの――大崎専務の息子さん」

と、声を低くする。「今度係長で、うちの課に来るんですよ」

「知ってるわよ」

と、秀代は肯《うなず》いて、「おかげで細川さんがまた平《ひら》のままよ」

「気の毒ですねえ。でも、私たちのせいじゃないし」

「ねえ」

と、肯き合う。

「大崎専務の息子さん、凄《すご》くハンサムじゃないですか」

「そう。足も長いし」

「独身だし！」

ワーッ、キャーッ。

何ともけたたましい声を上げて、みんなでピョンピョン跳びはねている。

秀代は呆《あき》れて、

「だからどうだっていうの？――今どき、三十になって独身なのよ。あんまり期待しない方がいいんじゃない？」

と、言ってやった。

大崎の息子は、課が違って、ここことは別のビルに入っている。だから、みんな顔ぐらいはたまに見ているのだが、そう話などしたこともないのである。

「でも、ひょっとして、ひょっとするってことも」

「ねえ！」

秀代は笑って、

「ま、せいぜい、頑張《がんば》って」

と言って、給湯室を出た。

——席に戻った秀代は、のんびりと弁当を食べ始めた。

みんな十分か十五分でお弁当を食べて、外へ甘いものを食べに出たり、おしゃべりに忙しいが、秀代は、たっぷり四十分近くもかけて、のんびりとお弁当を食べるのだった。これなら消化もいいだろう。

電話が鳴り出した。お茶を一口飲んで、すぐに取る。

「丸山です」

「外線からです」

「誰から？」

「女の子ですよ。娘さんじゃないですか？」

「ぶっとばすわよ」

交換手が、クスクス笑って、つなぐ。

「もしもし」

聞こえて来たのは、確かに「女の子」の声だった。

「丸山ですけど」

と、秀代は言った。「どなた？」

「あの――細川宏枝といいます。父がいつも……」

「ああ！　細川さんの娘さん？」

と、秀代は楽しげに、「大分前に会ったわねえ。憶えてるわよ」

「そうですか」

と、娘はホッとした様子だった。「良かった！」

「お父さんに用？」

「いいえ、そうじゃないんです。丸山さんにうかがいたいことがあって」

「へえ。――ね、宏枝ちゃん、だっけ。今、いくつ？」

「十六です」

「十六！――十六歳？　じゃ、高校生？」

「はい」

秀代は、ため息をついた。宏枝が心配そうに、

「あの、どうかしました？」

「いいの。あんたも、あと三十年ぐらいしたら分かるわよ」

と、秀代は言った。「私に何の話？」

「あの……実は——」

と、宏枝は、父の様子がおかしかったことを説明し、「何かあったんでしょうか？

父は話したがらないと思うので」

「そりゃ当然ね」

「じゃ、やっぱり？」

「うん。別に、お父さんの失敗とか、そんなことじゃないの」

「じゃ、何ですか？」

「係長の椅子《いす》がパアになったのよ」

秀代が、大崎の息子のことを話してやると、

「それで分かりました」

と、宏枝も納得した様子。

「大分落ち込んでた？」

「ええ、相当」

「ふーん。でも、大変ね、あんたも。お母さんとは会うの？」

「いえ、ずいぶん会ってません」

と、宏枝は言った。「弟とは、時々」

秀代も、細川の離婚のことは、知っている。

「でも、お父さん、結構元気よ」

「そうですか？」

「今日のお昼は、新人の女の子と連れだってランチタイムだし」

「父がですか？」

「そう。二十歳かな、あの子。まだお父さんも色気があるのね」

と、秀代が言うと、

「そうですか……」

宏枝は何やら考え込んでいる様子。

「お父さんに伝えることでも？」

「いいえ！　私が電話したこと、父に言わないで下さい。お願いします」

と、宏枝は、しっかりした声で言った。

係長の椅子、ねえ。

「やっぱり、そんなものがほしいのかなあ」

と、宏枝は呟《つぶや》いた。

「何がほしいって？」

と、すぐそばで声がして、振り向くと、親友の井上香《いのうえかおり》が立っている。

「香か。座ったら？」

と、宏枝が言って、固い椅子に座ったまま、伸びをした。「いい加減に、この椅子も買いかえてくれりゃいいのにね」

昼休みの教室は、至ってにぎやか。女子校なので、外へ出て駆け回るということもないし、大体、都心にある私立女子校の常で、校庭なんてものは本当に「庭」程度の広さしかない。

十月十日の「体育祭」では、わざわざ電車で一時間もかかる郊外のグラウンドまで行かなくてはならないのである。

香は、隣の椅子を引いて座ると、

「宏枝、どこへ逃げてたの？」

「逃げるって？」

「さっき、こっそり裏門から入って来るのを見てたんだよ」

「何だ。――電話かけに行ってたのよ」

と、宏枝は言って、お昼のパンにかみついた。「……ここ、中のコロッケがまた小さくなった」

「よく足りるね、そんなんで」

と、香は笑って言った。

香は、宏枝より背丈も幅もぐっと大きい。すばしこさでは宏枝の方が上だが、体育祭の競技では、香の体力は大いにものを言うのである。

「香んとこのお父さん、部長だっけ」

「うちの親父《おやじ》？――今年からは生意気にも専務か何かやってるみたいよ」

「へえ、凄い」

「でも、うちへ帰って来りゃ、ちっとも変わんないよ。多少、お中元が多くなったくらいかな」

そりゃ、家に帰ってまで「専務」をやってるわけにゃいかないんだから。

――宏枝はこの女子校に小学校から通っているのだが、ここへ入る時点ではもちろん両親は別れていなかったし、収入の面でも、二人合わせれば結構余裕があったのも確かである。

しかし、今は、父親一人の収入。それも残業が少ないと、宏枝の月謝を払って、なかなか楽ではないはずだ。

「宏枝のお父さん、今、何なの？」

「何って――サラリーマン」

「そりゃ知ってるけど。課長とか、部長とかさ」

「やっぱり、そういうことって気になる?」

と、宏枝は訊いた。

「別に。ただ、宏枝がうちの親父のこと訊いたから」

「そうなのよね」

と、宏枝はため息をついた。

「何かあったの?」

と、香は心配そうに、「宏枝がため息をつくなんて、ただごとじゃない」

「何よ、それじゃ、私がちっとも悩んだことないみたいじゃない」

「そう見えるよ」

宏枝としては、甚《はなは》だ不本意ではあった。しかし——まあ、根が楽天的にできているのも確かである。

「どうもね、お父さん、係長にもなりそこねたらしいの」

と、宏枝が丸山秀代から聞いた話を、香にくり返すと、

「いいじゃない! 一生平《ひら》で通すってのも、楽しいかもよ」

「そりゃ、本人が好きでそうしてんのならいいけど……」

「ま、年収はあんまし上がんないだろうね。だけどさ、係長とか課長とか、中途半端《はんぱ》

に出世すると、却《かえ》って出費がふえて大変みたいよ。うちも、親父が課長だったころは、母さん、保険のアルバイトやってたもん」

「そんなもんか。でも、本人はそれでも〈長〉の字がほしいんだろうね」

「気持ち、分かるけどね。──でも、まだ若いじゃない、お宅のお父さん。うちの親父はもう五十五よ」

　香は三人兄妹《きょうだい》の末っ子である。

「若いったって四十三……。危ない年代よね」

「危ない？──そうか。離婚してんだもんね、お宅は」

「うん。慰めてくれる女房もいなくて。娘が慰めちゃ、ますます傷つくような気がする」

「言えてる」

　と、香は肯いた。「お父さん、恋人とかいないの」

「いないわねえ。できりゃ、すぐ分かると思うんだけど」

「仕事のことで落ち込んでる時って、若い女の子とデートでもすると、大分自信を取り戻すみたいよ」

　と、香は、分かったようなことを言い出した。

「そう？」

「そうよ。うちの親父が、何だか失敗やらかしてがっくり来てた時さ、もう大分前だけど。母さん、姪《めい》の女子大生に頼んで、三人ぐらいでワーッと家へ遊びに来させて」

「へえ」

「『叔父さん、ドライブに連れてって!』って、親父を引っ張り出して。――夜中に帰って来た時は、すっかりご機嫌《きげん》でさ。ディスコで踊って来た、とか言って、母さんが呆れてた」

「いいね、そういうの」

「でも翌日、腰痛めて会社休んだけど」

宏枝はふき出してしまった。

でもねえ……。うちにゃ、そんなこと頼む女子大生の姪もいないし。でも――。宏枝は丸山秀代の話を、思い出した。

「宏枝のお父さんも、その手じゃない?」

と、香が言った。「誰か若くて可愛《かわい》い女の子とデートさせて。いいじゃない一日ぐらい」

「私はいいけど……。でもね、問題はあるんだよ」

「どんな?」

「香のとこは、ちゃんとお母さんがいて、女子大生とドライブに行った。でも、うちはね、独身なの」

「あ、なるほど」

と、香は肯いて、「本気になっちゃう可能性もある、か」

「まあ、相手の方がご遠慮するでしょうけどね」

と、宏枝は言って、紙パックのコーヒーを一気にストローで飲み干した。


「ハクション！」

細川康夫は、派手にクシャミをした。「――ハクション！」

「風邪ですか？」

と、倉田江梨が、スパゲッティを食べる手を休めて、訊《き》いた。

「いや……。きっと誰かが噂《うわさ》してるんだ」

細川は、紙ナプキンで口を拭《ぬぐ》うと、「君、それで足りるの？」

「ええ」

「若いんだから、もっと食べないと」

「間食しちゃうから、お昼は抑えてるんです」

「なるほど」

――細川一人ではとても入る気になれない、女の子向きのカラフルなパスタの店で、今はランチタイムのＯＬで一杯だった。

「仕事はどうだい？」

あまりにも当たり前のことしか言えない自分に、細川はいささか自己嫌悪《けんお》すら覚えたが、幸い、店の中がにぎやかで、倉田江梨の耳には入らなかったようだ。

倉田江梨は、スパゲッティを食べ終わると、

「細川さん、お一人なんですって？」

と、訊いた。「こんなこと、訊いたら、怒られるかしら」

「構やしないよ。女房と四年前に別れてね」

「じゃ、今は一人住まい？」

「娘と一緒さ」

「お嬢さん？　おいくつなんですか」

「十六。高校一年だよ」

「ええ？」

と、倉田江梨は目を見開いて、「そんな大きなお子さんが？」

「下の男の子は、女房がみてる。今、小学校の六年生だよ」

「そうですか」

と、倉田江梨は、何だかいやにしんみりと肯いた。「会いたいでしょうね」

「会うって……息子に？」

「ええ」

「そうだね。――しかし、納得した上で別れたんだし。娘一人で手一杯さ」

と、細川は笑って見せた。「ま、昼休みだよ。湿っぽい話はやめよう」

「すみません」

と、倉田江梨は微笑んで、「でも、お嬢さんが気をつかってらっしゃるんですね。細川さん、いつも凄《すご》くすっきりしてますよ」

「そうかい？」

細川は、いささか照れた。「自分でネクタイとかシャツとか選ぶと、いつも娘に、『趣味が悪い』って叱《しか》られるんでね。最近は娘に任せてる」

「いいじゃないですか。とってもいいわ、そのネクタイも」

「そうかな……」

と、細川がネクタイを指で挟《はさ》んで、持ち上げて見る。

すると――店の奥のテーブルに、細川たちと同じ会社のＯＬが四、五人、固まって食事をしていたのが、ガタガタと椅子をずらして立ち上がった。

「ごちそうになります」

「いや、これぐらい……」

と、男の声がした。

ちょうど細川からは見えなかったのだが、明るいスーツ姿の男性が、払いを持つようで、

「先に出ていいよ」

と、女の子たちに言っている。

細川は、その男から、目を離せなかった。——大崎だ。

専務の息子。係長のポストを、細川の目の前から、かっさらって行った男である。

大崎は、カードで支払いをしながら、ちょっと店の中を見回した。細川はパッと目を伏せたのだが……。

「細川さん」

と、歩み寄って来た大崎は言った。「大崎竜一《りゅういち》です」

仕方ない。知らない顔でもないのだ。

「やあ、どうも」

と、細川は言った。

「来週から、そっちへ行くことになったんです」

「聞いてますよ。まあ、頑張《がんば》って」

そう言うのが、やっとだ。

「こちらこそ、よろしく」

しゃくにさわるくらい、大崎竜一の笑顔は屈託がなくて、爽《さわ》やかだった。

手を差し出されて、細川は戸惑った。挨拶《あいさつ》をするのに、握手するという習慣は、細川にはあまり身についていない。

しかし、無視するのも大人げないので、細川は、まるで犬が「お手」をするみたいに、ちょこん、と大崎竜一の手をつまんでやった。

5　良心の問題

「今のところ、それらしい物は出ていませんねえ」

と、電話の向こうの男は、気の毒そうな声で言った。

「そうですか」

加津子は、失望の色をできるだけ声に出さないようにしながら、「分かりました。何度もすみません、お忙しいのに」

「いやいや」

その係の男は、声からすると、どうやら中年の、人のいいおじさんタイプらしかった。「何か出て来たら、よく見ときますからね」

「よろしくお願いします」

と、加津子は言った。

「宮内さん――でしたな」

「はい、そうです。あの、ここの電話にかけて下されば。もし出ていても、ポケットベルですぐ呼んでくれますので」

「分かりました。まあ、顔なじみの連中にも言っときましたがね」

「お手数をかけて……」

「大変ですなあ、女の方《かた》で、そんなに忙しいなんて。——じゃ、また電話してみて下さい」

「はい。しつこくてすみませんが、またかけさせていただきます」

受話器を戻して、加津子はフーッと息をついた。——まだ事務所に座っている。

他の社員も、出社して来てすぐ、それぞれ仕事で出てしまっていた。社長秘書の中川尚子が、昼食に出るというので、どうせ例の原稿の件で、駅の遺失物係へ電話するつもりだった加津子は、留守番を買って出たのだった。

他の社員たちがいる前で、原稿を失《な》くした話などしたくなかった。もちろん、誰しも「明日は我が身」という気もあるから、他言はしないだろうが、それでも男の社員の中には、すぐ、

「だから女はだめだ」

と、言い出す手合がいる。

同じ失敗を男がしても、

「だから男はだめだ」

とは、決して言われないのに。

加津子も、もちろん自分の失敗の責任は取るつもりである。しかし、それで女性全部がだめ、などと言われるのは、たまらない。「だめな女」も確かにいる。働く気があるのかしら、と思うような。しかし、「だめな男」も、同様にいくらだっているのである。働きは女性以下でも、上司の酒に付き合うというだけで、そんな男たちの失敗は笑ってすまされたりする。加津子は決して戦闘的なキャリアウーマンのつもりではないが、そういう男を見ると、本当にけっとばしてやりたくなることがあった……。

「ごめんなさい、遅くなって」

と、中川尚子が戻って来て言った。

中川尚子は、自分の机に戻ると、

「お昼食べて、コーヒー飲んでる内に眠っちゃった」

と、笑った。「でも十分くらいでも、うたた寝すると気持ちいいわよ」

「疲れてるんでしょ。少し会議室ででも眠ったら？」

と、加津子は言った。

「そうもいかないわ。加津子さん、出かけるんでしょ？」

「そうねえ。——三時には打ち合わせが入ってるの。だから出ないと」

「原稿のこと、何か分かった？」

「だめ。今、電話してみたんだけど」

「そう」

「向こうが凄く親切なおじさんなの。ずいぶん熱心に調べてくれてるんだけど……。これでだめなら、絶望ね」

「元気出して」

中川尚子が、立って来ると、加津子の肩をポンと叩《たた》いた。「加津子さんらしくないわよ」

「でもねえ……。私も、やきが回ったか」

と、頬杖《ほおづえ》をつく。

「お昼、食べて来たら？」

「食欲なくて」

「じゃ、お弁当かサンドイッチ、買って来てあげようか」

「でも、悪いわ」

「構わないのよ。その代わり――」

「何？」

机の端にちょこんと腰かけて、尚子が、少し声をひそめ、

「一時間くらい外出して来たいの。二時……四十分には戻る。それまで、ここ、頼ん

でいい?」

「いいけど……」

と、加津子は、尚子を見上げて、「何か、急用?」

「疲れてるのに、頭に血が上ってて、そう眠るわけにもいかない。こんな時には、男に限る」

と、しっかり肯いて、「さっき電話したら、一時半から一時間ぐらいなら、って言うから。このすぐ裏のホテルで、ちょっと『運動』して来ようと思って」

「へえ……」

中川尚子は、確か二十五、六歳だ。恋人がいるのも知っていたが……。

「うまく近くに来られて、良かったわね、彼が」

と、加津子が言うと、

「そうじゃないの。近くの彼に電話したのよ」

と、尚子は、至って理論的な返事をした。

「近くとか、遠くとか、何人もいるの?」

「一緒にホテルに行くのは四人くらいよ」

と、尚子は言って、「じゃ、何か買って来てあげる。何にする?」

少々ポカンとしたまま、加津子は、コーヒーとサンドイッチを頼んでいたのだった。

中川尚子が、ほとんど駆け出すようにして事務所を出て行ってしまうと、

「ついて行けない……」

と、加津子は呟《つぶや》いた。

まあ、何といっても、こっちは高校生の娘と小学生の息子がいるのだ。とてもじゃないが、尚子の真似《まね》はできない。

しかし……宏枝も、もう十六歳だ。あの子が、中川尚子ぐらいの年齢になったら、どんな女性になるんだろう？

宏枝。——元気でいるの？

思春期の真っただ中にいる宏枝。——そろそろ恋を知り、将来のことに悩む年ごろである。

いや、今はもっともっと早いのかもしれないが……。何か、悩みにぶつかった時、お父さんに相談しているかしら？

女にしか分からないような悩みだってあるだろう。そんな時、お母さんに会いたい、と思うこともあるかもしれない。

そう……。お母さんだってね、宏枝、あなたに会いたいわ。

そう思ったら——もういけない。ポロポロ涙が出て来て止まらなくなってしまった。

宏枝をお父さんに渡すんじゃなかった！　男になんて、何が分かるのよ！　鈍感で、

身勝手で、無責任な動物のくせに！

昼も夜も、二人分も三人分も働いたっていい。宏枝も朋哉も、自分が引き取って育てるべきだったんだ。

そうだわ。それが子供の幸福なんだわ……。

何だか、気持ちがたかぶって、一人で泣いていると、電話が鳴り出した。

「あら、いけない」

あわてて、ティッシュペーパーでグスンと鼻をかみ、受話器に手をのばす。

「あの——もしもし」

と、加津子は言った。「〈オフィス・U——〉ですけど」

「あの……」

と、男の声がした。「宮内加津子さん、いらっしゃいますか」

「私ですけど」

と、加津子は言って、一瞬、もしかしたら原稿を拾った人かもしれない、と胸をときめかせた。「あの——どなたですか？」

「あ、実はその……。市原といいます」

「市原さん？」

どこかで聞いた名だ。

「あの——突然すみません。今朝バスの中でお会いした者です」

「ああ。あの時の……。ごめんなさい、思い出せなくて」

と、加津子は言った。

「憶《おぼ》えててくれました？」

「もちろん。でも、びっくりしました」

「そうでしょうね、しかし——」

と、市原茂也は、ちょっと心配そうに言った。「泣いてたんですか？」

「いえ別に……」

と、加津子はあわてて言って、ハンカチで目の涙を拭った。

相手は電話なのだから、涙を拭《ふ》いても仕方ないのだが。まあ、こんな声で話していれば、いやでも、泣いていたことは分かってしまうだろう。

「でも、そんな声ですよ」

と、市原茂也は言った。「本当に、泣いてたんじゃないんですか？」

「どうしてそう心配して下さるの？」

と、加津子は訊き返した。

向こうは、ちょっと詰まったが、

「それは、その——今朝、お会いしてから、ずっと気になっていたんです」

「まあ」

面白い人だわ、と加津子は思った。少なくとも、自分の方が、ずっと年上という意識があるので、話していても、気が楽だ。

「何かあったんですか?」

と、市原茂也は言った。「それとも——囲《まわ》りに会社の人がいて、話しにくければ、いいんですけど」

「一人で留守番ですわ。それに一人でなきゃ、泣いたりしません」

「ああ、そうですね。やっぱり、泣いてたんですか」

「どうしてだと思います?」

若い男との会話を、いつしか、加津子は楽しんでいた。

「さあ……。タマネギ刻んでたわけじゃないですよね」

加津子はふき出してしまった。

「——デリケートな女性なら、怒りますよ」

「すみません」

と、市原も笑って、「でも、やっと今朝の声に戻った。良かった」

「あなた……。今、お昼休み?」

「そうです」

「そう……」

何だか、二人とも黙ってしまった。――大体加津子の方からは、話すこともないのである。

「あの――」

「それで――」

と、同時に言いかけた。

「どうぞ」

「いえ、お先に」

と、マンガみたいなやりとりの後、市原はちょっと咳払《せきばら》いすると、

「あの――もし、あなたがよろしければ、帰りにでも、お付き合いいただけないでしょうか。別に――今日ってわけじゃないんですけど……」

と、早口に言った。

加津子は、微笑《ほほえ》んだ。少なくとも市原の口調は、妙に自信満々のプレイボーイや、母性本能をくすぐろうとするジゴロのものではなかった。

加津子は、しっかり受話器を持ち直すと、

「市原さん」

と、言った。

「はい」

「あなた、私のこと、いくつぐらいだと思ってらっしゃる？」

「年齢ですか？」

と、当然のことを訊き返して、「たぶん……三十七、八かな。もしかすると、四十。

――あの、怒らないで下さいね！」

と、あわてて付け加える。

加津子には意外な言葉だった。きっともっと若く見られたと思っていたのである。

「近いわ。四十一です。あなたは二十代でしょ？」

「二十八歳です。この間、なりたてです」

「そう。――どうして私なんかと付き合いたいって？」

「そりゃあ……素敵だからです」

あまりに単純明快な返事に、却《かえ》って加津子の方が面食らってしまった。

「でも――十二歳も年齢《とし》が違うのに」

「十三です」

と、市原は馬鹿《ばか》ていねいに訂正した。「でも、やっぱり――素敵なものは素敵です」

「ありがとう」

と、素直に言った。「でも、私には高校生と、小学校六年の子供がいるの。あなたは独身でしょ?」

「ええ。——じゃ、ご結婚を?　リングをしてなかったんで、てっきり……」

「ああ」

　と、加津子は左手のくすり指を見て、「確かに今は独り。離婚して、下の子と暮らしてるんです。今、泣いてたのはね、別れた夫の方で育てられてる、娘のことを思い出している内に、ついセンチになって……。あなた、私なんかと話しても、うんざりするだけだと思うけど」

「そんなことありません。泣きたいようなことがあったら、誰かにしゃべった方がいいです。僕なら大丈夫。何時間でも、あなたの話に付き合います」

「グチばっかりでも?」

「平気です。僕は、おばあさん子で、小さいころ、いつも一日五、六時間、おばあさんのわけの分からない話を聞かされて育ったんです。絶対に、眠くならずに、あなたのお話を聞きます」

　加津子は笑ってしまった。

「ごめんなさい。——ありがとう。お気持ちは本当に嬉《うれ》しいわ。でも、子供の食事も作らなきゃいけないし、ゆっくりしている時間はないの。それに——」

　と、少し間を置いてから、言った。「今のところ、男の人に飢えてもいないし」

「あ、誤解しないで下さい」

と、市原は言った。「僕は、その……」

市原は、言葉を選んでいるようだった。

気をつかってるのね、私に、と加津子は思っておかしくなった。

「そんな下心はない、とおっしゃりたいの?」

と、加津子が助け舟を出すと、

「ええ、そうです。僕はただ、あなたのような、落ちついた魅力のある女の方とお話がしたくて――」

と、市原は言ってから、「その……正直に言えば、いくらか、下心もあります。でも、あなた次第です。決して無理に――」

「分かりました」

と、加津子は遮《さえぎ》って、「同僚の女性が戻って来るわ。――お電話ありがとう。楽しかったわ」

「そうですか」

「下心があると聞いてホッとしたわ。少しは魅力のある証拠ですものね」

「じゃあ……またお電話しても?」

「ええ。いないことが多いと思うけど」

「ありがとうございます！」

その元気の良さは、魚屋さんのいきのいいお兄ちゃん、というところだった。

「――お待たせ」

と、息を弾ませて、中川尚子が、サンドイッチとコーヒーをかかえて戻って来る。

「電話だったの？」

「仕事じゃないの。古い友だち」

古い？　今朝からの古い友だち……。

「じゃ、私、行って来るから、お願いね」

と、中川尚子は言って、バッグをつかむと、風のように飛び出して行った。

加津子は、コーヒーを飲みながら、のんびりとサンドイッチを食べた。

あの市原という男の電話で、気持ちが明るくなったのは事実である。

「――物好きもいるのね」

と、呟いて、首を振る。

昼休みとはいえ、仕事の電話はちょくちょくかかって来る。その都度、緊急のものは、ポケットベルで社員を呼び出し、それほどでないものは、メモを各人の机にのせておく。

食べ終わったところに、また電話。

「──はい、〈オフィス・U──〉でございます」

「ああ、宮内君は?」

と、太い男の声。

誰だったろう? 聞いたことはあるが。

「はい、私でございますが」

「ああ、君か。北村《きたむら》だが」

加津子は飛び上がった。原稿を失《な》くした、当の「大作家」ではないか。

「あ、あの、どうも昨日は──」

「いや、ご苦労さん」

北村は、愛想が良かった。珍しいことである。

「それでね」

と、北村は言った。「昨日の原稿のことなんだが……」

加津子の頭の中から、市原茂也のことなど、影も形もなく吹っ飛んでしまった。

「あの──昨日の原稿が何か……」

「うん、ちょっとね、直したい所があるんだ」

と、北村は言った。「そこにあるかね、まだ」

「あ、それが……」

加津子は、とっさのことで、「もう印刷所へ入れてしまいまして」

と、言っていた。

「そうか。いや、今でなくてもいいんだ」

と、北村は気楽に言った。「校正刷りが出るだろ？　その時で充分だ。なに、大したことじゃないんだがね。その言葉一つで、文章全体の印象が変わってしまう。分かるかね？」

「はあ」

「放《ほう》っておこうか、とも思ったが、やはり気になってね。作家の良心というやつだな。より良くなるものは、見すごしておけない」

「はあ」

「じゃ、校正刷りが出たら、連絡してくれたまえ。――ああ、そうだ。ちょっと旅行に出るんでね。九日には戻る。九日で間に合うね」

「はあ」

「じゃ、頼むよ」

北村は電話を切ろうとして、「――なあ、君」

と、言った。

「は？」

「一度、二人で飯でも食わんかね」

「先生と……ですか」

「うむ。旨《うま》い寿司屋《すしや》を知ってるんだ。君、独り者だろ？」

「はあ、でも……」

「じゃ、一度付き合えよ。その校正刷りを持って来る時でもいい」

「先生――」

「ああ、分かった」

と、電話口の近くの誰かに言っている。「じゃ、よろしく頼むよ」

急に事務的な口調になって、切ってしまった。――きっと、奥さんがそばに来たのだ、と加津子は思った。

校正刷りが出たら……。何もないのに、校正刷りなんか出るわけがない。

どうしてあんなことを言ってしまったんだろう！

もちろん、今の電話で、謝るわけにはいかなかった。しかし、ともかくお話がありますから、と言って、北村の家へ出向き、平身低頭して詫《わ》びるべきだったのだ。

今になって、そう考えても、言ってしまったことは取り消せない。加津子は頭をかかえた。そして――気付いた。

食事をしよう、と言った北村の言い方、それは明らかに、浮気の誘いだったのだと。

6　お茶と同情

せっかくいい気分だったのに……。

細川は、大崎竜一が、会社の女の子たちの分の支払いをカードですませて出て行くのを、苦虫をかみつぶしたような顔で見送った。

笑い声が聞こえて、ふと我に返る。笑い声といっても、含み笑いというやつだが。

倉田江梨が、楽しそうに細川を見ている。細川は、彼女と一緒だということを、少しの間、忘れていたのだ。

「何かおかしいかね」

と、細川は、少々ふくれっつらで、言った。

「すみません。別に細川さんのこと、笑ったんじゃないんです」

と、倉田江梨は、いとも気楽な調子で言った。

「だけど……。やあ、もう時間か。出ようかね」

「ええ。ごちそうになっていいんですか?」

細川も、やっと笑顔を取り戻した。

「大崎ほど金持ちじゃないが、これぐらいおごらせてくれよ」

店を出ると、細川と並んで歩き出した倉田江梨は、

「細川さん、頭に来てるんでしょ？」

と、言った。

当然、大崎竜一のことは、社内でも話題になっているはずだ。隠しても仕方がない。

「そりゃね。わら人形に五寸釘《くぎ》ってとこまではいかないが」

「目の前にわら人形と五寸釘があったら？」

「そうだな」

と、細川は、ちょっと考えて、「かなづちを取って来るぐらいの手間はいとわないだろうね」

二人は一緒に笑った。――細川は、倉田江梨の笑い声が耳に快く響くのを聞きながら、こんな笑い声を、どこかで聞いたことがあるな、と思った。

どこでだったか、思い出せないが。

「でも、心配することないと思いますけど」

と、倉田江梨が言った。

「何のことだい？」

「大崎さんの係長のポストです。細川さんに、割とすぐに回ると思います」

細川は面食らった。

「どうして？　だって彼はまだ三十歳だよ。僕より一回りも下だ。しかも、専務の息子で——」

「しっ」

と、倉田江梨は唇《くちびる》に指を当て、「どこで誰が聞いてるか分かりませんよ」

「うん。まあ……」

もう、会社のビルの前まで来ていた。しかし、細川としては、倉田江梨の言葉が気になる。

「君、何か知ってるのかい？」

と、足を止めて訊《き》いていた。

倉田江梨は、細川の方へ顔を寄せると、

「今夜、お時間ありますか？」

と、言った。

「今夜？」

「少しでいいんです。今、食後のコーヒーを飲まなかったから、それを飲む間だけ」

「いいけど……。どうして？」

「極秘情報を教えてあげます」

ビルへ入ると、倉田江梨は、「じゃ、冷やかされるのもいやだから、お先に上がってますね」

と、足早に行ってしまった。

細川は、ポカンとして見送っていたが……。

「極秘情報？」

と、首をかしげた。

倉田江梨のような新人が、細川も知らないことを、どうして知っているんだろう？

それとも——冗談なのかな。

ただ、落ち込んでる中年男を、慰めてやろうという……。そうかもしれない。

肩をすくめて、細川はエレベーターの方へと歩き出す。

扉《とびら》が開いて、細川が乗ると、すぐにもう一人乗って来たのは——。

「やあ、細川君」

「あ、専務」

細川はドキッとした。専務の大崎——竜一の父親である。

「息子が君の所へ世話になることになったんだね」

と、大崎は言った。

「はあ」

「よろしく頼むよ。何かと世間知らずだが」

ゴルフ焼けか、目立つような色の黒さで、至って元気である。たとえば、ニューヨークへ行くといっても、大崎にとっては、「ちょっとその辺」という感覚だ。体力がなければ、とてもつとまるまい。

「こちらこそ、よろしくお願いします」

いくらかの皮肉をこめて言ってやったのだが、大崎の方は、

「いや、まあ私の息子だからといって、特別扱いしなくてもいいんだよ」

なんてやっている。

——こんな風なら、ストレスもたまらないだろうな、と細川は思った……。

席に戻り、午後の仕事が始まって少しすると、机の電話が鳴った。

「細川です」

「あ、もしもし？　倉田です」

「やあ」

「今夜のこと、大丈夫ですか？」

「ああ。しかし……」

「会社の人に見られたくないんで、ちょっと遠いんですけど、〈S〉ってお店に来ていただけます？」

「ああ。知ってるよ」

「じゃ、六時に」

と言って、倉田江梨は電話を切ってしまった。


「ただいま」

と、玄関を上がって、宏枝は言った。

「あら、お帰りなさい」

お手伝いさんの浜田みず江《え》が、帰り仕度をして、出て来るところだった。小太りの、気のいい女性である。

ただ、作る料理がやたらに辛いのには、少々閉口だった。

「じゃ、失礼しますよ」

「はあい。ご苦労様」

と、宏枝は言って、居間のソファに鞄《かばん》を投げ出した。「お腹空《なかす》いた！」

「先に召し上がっててくれって、お父様から、お電話が」

「え？　遅くなるって？」

「そんなに遅くはならないけど、たぶん八時ぐらいだって」

「八時！　死ぬな、待ってたら。分かったわ。じゃ、先に食べてる」

「そうして下さい。それじゃ」

――浜田みず江が帰って行くと、宏枝は、玄関の鍵《かぎ》をかけて、それから自分の部屋へ行って、ベッドの上に引っくり返った。

今日、井上香と話していて、何だか心配になって来たのだ。――もちろん、父はお金のことなど言わないが、あの浜田さんに来てもらっているだけでも、結構な出費になる。

他にこのマンションの管理費だの、月謝だの……。

宏枝は、友だちみたいに、ピアノだの何だのと、やたらに習う趣味がないので、そういうお金は大してかかっていないはずだが……。

「節約ねえ。――どんな手があるかなあ」

と、宏枝は考え込んだ。

まず、お手伝いさんを置くのはぜいたくである、という観点に立てば、家事一切、宏枝がやれば、大分お金は浮く。しかし、これは、あまり現実的な案とは言えない。

大体、宏枝はお料理など、ろくにできないのだ。毎日、出来合いのお弁当か、出前です、ということになるだろう。体にも良くない。

洗濯《せんたく》、掃除……。お父さんは、まるでやらない人だしね。

結局、みんなクリーニングに出して、やたらお金がかかったり、掃除しなきゃ、どんどん汚れて、ますますみじめったらしくなるだろうし。

やっぱり人手は必要だ。

節約が難しいとなると、父の収入以外に、何か、収入をふやす手を考えればいい。その方が、まだ可能性がありそうだ。

「あ、そうだ」

ノート買って来なきゃ。帰りに店に寄るつもりで、忘れていたのだ。

宏枝は急いで着替えると、自分の財布を持って、部屋を出た。

加津子は、タクシーの中でウトウトしていた。

やはり、ゆうべあまり眠っていなかったせいだろう。しかし、車の中での十分ほどの仮眠で、ずいぶん疲れの取れることもある。

今の加津子にとって、状況は言わば「八方ふさがり」である。

原稿も出て来ないし、当の北村からは妙な誘いをかけられるし、「離婚記念日」は近付くし……。

タクシーが赤信号で停《と》まって、加津子は目を覚ました。――ああ、眠っちゃったんだわ。

交差点を眺《なが》めていると、ふと、

「あら、ここ——」

と、呟《つぶや》いていた。

確か、細川と宏枝のいるマンションの近くである。地下鉄の入り口が、確かあの辺りで……。

そうだわ。あの角を左へ入って、真《ま》っ直《す》ぐ行くと、ほんの百メートルほどで、マンションの前に出る。

そう何度も来ているわけではないのに、すぐ頭に入ってしまうのは、やはり編集者という、外を歩くことの多い仕事柄《がら》でもあるだろう。

でも……もちろん、宏枝に会いに行くわけにはいかない。そんなこと、細川との約束に反している。

信号が青になり、タクシーが動き出す。

「すみません！　そこ、左へ曲がって下さい」

と、加津子は言っていた。

「前もって言ってくれなきゃ」

後ろの車にクラクションを鳴らされて、運転手は渋い顔だ。

「ごめんなさい。つい居眠りしちゃって」

と、加津子は言いわけした。

——そう。あのマンションだわ。どの窓だったかしら？

加津子は、パッとしない古ぼけたそのマンションへ、じっと目を向けた。タクシーは、もちろん、アッという間にその前を通り過ぎようとする。

その時、マンションから、女の子が出て来た。ポンポンと軽い足取りで階段を下り、髪を波打たせて、スラリとした足がまぶしいくらい白くて——

「そこで停めて」

と、加津子は言った。

「何だ。銀座までじゃなかったのかい」

と、運転手は車を停めて言った。

「用を思い出したの。——おつり、いらないわ」

「どうも」

少し機嫌《きげん》を直して、運転手がニヤリと笑った。

加津子は、タクシーを出て、反対側の歩道を、ほとんど走るような速さで歩いて行く少女を見つめた。

少女？　いいえ、もうあんなに大きくなって……。

加津子は、とても我慢できなかった。

急いで車道を渡ろうとした。――オートバイが、猛スピードで走って来る。

ハッと足を止めたが、オートバイの方は、加津子が止まるとは思わなかったらしい。

キーッとブレーキが鋭い音をたてる。加津子はよけようとして転んだ。

オートバイも、辛《かろ》うじて引っくり返らなかった。何とか立て直すと、

「どこ見てんだ！　この野郎！」

と、叩《たた》きつけるように言って、エンジンの唸《うな》りと共に、たちまち走って行ってしまう。

加津子は、青ざめてやっと立ち上がった。

「――お母さん」

と、声がした。

「宏枝……。びっくりした？」

「けがは？」

「何でもないわよ、大丈夫」

「膝《ひざ》から血が出てる！」

言われて初めて気が付いた。転んだ拍子に膝をすりむいたらしい。

「大したことないわ。――車にはねられたら大変」

バッグをかかえて、歩道へ上がると、「姿を見かけたもんだから……。つい、タクシーを降りちゃったの」

「入って。手当てしなきゃ」

「だめよ」

と加津子は首を振った。「お父さんが帰って来たら――」

「今日は少し遅いって。それに、けがの手当てぐらい、他人だってしてあげるわ。当然じゃないの」

宏枝の言葉は、加津子を逆らいがたい力で誘惑（?）した……。

「それじゃ、ちょっとだけね」

と、加津子は、娘の肩に手をかけた。

四年前、娘の肩にかけた手は、もっと、ずっと低いところにあったのに。

「大きくなったわねえ、宏枝」

宏枝は、ちょっと照れたように笑って、

「年齢《とし》ねえ、お母さん。そんなセンチになっちゃって」

と、言い返した。

――部屋に上がって、宏枝は、

「座ってて。すぐ救急箱を持って来る」

と、台所へ駆けて行った。

「うん……」

ソファに、落ちつかない気分で座って、加津子は、居間の中を見回した。

「――消毒しようね」

「お母さん、自分でやるわよ」

「やらせてよ。いいじゃない」

もちろん、加津子も、その方が嬉《うれ》しかったのだ。消毒液は少ししみて、痛かったけれど。

「――痛い?」

「ちょっとね」

加津子は、むしょうに、宏枝を抱きしめたくなった。

いくら見ても見飽きない。

我が子って、何ていいものなんだろう!

加津子は、膝の傷を手当てしてくれる宏枝を、じっと見つめていた。

いつまでも見ていられるものなら、傷がどんなに痛んだって構わない……。

「これでよし、と」

宏枝は体を起こして、「テープ、貼《は》っとく?」

「そうね。お願い」

と、加津子は言った。

いくらでも、宏枝に甘えたい気持ちだった。――いやだわ、これじゃ、どっちが親だか分からない。

「ね、ご飯食べていく？」

と、宏枝が言った。

「それはやめとくわ。お父さんが怒るわよ」

「じゃ、お茶ぐらい……。紅茶よね。ダージリンだったよね」

「あら、憶《おぼ》えてるの？」

「ちゃんと、いつも飲んでるもの。すぐにいれる。――待っててね」

自分でパッと紅茶をいれるなんて。あのころの宏枝は何もしない子だったのに。

そんなことを考えると、つい涙が出そうになる。あわてて咳払《せきばら》いして、

「――きれいに片付いてるじゃないの」

と、言った。

「そうかなあ。ちらかるから、何も出さないだけ。ちょっと殺風景よね」

宏枝が、すぐに紅茶をいれて運んで来てくれる。

ゆっくりしてはいられない。いつ細川が帰って来るか……。

「遅くなるって、ちょくちょく？」

「あんまりないよ。遅いって言っても、今日も八時ごろだって。まだ充分に大丈夫」

「じゃ――のんびりいただくわ」

「お砂糖、入れなくなったの？」

「体のことを考えてね。でも――今日は入れるわ」

いくらでも、訊《き》きたいこと、言いたいことはある。しかし、話し始めたら、一晩や二晩では終わるまい。

「元気にやってるの？」

と、あらゆる意味をこめて、加津子は言った。

「見た通り」

と、宏枝は、カーペットに座って膝を立て、「お母さんは？」

「そうね。まあまあ」

宏枝が、自分の紅茶を半分くらい一気に飲んで、カップをテーブルに置いた。

「何かあったんでしょ、お母さん」

「どうして？」

「疲れた顔してる。やつれたよ」

宏枝にそう言われて、加津子はドキッとした。そして軽く肯《うなず》いて、言った。

「ちょっと、ね……」

「話してみて。良かったら」

宏枝の言葉は優しかった。——加津子は、カップのふちを指でなぞりながら、

「原稿を失《な》くしたのよ」

と、言った。

「お母さんが？」

加津子は、ざっと事情を話して、

「言いわけの余地はないわ。このまま出て来なかったら、失業かもね」

と、微笑《ほほえ》んだ。

「何とか捜せないのかなあ」

「難しいわね。ほんの五、六枚の原稿だから……」

そう言ってから、「お父さんに言わないでね。お願いよ」

「信じてよ、娘を」

と、宏枝は心外、という顔をした。

「ごめん。——もし、朋哉まで手もとに置けなくなったら……。生きてたって仕方ないわ……」

「お母さん！」

「冗談よ」

と、加津子は笑顔を作った。

「お母さんね、二十八歳の男性に言い寄られてるのよ。「凄《すご》いでしょ」

やるじゃない！——お父さんも、何だか二十歳とかの新人の女の子と仲良くしてるって」

「まあ、本当？」

と、加津子は笑って、「どんな話をするのかしら、そんな若い子と」

「きっと、ケーキでもおごらされて終わりだと思うよ」

「それより、宏枝、あなたはボーイフレンド、できたの？」

「男なんて、父親一人で沢山」

と、ため息をついて見せたので、加津子は笑ってしまった。

そして時計を見ると、

「もう帰らなきゃ。朋哉がお腹空かしてるわ」

「もう行くの？」

行きたくはない。しかし、時間が恐ろしいくらい早く流れて行くのだ。きっと、時計の方が狂っているんだわ、と思いたかった。

「行くわ」

朋哉が待っている。そう自分へ言い聞かせて、立ち上がる。

「待って」

と、宏枝は立ち上がって、「この辺、タクシーがあんまり来ないの。電話で呼ぶわ」

こんな風に気をつかえるんだ、というところを、母親に見せたい。そんな気持ちがあったのかもしれない。

——七、八分で来る、というので、二人してマンションの前に出た。

「朋哉に、運動会に行くって言ったの?」

と、加津子が訊いた。「本当に来るの?」

一瞬迷ってから、宏枝は、

「うん。行くよ」

と、肯いていた。

7　隠れた関係

「ケーキが好きなんですよ」

と、言ったのは倉田江梨。

「僕も、甘いものが嫌《きら》いってわけじゃないけどね。——好きなら、もう一つ頼んだら？」

と、細川は言った。

ケーキショップとして、このところ知られ始めている店だった。土曜日曜には、空き待ちの行列ができる。

「——私じゃないんです。大崎さん」

と、倉田江梨は言った。

「大崎って……息子の方？」

まあ、あの専務が、ケーキをパクパク食べているところは、想像がつかない。

「ええ。ケーキがね、結局、二人を結びつけたんです」

細川は当惑した。

「何の話だい？」

「あのまま、大崎さんが係長の椅子《いす》に座ってたら、細川さん、ずっと平《ひら》のままですよね、きっと」

「まあ、そうだろうね」

「でも、遠からず、大崎さん、父親と大喧嘩《おおげんか》すると思います」

「何だって？」

細川は、ただ面食らうばかりである。

「ごめんなさい、わけの分かんないことばっかり言って」

と、江梨は自分のケーキを食べ終えて、「一つでやめるのが、太らないこつ」

「そんなにスマートなのに？」

と、細川は笑って言った。

「努力のたまものです」

「そんなもんかね」

「大崎竜一さんって独身でしょ」

「うん。もう三十になるけどな」

「女性がいるんです。付き合ってる人が」

「そうか……。それはまあ、不思議じゃないね」

「たぶん、社内の人も、誰も知りません。もちろん父親の専務さんも」

倉田江梨の、自信たっぷりの言葉に、細川は半信半疑で、

「それは――誰なんだい、相手の女っていうのは」

「園田万里江《そのだまりえ》」

「園田……。園田万里江？　どこかで聞いたな」

と、細川が考え込んで、「――それ、確か女優じゃないのか？」

「そうです」

と、江梨が肯く。

「大崎竜一が女優と？――大体、園田万里江って、大分年齢が……」

「三十五歳ってことになってるけど、実は三十八歳です」

「子供もいて……。離婚したことがあったんじゃないか？」

「二回。――本当は三回なんですよ」

と、江梨が楽しげに言った。

三回、離婚ね……。

細川は、びっくりするよりも感心していた。自分だって離婚の経験者だが、たった
（？）一回だ。

それだって、いい加減大変なストレスであり、別れてしばらくは、再婚のことなんか、考えたくもなかったものだ。それを、園田万里江は三回！

三回別れた、ってことは、三回結婚しているってことである。――当たり前か。

「大したもんだね」

と、細川は、自分でも呆《あき》れているのか感心しているのか分からないままに、言った。

「ああなると、癖ですね、趣味っていうか」

と、倉田江梨は言った。

「しかし……。どうして君がそんなことを知ってるんだい？」

と、細川は訊いた。「それに、大崎竜一が園田万里江と知り合うきっかけって、何だったんだろう？」

「前の方のご質問から、お答えします」

と、江梨は、記者会見の答弁みたいな口調になって、「園田万里江って、私の遠い親戚《しんせき》に当たるんです」

「へえ」

「別に私とは血がつながってるわけじゃないんですけどね。もともと、ほとんど付き合いなんてなかったんですけど、やっぱり、あっちが有名になったんで、私も初めて知って……」

「なるほど」

「ただ、彼女の父親が凄くいい加減な人で、昔、うちの母からお金を借りて、それっきりとかいうことがあったらしくて、ともかく仲が悪いんです」

親戚付き合いなどというのは、金銭が絡《から》んで来ると、何かと面倒なものである。誰だって、そう余裕のある暮らしをしているわけではないのだから。

「だから、よく母があの人の悪口言ってて。あんなに稼《かせ》いでるのに、ちっともお金を返しに来ない、とか。――でも、借りた当人はとっくに死んじゃってるんです。きっと、園田万里江は知らないんじゃないですか」

「じゃ、催促すればいいのに」

「母は、別に返してほしいわけじゃないんです」

と、江梨は楽しげに言った。「分かります？　ああいう有名人に、お金を貸したとか、恩を忘れてるとか、悪口を言うのが楽しいんですよ。だから、返してもらったりしたら、困るんじゃないかな」

「なるほど」

ややこしい話だが、分からないでもない。人間、いつも悪口を言える相手がいるというのは、一種のストレス解消になるのだ。

しかも、直接相手の耳に入る心配がないというのだから、安心して、人にしゃべれるわけである。

「母から聞いたんです」

と、江梨は言った。「園田万里江は、十九の時に、一度男と駆《か》け落ちして、仕方なく親も結婚を許したんだそうですけど、たった十日で離婚しちゃったって」

「十日？」

「二度目は、タレントの……何とかいう男。もう消えちゃってますけど」

「ああ、そうだね。僕も名前は忘れたな」

と、細川は肯いた。

「三回目が、株屋さんか何かで……。これは三年ぐらい続いたんです」

「その辺になると、僕はよく憶えてないね。女性週刊誌ってのは、あんまり見てないし」

「ともかく、二度目の夫との間に、今、小学生の男の子がいて、目下は独身。それで――」

と、江梨は座り直して、「細川さんの二つ目の質問。大崎竜一さんと知り合ったきっかけですけど」

なかなか江梨の話術は巧みなものだった。すっかり細川も引き込まれてしまっている。

「——このケーキなんです」

と、江梨は、もう空になったお皿を指さして、「園田万里江って、ともかくケーキに目がないんです。三十八歳っていうのにね、今でも、仕事の帰りとか、おいしいケーキ屋さんがある、って聞くと、回り道しても寄って行くんですもの」

「大した情熱だね」

と、細川は感心している。

そういうことは、若い内でないと、なかなかできないものだ。

「で、このお店が、ちょうど少し有名になりかけてたんです。彼女が、ほとんど毎日のように寄っていて」

「じゃ、この店で？」

「そうです」

と、江梨は肯いて、「新しい種類のケーキが置いてあったんで、園田万里江は三日も続けてそれを買ってたんです。——ところが、ある日、来てみると、目の前で、その目当てのケーキを全部買い占めちゃった人がいて……。それが、大崎さんだったんですよ」

「へえ」

細川は目を丸くした。「そんな甘党だったとは知らなかったね」

「やっぱり新しい種類のケーキっていうんで、狙《ねら》ってたんですって」

「狙って、ね……」

ケーキを狙う?——とても細川などには想像できない話である。

「じゃ、二人で、喧嘩になったのかい?」

「園田万里江が、三倍でも出すから、三つ売ってくれ、って言って。——その辺の話は、このお店の人から聞いたんです」

「君もなじみなんだね」

「色々、なじみになると面白いこともあるんですよ」

と、江梨はウインクして見せた。

「それで、そのケーキの争奪戦は、どういうことになったんだい?」

と、細川は訊いた。

「大崎さんは、絶対に断る、と言って、この店を出て行きました。それを園田万里江が追いかけて……」

倉田江梨は肩をすくめて、「もちろん、その後のことは、お店の人も知りません」

「そうだろうね」

「でも、それがきっかけだったのは確かです。結局、二人は恋人同士になったんですもの」

「なるほど」

「ね、甘い話でしょ」

江梨の言葉に、細川はふき出してしまった。

「すると……二人が恋人同士になった、ってことはどこで聞いたんだい？」

「母からです。――園田万里江も、すっかり幸せな気分らしくて、母の所へ電話して来たんです。で、ペラペラと大崎さんとのことをしゃべって……母も呆れてました。いくつになっても子供みたいだって」

「なるほど」

「もちろん、私がこの会社へ入ったことなんて、彼女は知りませんけど、たまたま、恋人の勤め先っていうので、名前が出て、あら、それじゃうちの子の行ってるのと同じ会社だわ、って、母が……。そんなわけで、大崎さんの秘密が、私の耳に入った、ってわけです」

江梨は、「――紅茶もう一杯下さい」

と、注文した。

「あ、僕もコーヒーのおかわり」

細川は息をついて、「しかし、そのことと僕の係長のポストのことと――」

「分かりません？　大崎さんが、園田万里江と結婚するなんて言い出したら、父親の専務さん、許すと思います？」

「まあ……。そりゃ反対するだろうな。しかし、もう彼も三十だよ。反対したって
――」

「ええ、確かに、大崎さんの方も彼女に夢中みたいです。でも、反対を押し切って結婚したとして、会社にはいられなくなりますよ」

そうか。毎日父親と顔を合わせることになるわけだ。

「それで、専務さんがクビにするか、それとも、息子さんの方がやめるか。どっちにしても、細川さんの方へ、係長のポストは回りますよ」

「なるほど」

やっと、細川も納得した。「いや、君のおかげで、希望が持てたよ」

「少し元気になりました？」

「ああ」

「じゃ、乾杯」

「コーヒーと紅茶の乾杯か」

と、細川は笑って新しいカップを持ち上げた。

「細川係長に！」

と、江梨は言った。

そのケーキショップを出ると、倉田江梨は、

「ごちそうになって、すみません」

と、言った。

「こんなもので、礼を言われちゃ困るよ」

細川は苦笑して、「今度、ちゃんとおごらせてくれ」

「期待してます」

と、江梨は微笑《ほほえ》んだ。

その笑顔の愛くるしさは、一瞬、細川の胸を若い日の追憶で満たすに充分だった。

「私、もう少し積極的に、お力になれると思うんです」

と、江梨が、一緒に歩きながら、言った。

「何のこと？」

「もちろん、係長の椅子」

「しかし、遠からず、大崎君は――」

「もちろんそうです。でも、面白くないでしょ？　あんな若い人に、あれこれ命令されるのなんて」

確かに、そう言われれば、否定はできない。

「しかし……」

「早めればいいんです。園田万里江との仲が父親に知れるのを」

「そんなことが——」

「可能です」

江梨は、ちょっと楽しげに、「期待してて下さい。——じゃ、私、ここで」

「うん。ありがとう」

「さよなら」

江梨がピョコンと頭を下げて、歩いて行くのを、細川は見送っていたが……。

たまたま、道に人通りがなかったせいもあるのだろうか。

江梨は、足を止めるとクルッと振り向いて、戻って来た。

「どうしたんだい？」

「忘れものです」

と、江梨は言ったと思うと、伸び上がって、細川の頰《ほお》にチュッとキスした。

呆気《あっけ》に取られる細川へ、いたずらっぽい笑みを見せて、走り去って行く……。

細川は、そっと頰へ手をやった。指先に、かすかに口紅の赤い色が、ついていた。


「お帰り」

と、宏枝は、玄関に出て言った。「ご飯、先に食べたよ」

「そうか」

細川は、靴《くつ》を脱いで、上がって来ると、「そういえば、まだ食ってなかったんだ」

「忘れてたの？」

「ああ。ちょっといいことがあってな。お前、もう食べたのか」

「そう言ったでしょ」

「あ、そうだったな」

と、細川は笑った。

いやに父が明るくなっている。――宏枝には少しそれが面白くなかった。

「ご飯、あっためる？」

と、宏枝は訊《き》いた。

「そうだな。うん、どっちでもいい」

「じゃ、電子レンジであっためる」

宏枝は、父親が口笛なんか吹きながら、ネクタイを外すのを、少々呆気に取られながら見ていた。

どうしちゃったんだろ？　あんなに落ち込んでたのに。

「ネクタイ、かけとくよ」

「ああ、悪いな」

ネクタイを受け取って、宏枝は、ドキッとした。

「お父さん」

「うん？　何だ？」

「口紅がついてるよ、頬《ほ》っぺたに」

「そ、そうか？」

細川が、あわてて手で拭《ぬぐ》う。「もう落ちたと——。いや、きっと電車でついたんだろう。ほら、混雑してるとな……」

「ワイシャツにつくぐらいならね」

と、宏枝は言った。「でも、頬っぺたにキスまでしないと思うけど」

「いや、つまりだな——」

「別にいいんだけどね。お父さんはお父さんでプライバシーがあるんだし。でも、この家へ持ち込まないでくれる？」

宏枝の言い方は、細川がハッとするほど、厳しいものだった。

「いや……すまん。だけど、そんなことじゃないんだ。新人の女の子が、ふざけてやっただけなんだよ。本当だ」

宏枝は、ちょっと肩をすくめて、

「分かった。もういいよ」

と、言うと、台所へ入って行く。

ネクタイは、その辺に放《ほう》り出してあった。

「まずかったな……」

と、細川は呟《つぶや》いた。

別に、浮かれていたわけではないのだ。ちゃんと落としたつもりだったのだが……。

いや、実際のところ、やはりいい気分になっていたのかもしれない。何といっても、離婚以来、とんと女性とは縁のない毎日である。

宏枝もいることだし、お手伝いさんも来て、日々の暮らしに不自由はない。しかし、疲れた時、そばに安らいで、胸に抱くことのできる女性がいない、ということは、寂しいものだった。そんな時、倉田江梨にキスされたのだ……。

細川は、台所を覗《のぞ》いた。

宏枝が、背中を向けて、おかずをあっためて皿に並べている。――細川は、その背中が、自分をにらみつけているように思った。

「おい、宏枝……」

と、細川は声をかけた。「お前の考えてるようなことじゃないんだ。――なあ、大体、父さんがそんなにもてるわけないだろ？　今度も、その――係長になりそこねたんだ。なれるはずだったのに、急に重役の息子が割り込んで来てさ。それで、落ち込んでたんだよ」

宏枝は、聞こえてはいるのだろうが、振り向こうともしない。

「それで、新入社員の女の子が同情してくれて……。もしかしたら、うまく行くかもしれない、って話でね。ケーキをおごって……。それだけだ。本当だよ。別れぎわに、その子がふざけて、この……頬にチュッと……。でも、本気じゃないんだ、もちろん。何といったって、向こうは二十歳なんだから。お前と四つしか違わないんだから！　なあ、宏枝……。宏枝……？」

宏枝の肩が、細かく震えている。――細川は焦《あせ》って、

「おい、泣いてるのか？　宏枝――」

宏枝が振り向いて、

「あのね――あんまり笑わせないでくれる？」

と、言った。「本当にもう――お父さんったら！」

細川はホッとした。

「何だ。ハラハラしたよ」

「それじゃ浮気はできないね。――はい、おかず。早く着替えてらっしゃいよ」

「うん……。そうか。そうだったな」

「その上下、クリーニングに出すから、ポケット、空にしといて」

と、宏枝は声をかけた。「この前は、変な広告のチラシが入ったままになってたよ」

「そうか？　分かった」

——宏枝は、食卓に、おかずを並べて、

「お母さんなら、もっとおいしそうに並べるかなあ」

と、呟いた。

もちろん、宏枝だって父が恋人でも連れて来たら、多少はショックだろう。

しかし、それをまるきり認めない、というほど、分からず屋でもないつもりだ。

ただ、今日は母に会ってしまったから……。

お母さん、ずいぶん参ってた。

大きな会社にいる父とは違って、母の立場は、病気一つできないと言ってもいいくらい、弱いものだ。

朋哉までとられたら、生きていられない……。ああ言った時の、母の顔は、真剣だった。

そこへ父があんまり呑気《のんき》に幸せそうな様子で帰って来たので、ちょっと腹も立ったが、まあ、これはこれで結構なことだ。でも、うまく行くってどういうことなのだろう？

8　週末の悩み

少し風が出て来ていた。

「困ったなあ……」

と、宏枝は呟いて、空を見上げる。

ともかく、よく晴れ上がって、およそ雨など降りそうもない状況だった。

降ってほしい時には降らないんだから、本当に！　空に向かって八つ当たりしても仕方のない話だが。

「何を困ってんの？」

と、ポンと肩を叩《たた》いたのは、井上香。

「香か。——これよ、これ」

と、宏枝は、目の前の五十メートルのトラックを指さして見せた。

次は体育の時間で、もちろん宏枝や香も、体操着に着替えている。狭い校庭なので、五十メートルしか直線でトラックが取れないのだが、それでも、

「走るの？　やだなあ」

などと文句を言う子があちこちにいる。

「何よ、宏枝はいいじゃない、速いんだからさ」

と、香は言った。「私なんか自慢じゃないけど、向こうに辿《たど》り着きゃいい方」

そうなのだ。宏枝は足が速い。もちろん、この女子校だから、とも言えるが、それでも昔から運動会のかけっこではたいてい一番か二番だった。

その点、弟の朋哉の方はやや鈍いのだが。

「速けりゃいい、ってもんでもないのよね」

と、ため息をつく宏枝に、香は首をかしげている。

宏枝が悩んでいるのは、十月十日――あと五日と迫った体育祭の日に、弟の朋哉の運動会を見に行く、と母に約束してしまったせいだった。

昨日の母の、あの落ち込んだ様子を見ていて、つい、そう約束せずにはいられなかったのである。しかし、そのためには当然、こっちの体育祭を休まなくてはならない。

学校の行事を休むのは、結構大変なことだし、大体、父をどうごまかすかが問題である。いくら細川が呑気でも、十月十日が体育祭ぐらいのことは、憶《おぼ》えているはずだ。

加えて、この時間、クラス対抗リレーの選手を決めることになっていて、全員が五十メートルを走り、速い順に五人、選ばれる。

普通に走れば、どう間違っても、宏枝は五人の中に入ってしまうのだ。それもたぶん、一位か二位で。

リレーの選手になって、当日に休む、というのは、クラスの他の子たちの手前、うまくなかった。——宏枝が、今日ばかりは、足が速い自分を恨めしく思ったのは、そんなわけだったのである。

「おい、集合！」

と、体育の若い男の先生が、大声で言いながら駆けて来た。「みんな、のろのろするな！」

体育の先生は、まだ二十四歳の独身男性で、金子正一《かねこしょういち》という。

女子校の体育教師になったいきさつは分からないが、ちょっと甘いマスクの青年で、生徒たちの格好のからかいの的。当人はまた生真面目《きまじめ》にやろうと汗をかくので、ますます面白いのである。

「ほら、並んで！——いいか、並ぶってのはな、そんなグニャグニャに出っ張ったり引っ込んだりしてるのとは違うんだぞ！」

と、むだな努力を続けている。

「出っ張ったり、引っ込んだり、だって！」

「わあ、いやらしい！」

生徒たちがキャーキャー騒ぐので、金子先生の方は真っ赤になって、

「馬鹿《ばか》！　そんな意味じゃない！　列のことを言ってんだぞ、俺《おれ》は！」

すぐむきになるので、生徒たちの方としても、からかいがいがあるのである。

「ほら、そこ、いつまでしゃべってんだ！　整列するだけで終わっちまうぞ！」

と、先生の方はもう汗をかいていた。

やっとこ、それでも列らしいものができて、いっちょ話でも聞いてやるか、とみんなが顔を向ける。

「今日は、この前言った通り、体育祭のリレーの選手を選ぶ。全員、五十メートルを走って、タイムを取る」

と、金子が言うと、

「エー」

「やだあ」

「疲れるよお」

と、声が上がったが、もちろんこれは決まった手続きみたいなものなのである。

「タイム係、太田《おおた》と安井《やすい》。――ほら、出て来い。ストップウォッチ。――使い方、分かってるな」

「先生」

「何だ？」

「この時計、とまってるよ」

「当たり前だ。ずっと動いてたら、測れないだろうが」

「あ、そうか」

宏枝としては、いささか先生に同情したい気分でもある。

「スタートのピストル係――」

「やる！」
五、六人の子がピョンピョン飛びはねた。
「――よし、じゃ高橋《たかはし》。全く、女のくせにこんなもんばっかり喜んで……。人に向けてうつなよ」

やれやれ、これでやっと本番、というわけだ。宏枝は、迷っていた。

わざとゆっくり走ることもできるし、だからって怒られたりすることはない。しかし、そこは性格というもので、つい全力を出してしまいたくなるのだ。

「おい、細川」

と、金子先生が声をかけて来た。

「はい、先生、何ですか？」

と、宏枝は訊き返した。

「うん、たぶんこのクラスじゃ、お前が一番速いだろう」

と、金子先生に言われて、

「そう……かなあ」

と、モゴモゴ言っている。

「たぶんお前が当日のアンカーになる。このクラスは、まるっきり体育のだめなのが集まってるんだ。お前だけでも、精一杯頑張《がんば》ってくれ」

「はあ」

言いたくなる先生の気持ちも分からないじゃないが……。宏枝としては、ますます気が重くなってしまった。

「よし！　出席番号順に二人ずつ！　早く並べ！」

と、金子先生が、声をからしている。

「じゃ、恥かいて来るか」

初めの組になる香が、エイッと伸びをして、言った。

ピストルの音が空に響く。――女の子たちの歓声。

学校の近くのマンションのベランダに、何人か見物人も出たりして、いかにも都会の学校らしい光景である……。

「ふーん」

と、井上香が肯《うなず》くと、

「そういう事情だったのか」

「参っちゃうよねえ」

と、宏枝は、紙パックのジュースをストローで飲みながら言った。

学校の帰り道。

土曜日なので、半ドンである。

「体育があったから、丸一日分、くたびれた！」

という香の誘いで、二人してハンバーガーをパクつき、ジュースを手に、店を出たところである。

リレーの選手の件は？　もちろん、宏枝はクラスでも断トツのタイムで、選手、それもアンカーに選ばれてしまったのだった。

「足が速いのも辛《つら》いね」

と、香が言った。「でも、お母さんの方が大切じゃない」

「そうね……。でも、こういうことって、どっちが大切とか、比べられるもんじゃないよね。それでいて、どっちかを選ばなきゃいけないってのは……」

「ハムレットの心境か」

「ハムレットなんて、読んでるの？」

「こう見えたって——知らないわよ」

と、香は言った。

「やっぱり、お母さんに本当のことを話すべきだろうな。体育祭さぼってまで、会いに行っても——」

「ね、いい考えがある！」

と、香が宏枝の腕をつかんで、言った。

「何よ、いい考えって？」

と、宏枝は訊いた。

「ね、ちょっと座ろう」

香は、宏枝を引っ張って行って、ベンチに並んで座った。

「何なのよ？」

「ね、宏枝、うちの体育祭ではいつも、リレーって最後でしょ」

「そりゃそうよ。たいていそうじゃないの、どこでも。クラス対抗リレーって、一応、ハイライトだもんね」

「うちにゃ、他にハイライトがないし」

と、香が言ったので、宏枝は笑ってしまった。

確かに、女子校の体育祭というのは、あまり迫力があるとは言えない。わずかながら、唯一《ゆいいつ》盛り上がるのが、クラス対抗リレーである。

　これがプログラムの最後に来るのは当然と言えるだろう。

「ラストだからどうだっていうの？」

　と、宏枝が言った。

「だからさ、朝出席を取るでしょ、それが九時ごろ。それで、リレーがあるのが、閉会の直前だから、まあ、午後の二時半よね」

　と、香が言った。

　宏枝が、まじまじと香を見つめて、

「つまり……出席取って、リレーが始まるまでの間に、弟の運動会へ行って来いっていうの？」

「どう、このアイデア？」

　さすがの宏枝も啞然《あぜん》としていたが……。

「だって——可能かなあ？」

「検討するだけしてみたら？」

　宏枝は、ちょっと考えて、肯いた。

「よし！　まず時間と距離の点」

「うちの体育祭は郊外でやるのよ。それを忘れないで」

「そうか。借りもののグラウンドだもんね。でも、却《かえ》って、弟の通ってる小学校には近いのよ。——ほとんど同じかな。たぶん四十分くらいで行けると思う」

「じゃ、時間的には可能ね。行って、また戻って来ても、向こうで充分に時間はある」

「そうね。第二は、先生の目をうまくごまかせるか、ってことね」

と、宏枝は言って、「担任は——」

「大丈夫！」

二人して同時にそう言っていた。

何しろ、今、宏枝と香のクラスを担任しているのは、都立高を停年で退職した、もう七十近い老先生で、生徒の顔など、ほとんど憶《おぼ》えていやしないのである。本来の担任の予定だった先生が入院しての代理だが、あと二、三か月は、まだ変わらないはずだ。

「となると、問題は——」

「やっぱり、体育の金子先生だね」

と、香は言った。

確かに、運動にかけて、宏枝は目立つ存在だ（他のことでもだと当人は思っている）。

「金子先生はきっと気が付くね」

と、宏枝は言った。「それに途中の競技だって、全然出ないわけじゃないし」

「そんなの、どうにでもなるって」

と、香が請け合った。「ダンスだとか、玉入れとか、お遊びばっかりじゃないの。一人ぐらい。いたっていなくたって、同じよ。誰も気が付きゃしないって」

それはそうだ、と宏枝も思った。――みんな全く同じ運動着で、ズラッと並んで踊っていたら、まあ自分の娘がどこにいるか見分けられる親は、ほとんどあるまい。

「――あ、忘れてた」

と、宏枝は言った。

「何を？」

「父親が見に来てるんだ」

「あ、そうか。でも、お昼ご飯の時ぐらいでしょ、顔合わせるの」

「お昼にまた戻るってのは無理よ！」

「そんなの、私が適当に言ったげる」

と、香が微笑《ほほえ》んで、「『あ、おじさん、こんにちは』『やあ、香君、うちの宏枝はどこにいるかね？』『あの、宏枝さんは役員なので、昼休みも忙しく駆け回ってるんです。お父さんとお昼が食べられなくって残念だと言ってくれって』『そうか。じゃ、仕方ないなあ。ところで香君』『はい、何でしょうか？』『君、ずいぶん女らしく、きれいになったね、見違えたよ』……。何、笑ってんのよ」

宏枝は、笑い過ぎて涙を出しながら、危うくベンチから落っこちそうになっていた。

「——香って、役者の素質があったのね。知らなかった！」

と、涙を拭《ぬぐ》いながら言う。

「あら、こう見えても、児童劇団に——」

「劇団にいたの？」

「劇団の隣の家に友だちが住んでた、ってだけ。ともかく、お昼休みの間は、それでごまかせる」

「そうか……。すると問題は金子先生だけね、やっぱり」

と、宏枝は考え込んだ。

「そう。それにさ、もし当日の役員やらされたら、とても出られないよ」

「役員決めるのも金子先生……。鍵《かぎ》は金子先生にあり、か」

と、宏枝は肯いた。

「宏枝、金子先生に気に入られてんじゃない」

「いくら気に入られてても、学校さぼるんだよ、事実上。そんなこと、頼めないよ」

「だったら、奥の手」

「何よ？」

「だからさ」

と、香が声を低くして、「私の頼みを聞いてくれたら、この私を自由にして下さい、って」

「馬鹿」

と、宏枝は空へ目をやって言った。


さて、少し時計は戻って、正午の時報へあと三分というところ。

細川は欠伸《あくび》をしていた。——月に一回の出勤の土曜日である。出て来ても、みんなあんまりやる気が出ないわけで、何となく、普段たまっている雑用を片付けたり、手紙の整理をしたりしている。

「おい、細川君」

と、課長の永沢がやって来た。

「はあ」

「月曜日から、大崎君がここへ移って来ることになった」

「そうですか」

と、細川はあっさりと肯いた。

「それで……ちょっと机を動かさんとな。すまんが、君、手伝ってやってくれないか」

どうして俺が大崎の机の引っ越しを手伝わなきゃならないんだ？　多少ムカッとは

したが——まあ、大崎も遠からずこの会社にはいられなくなるんだ、と思い直すと、

「いいですよ」

と、立ち上がった。

「すまん。机とキャビネが、一階のエレベーターの前に来てるんだ」

「分かりました」

他に若い男性を二人連れて、細川は、エレベーターで、一階へと降りて行った。

専務の息子だ。どうせゾロゾロと手伝いを引き連れて来てるんだろうが。

一階でエレベーターの扉《とびら》が開くと、目の前に、デンと大きなキャビネが突っ立っていた。

「や、すみません！」

と、男が走って来る。

大きな段ボールを三つもかかえて、汗だくになっていた。——引っ越し屋かな？

細川は一瞬そう思った。

トレーナーに昔風のトレパン、テニスシューズ。首にタオルを巻いて、白い手袋までしている。

「あと、椅子《いす》だけなんです！」

と、段ボールをドサッとおろしたその男の顔を見て、細川はびっくりした。

当の大崎竜一ではないか。

「大崎君……。誰かいないのか、手伝いは」

「ええ。みんな忙しいから、頼み辛くて。すみませんね、もう昼になっちゃうのに」

と、大崎は言って、タオルで汗を拭《ふ》いた。

「いや、構わない。おい、椅子を持って来いよ。——一人でいい！　こっちの荷物をエレベーターへ入れるんだ」

「あ、僕、自分でやります。細川さん、いいですよ」

と、大崎が言った。

「大丈夫。まだこれぐらい持てるさ」

と、細川は段ボールを、エレベーターの中へと運び込んだ。「——よし、机を入れて、一旦《いったん》上に運ぼう。昼になると、帰る連中で、混雑する。急ごう」

入るだけエレベーターに積み込んで、

「よし、一度上に行くぞ。すぐ戻れるように、お前も、一緒に乗れ」

と、細川は若いのに声をかけた。

「はい」

少し太り気味——いや、「かなり」かもしれないが——のその若い社員が乗ると、ピーッと〈重量超過〉のブザーが鳴ってしまった。

「あれ、いけね」

「だめだな。仕方ない、お前、降りろ」

と、細川が言うと、

「だめですかねえ……。エイッ！　これでどうだ」

と、その男が、机の上にヒョイと乗っかった。「——だめか！」

「当たり前だ。足をつけてなくたって、重さは変わらないんだぞ」

「あ、そうか」

と、真顔で言ったので、細川と大崎竜一はふき出してしまった。

「——今の若い奴《やつ》は、ふざけてるのか真面目なのか、さっぱり分からん」

と、エレベーターが上り始めると、細川は首を振って言った。

「それなりに真面目なんですよ、きっと」

と、大崎が言った。「ただ、はたからそう見えないだけで」

細川は、ちょっと大崎竜一のことを、見直した。

専務の息子、という先入観があったからだろうが、もっと甘えん坊の、どうにもならないドラ息子かと思っていたのだ。

しかし、こうして自分の机や荷物を運ぶのにも、誰にも手伝わせず、こんな格好で、一人で頑張っている。——確かに、「重役の息子」なんて立場も、はた目ほどにはいいものじゃないかもしれないな、と細川は思ったりした……。

甘い、甘い。

目の前の係長の椅子をかっさらった男だぞ。——こんな風だから、いつも後回しになっちまうんだ。

「——さ、荷物をおろそう」

エレベーターの扉が開くと、細川は言った。

ちょうど、昼の終業のチャイムが鳴っている。

「あら、細川さん」

と、やって来たのは、倉田江梨だ。

「やあ、例の大崎君の引っ越しだよ」

と、細川は言った。

ちょうど、大崎は段ボールをかかえて、オフィスの中へ入って行っている。

「良かった。どこへ行ったのかと思って、捜してたんです」

「僕を?」

「ええ。——帰りに、お時間、ありますか?」

倉田江梨の目は、いたずらっぽく輝いていた。

9　昼下りのデート

今日は、運動会のリハーサルで、遅くなるよ。夕食までには帰らないと。
あの子、そう言ってたっけ……。でも、仕事をしていた。——午後の一時を少し回ってい
加津子は、まだ事務所に残って、仕事をしていた。——午後の一時を少し回ってい

たが、もちろん昼食にはまだ出ていない。

社長の尾上は、少し入院が長引きそうだというので、秘書の中川尚子は、目の回りそうな忙しさで、駆け回っている。

つい、加津子もここから出にくくなってしまっていた。若い社員たちは、デートがありますんで、とか、堂々と言って帰って行く。

いちいち、そんなこと言って行かなくたって、と思うが、別に悪気があるわけじゃないのだ。素直にニコニコしているのだから、そう腹を立てるわけにもいかない。

昨日、宏枝に会って、少し加津子の気持ちも落ちついていた。

もちろん、状況が何一つ良くなったわけではないのだから、むしろ「開き直った」

と言った方が正確かもしれない。

ともかく、何としてもこの仕事を失っては困るのだ。——作家の北村には、どう詫《わ》びたらいいか、ずっと、加津子はそれを考えていた。

すると、〈オフィス・U——〉とかかれた入り口のドアがカタッと音をたてて、少し開いた。

「どなた？」

と、加津子が声をかけると、

「あ、いらしたんですね」

と、顔を出したのは——。

「あら、あなた」

例の、バスの中で知り合った市原茂也である。「よくここが分かったわね」

「少し捜したんですけどね」

と、市原は入って来た。

「まあ。——今日はお休み？」

ジーパンに、明るいシャツ。大学生と言っても通用しそうだ。

「ええ。でも、たぶんあなたは出てらっしゃるだろうと思って」

「こんな仕事、休みなんてないのも同じよ。——何かご用？」

「もちろん、デートに誘おうと思って」

加津子は面食らって、

「私を？」

「他の人はいませんよ、ここには」

「そりゃそうだけど……」

と、加津子は目をパチクリさせながら、「でも——いきなり、そんな！」

「電話じゃ、断られそうで。だめでもともとと思って、来たんです」

と、市原は屈託がない。「そのお仕事、長くかかるんですか？」

そう訊《き》かれると……。もちろん、いくらでも、仕事はある。でも、どこかで、やめなきゃいけないのだし。

「いいわ」

と、加津子は肯《うなず》いた。

市原は、目を輝かせた。

「いい、って……。つまり、付き合っていただけるんですね？」

「それ以外に解釈のしようがある？」

と、訊いて、加津子は笑った。

市原がその場で、ポンと飛び上がったからだ。

「やった！」

「ちょっと！　床にドシンとやると、下から文句が来るわよ」

と、加津子はあわてて言った。

「あ、すみません」

「ちょっと待って。あなた、電車で来たの？」

「車です。といってもレンタカーですけど」

「じゃ、車で待っていて。デートするようなつもりで来ていないから、私」

「そのままで、充分素敵ですよ」

「くすぐったいわ、聞き慣れないことを言われると」

と、加津子は笑って、「ともかく、メッセージとか、残しておかなきゃいけないものもあるの。だから、先に出て、待っていて」

「分かりました！」

市原は、パッと直立不動になると、「一刻も早いおいでをお待ちしております」

と、敬礼して見せた。

「あ、それからね――」

「は？」

「私、お昼がまだなの。ともかく何かお腹に入れさせてくれないと、不機嫌《ふきげん》になるわ」

「承知しました」

一礼して、市原は出て行った。

——愉快な人。加津子は首を振って、

「少なくとも、気晴らしにはなるわね」

と、呟《つぶや》いた。

電話連絡のメモを、それぞれの机にのせて、自分の机を片付けると、加津子は、オフィスを出た。完全に空っぽになってしまうので、施錠して行かなくてはならない。鍵《かぎ》は管理室へ預けて。

中川尚子が、もし戻って来ても、管理室からまた鍵を持って来ればいいわけである。

加津子はトイレに入って、鏡の前に立った。——少し疲れて、あまり化粧っ気のない顔が映っている。

こんな女を、デートに？　どういう物好きだろう？

もしかすると、この手の女は金を貯《た》めてると思って、それを狙《ねら》って近付いて来たのか。それなら残念ながら当て外れだわ。

でも——何も、はなから疑ってかかることもないだろう。要はこっちが気を付けて、甘い言葉にのせられなきゃいいだけの話。

甘い言葉に、ね。一度、聞いてみたいもんだわ、と加津子は呟くと、バッグを開けて、少しはデートらしい雰囲気《ふんいき》を作るべく、口紅を取り出した。

その時、お腹《なか》がグーッと鳴ったのは、加津子への警告だったのか、それともファンファーレか……。

さて、加津子が市原茂也との初デートに臨むべく、鏡に向かっていたころ、細川は、やっと大崎竜一の机の場所を決めて、ホッと息をついたところだった。

「これでいいだろう。——電話もこっちのが使えるしね」

「そうですね。すみません、僕一人のために何だか大騒ぎになっちゃって」

と、大崎竜一は、すっかり恐縮してしまっている。

「いや、どうせ動かさなきゃいけなかったんだし……。おい、ご苦労さん。もう帰っていいぞ」

と、細川は手伝っていた若い社員たちに言った。

しかし、言われるまでもなく、という感じで、もうさっさと帰り仕度をしているのもいる。

「お先に失礼します」

と、次々に帰って行き、後には大崎と細川の二人だけが残った。

「さあ。こっちも引き上げよう」

と、細川は息をついて、「手を洗って来る。大崎君、その格好で会社に来たのかい?」

「いや、そうじゃないんです。着替えたんですよ。服はその紙袋に入ってます」

「そうか。君……もし良かったら、昼でも一緒にどう? これからは仲間だしな」

細川の言葉に、大崎は、困ったように、

「どうも。お誘いはその……ありがたいんですが……」

と、口ごもっている。

「いや、用事がありゃ、無理にとは言わないよ。それじゃ、僕は先に帰るから」

「どうもすみません。今度、ゆっくり——」

「ああ、気にするなよ。君も何かと忙しいだろ。偉い父親を持つと」

細川としては、別に皮肉やいやみのつもりで言ったわけではなかったのだが、大崎の方は、ちょっと目を伏せた。

細川が、トイレに行こうと歩き出すと、

「細川さん」

と、大崎が呼び止めた。

「うん?」

「実は……こんな所でお話しするのも何ですけど——僕のせいで、細川さんがつくはずだった係長のポストが——」

「そのことか。気にするなよ」

と、細川は首を振った。「そりゃね、少しもがっかりしなかった、ってことはないさ。でも、君にとっちゃ、将来の重役への勉強じゃないか。それには、ここはなかなかいい所だと思うよ。ま、そんなことに初めからこだわってたら、何もスムーズに運ばないぞ」

自分でも、びっくりするくらい、スラスラと言葉が出て来る。

そして、その言葉は、細川の本心から——少なくとも半分以上は——出たものだったのである。

大崎は、少し照れたように、

「細川さんにそう言われると——何だか余計に申し訳ない、って気がするな」

と、頭をかいた。

細川は、ちょっと笑って見せて、

「じゃ、来週から、頑張《がんば》れよ」

と言った……。

全くね。——どうしてこう、俺《おれ》はお人好《ひとよ》しにできてるんだろう。

皮肉の一つも言ってやったって良かったじゃないか、と思うのだが、何と言っても、月曜日からは一日中、顔をつき合わせていなくてはならないのだ。いやな雰囲気で働くことほど、体に悪いものはない。

細川は、ビルを出た。

とたんにわきからパッと腕を取られ、びっくりして危うく声を上げそうになる。

「ハハ、びっくりしました？」

「おい、もう僕の心臓は若くないんだぜ。お手やわらかに頼むよ」

もちろん、倉田江梨である。——二人で腕を組んで歩き出す。

「ね、大崎さんに、言ってみました？」

「え？　ああ、これから机を並べるんだし、昼飯でもどうだい、ってね」

「大崎さん、何て？」

「いや、今日は何だかだめらしい」

「やっぱり」

と、江梨が肯く。

「やっぱり、って、何が？」

「園田万里江と会うんですよ、大崎さん。決まってるじゃありませんか」

「なるほど……。そうかもしれないね」

「だから、訊いたんです。お時間ありますかって。——大崎さん、何してるんですか？」

「着替えてるんじゃないのか」

「じゃ、出て来るのを見張ってましょ。お腹空《す》いてるでしょ？　そこのおにぎりなら、すぐ食べられます」

「おい……」

呆気《あっけ》に取られている細川を、江梨は立ち食いのファーストフードの店に引っ張り込んでしまった。

「——何しようっていうんだい？」

「ライス何とか」と、妙な名のついた、要するにおにぎりを頰《ほお》ばり、紙コップのミソ汁を飲みながら、細川は訊いた。

「ここで大崎さんが出て来るのを、待つんです」

江梨はおにぎりの〈特大〉というのを、アッという間にペロリ。細川を啞然《あぜん》とさせた。

「待って、どうするの？」

「これ、持って来たんです」

江梨が、大きめのバッグを開けると、中から、小型のカメラを取り出した。

「これで何を撮るの？」

「もちろん、大崎さんと園田万里江のデートじゃありませんか」

と、江梨は言った。

細川は、江梨の手にしたカメラを見て、

「そのカメラで？　いや——そりゃ分かるけど、大崎君と園田万里江の——」

「しっ。大きな声を出しちゃ、だめですよ」

と、江梨が指を口に当てる。「もちろん、隠し撮りです」

「そんなにうまく撮れるかい？」

「やってみなきゃ分からないでしょ」

そりゃそうだ。——この辺の、「まず行動」というところが、年齢の差なのかもしれなかった。

細川は、おにぎりを食べ終えて、ウェットティッシュで指を拭《ふ》くと、

「だけど——写真を撮って、どうするんだい？」

と、訊いた。「まさか……大崎君を脅迫するなんてことは……」

「まさか」

と、江梨は顔をしかめた。「私のこと、そんな悪党だと思ってるんですか？」

「いや、そうじゃないけど」

「考えがあるんです。任せて下さい」

と、江梨は楽しげに言って、「もしうまく行かなくても、細川さんとデートできたからいいや」

細川がギョッとして、江梨を見つめた。

ところで——やはり「元夫婦」というべきか、細川が立ち食いのおにぎりをパクついていたころ、加津子もおにぎりを食べていたのである。

もちろん、こちらは市原と二人。立ち食いではなく、〈和風フランス料理〉という、何だかよく分からない店に入ってのことだったから、細川たちより、多少高級ではあった。

「面白い店を知ってるのね」

と、居酒屋風の造りになった店の中を見回しながら、加津子は言った。

大して広い店ではないが、勤め帰りのＯＬで一杯だ。

「こういう、安くて量があっておいしい店、ってのを知らないと、今はデートもできないんですよ」

と、市原は言った。

フランス料理、といっても、スープのメニューにミソ汁があったり、ランチにはハヤシライスなんて、懐《なつ》かしい名前があったりする。

こういう、ジャンルにこだわらない店が、今の流行らしいということは、加津子も知っていたが、実際に入るのは初めてだ。

「――お腹の方は大丈夫ですか」

と、市原は訊いた。

「ええ、しっかり食べたわ。マラソンでもする？」

「ちょっとドライブしましょう。せっかく車を借りたし」

「いいわよ。でも遠出はだめ。子供が帰るまでには、家へ戻りたいから」

「分かってます。無理は言いません」

市原は素直に肯いた。「じゃ、出ましょうか。――あ、僕が払いますから、いいですよ」

「じゃ、ごちそうになるわ」

確かに、払った方も、払ってもらった方も、負担に思わなくてすむ程度の値段なのである。――今の若い世代は、無理せずに付き合うこつを、知っているのかもしれない。

車を、少し離れた有料駐車場へ入れてあるので、二人はぶらぶらと歩いて行った。

「——もとのご主人とは、会うこと、あるんですか」

と、市原が訊いた。

「どうして？」

「いえ、別に……。何となく訊いてみただけです。すみません、気にさわりましたか」

「そんなことないわ」

と、加津子は首を振った。「——主人とは年に一回、会うの」

「へえ。決まってるんですか」

「そうよ。——別れたその日にね」

「会って、どんな話を？」

「近況報告よ」

と、加津子は肩をすくめて、「お互い、手もとに引き取った子供のことがほとんどね。元気にしてるか、とか、何か変わったことはなかったか、とか」

「なるほど」

「もちろん、自分のことも話すけど」

「ご主人の方は——再婚とかは？」

「今のところ、まだ独り。女はこりごりじゃないの」

と、加津子は笑って言った。

——二人は駐車場へと入って行った。

「今、車を前に出します」

と、市原が車の方へ歩いて行った時だった。

背広姿の男が一人、タタッと駆け寄って来た。

「市原！」

少し太り気味の、たぶん市原と同じくらいの年齢らしいその男は、いきなり市原の肩をぐいとつかんだ。

「お前——」

市原が、目をみはった。

そして、その男が、突然市原を殴ったのである。

加津子は、呆気に取られて、動くこともできず、尻《しり》もちをつく市原を見ていた。

「忘れちゃいないんだぞ、俺は！」

と、その男は市原に向かって叩《たた》きつけるように言うと、「よく憶《おぼ》えとけ！」

と言い捨てて、足早に駐車場を出て行ってしまう。

やっと我に返った加津子は、急いで市原の方へ駆け寄って、

「大丈夫？」

「ええ……。いきなりだったんで。――いや、大したことありません」

市原は顎《あご》をさすりながら、立ち上がった。

「でも……。ほら、唇《くちびる》が少し切れて血が出てるわよ」

と、加津子は言った。「手当てした方がいいんじゃない？」

「大丈夫です。放《ほ》っとけば治りますから」

市原は肯いて見せ、「大して力のあるパンチじゃなかったな」

「強がってないで」

と、加津子は苦笑した。「ほら、顎の辺りが、あざになってるわ。お医者さんに行った方が」

市原は、ちょっといたずらっぽい目で加津子を見ると、

「あなたに手当てしてもらえば、きっとすぐに治ります」

と、言った。

「呑気《のんき》ねえ」

と、加津子は笑って、「いいわ。でもどうやって？　薬もなしじゃ、何もできないじゃないの」

「そうですねえ……。じゃ、放っときましょう」

「でも、やっぱり……。それじゃ、どこか近くの薬屋さんで、薬を買って来てあげる。

待ってて」

「何だか悪いなあ」

と言いながら、市原は結構楽しそうにしているのだった……。

ちょうど、駐車場を出たところに、安売りの薬局があったので、加津子は消毒液や、湿布薬を買って来た。市原は車の中に座って、ハンカチで、口を押さえていた。

「どこで、大手術をやる？」

と、加津子は助手席に座って言った。

「どこか、ホテルにでも入りませんか？」

加津子は、ちょっと市原をにらんで、

「だめだめ。そういう下心あってのお芝居だったんじゃないでしょうね」

「違いますよ！　だったら、こんなに本気で殴らせませんよ」

「じゃ、ここでやりましょ」

と、加津子は消毒液の封を切った。

――市原が、殴られたりする痛さよりも、薬がしみる、といった類《たぐい》の痛さに弱いことが、間もなく明らかになった。車の中でなかったら、誰かが悲鳴を聞いて、駆けつけて来たかもしれない。

「あの人、何なの？」

と、加津子は訊《き》いた。

「以前、同じ会社にいた奴《やつ》です」

「どうしてあなたのことを殴ったりしたの」

「会社をクビになって……。自分がしくじったせいなんです。それを、僕が上に告げ口したせいだと信じ込んでるんですよ。かないません」

「そう。しつこい人なのね」

「ええ。僕と違って」

市原が真面目《まじめ》な顔で言ったので、加津子はつい、笑ってしまったのだった。

10　密会

カシャッとシャッターが音をたてて落ちる。

「やった！」

と、倉田江梨は肯《うなず》いて、「ちゃんと撮れてますように」

細川は、ホッと息をついた。

「いや、大変だねえ、人の後を尾《つ》けるっていうのも」

「でも、運が良かったわ。一度でうまく二人の会ってるところが撮れたんですもの」

と、江梨は満足気である。「これから、どうします？」

「これから？」

と、細川は訊き返した。

どうする、と言われても……。そろそろ帰らないと、宏枝も帰って来ているだろうし。

今日は遅くなると言って来ていないから、心配するかもしれない。もちろん、宏枝はもう十六歳で、子供じゃないのだから、多少のことは構わないのだが。

——もう三時を少し回っていた。

会社を出て来た大崎竜一の後をずっと尾けて、結局、自宅まで行ってしまった。そこで諦《あきら》めて帰らずに、

「少し待ってみましょう」

と、主張したのは、もちろん江梨の方だったのである。

十五分ほどして、着替えた大崎が再び現れ、タクシーを拾った。細川たちも、急いで空車を停《と》め、大崎の尾行を続けたのだ。

そして今……。大崎は、大きなホテルのロビーで、サングラスをかけた女と会い、二人して、歩いてこのマンションまでやって来たのだった。

女の方は、サングラスをかけているが、間違いなく園田万里江。江梨は、しっかり二人がマンションへ入って行くところを、カメラにおさめていた。

「きっと、誰か別の人の名義で借りてるマンションですね」

と、江梨は言った。

「だけど、どうして隠すのかなあ。園田万里江だって、大崎君の方だって独身じゃないか」

「だから、やっぱり大崎さんの方の都合なんですよ、きっと。もちろん、園田万里江

の方も、あんまり騒がれたくないでしょうけどね」

そうか。小学生の男の子がいる、ということだったな。やはり母親に恋人がいるというのが週刊誌とかに出るのは、いやがるだろう。

「どうします？」

と、江梨が訊いた。

「うん……。もう撮れたから、いいんじゃないか？」

「そうかなあ」

江梨の方は、まだ不服そうだ。少し考えてから、「じゃ、細川さん、お嬢さんもお帰りでしょ？　後は私が一人でやります」

と、江梨は言った。

「一人でやるって……。何をするんだい？」

と、細川は訊いた。

「密会の現場写真っていうのは、やっぱり入る所と出る所、二枚あった方がリアルですもの」

「じゃあ、あの二人が出て来るのを、待ってるの？」

「ええ。私、平気ですよ、暇だし」

「いや、しかし……」

「それに、園田万里江の方も、子供がいるんだから、そう遅くならないはずですよ」

なるほど。江梨の方も、よく考えている。

「分かった。僕も付き合うよ」

「え？」

「僕のためにやってくれてるのに、さっさと帰るわけにいかないさ。それに、娘はもう高校生だ。一人でいたって、大丈夫だよ」

江梨はニッコリ笑って、

「じゃあ、あのマンションを、ゆっくり見ていられる場所を捜しましょ」

と、細川の腕を取った。

「そんな都合のいい場所があるかな」

「任せて下さい。私、この辺、詳しいんですよね」

と、江梨は細川を引っ張って、歩き出した……。

そして、足を止めた細川は、

「——ここ？」

と、思わず目をむいて言った。

「そう。ここの裏手の部屋からだと、あのマンションの出入り口がよく見えます」

「しかし……」

ない。

「見張るのに借りるだけですよ。構わないでしょ?」

「うん。そりゃ分かってるけど」

入り口が、いやに奥まった所にあるホテル。――こんな所、細川は利用したことも
「さ、早く早く」

と、江梨に押し込まれるようにして、ホテルの中へ入って行くと、

「あ、ごめんなさい」

と、入れかわりに出て来た女の子とぶつかりそうになる。

「いや、失礼――」

と言いかけて、細川は啞然《あぜん》とした。

宏枝とそっくりの制服を着た、どう見ても高校生。そして、続いて出て来たのは、細川より五、六歳は年上と見える中年の、管理職風のサラリーマン。

「結構、いい雰囲気《ふんいき》ねえ、このホテル」

「落ちつくだろ。また来るか」

「うん。でも、もうすぐ模擬テストなんだよね」

と、話しながら通りへ出て行く二人を、細川はポカンとして見送っていた。

江梨は細川の様子に気付いて、

「どうかしたんですか?」

と、訊いた。

「あ――いや、何でもない……」

と、細川は首を振った。

「凄《すご》いですよねえ、今の若い子って。負けちゃうわ」

「そうだね……」

「さ、入りましょ」

と、江梨が促す。

「うん……」

「私たちは別に変なことするわけじゃないんですから、大丈夫。でしょ?」

「ああ。――もちろんだとも!」

と、細川はしっかり肯いて……。

でも、まあホテルの部屋に二人で入ったということには変わりない。そして、入ってしまうと、何だか細川は落ちつかない気分になるのだった。

「――ほらね」

と、江梨が窓を細く開けて、「ここから見えるでしょ」

「なるほど」

三階の部屋なので、大崎と園田万里江の入って行ったマンションのロビーがきれいに見通せる。

「君、研究したの？」

と、細川は訊いた。

そうでもなきゃ、こんなうまい場所を知っているわけがない。

「ええ、ちょっと」

と、江梨はいたずらっぽく笑って、「でも深く考えないで下さい」

「ああ」

窓のそばに椅子《いす》を持って来て、二人とも腰をおろした。細川の目は、物珍しさもあって、つい超特大のベッドの方へ向いてしまうのである。

「しかし――」

と、言いかけて、何を言おうとしたのか忘れてしまった。

「何ですか？」

「あ、いや……うちの娘なんかも、もしかしてあんなことをやってるのかなあ、なんて心配になってね」

まさか！　宏枝の奴が、中年男とホテルに？　そんなこと、あるもんか！

だが、さっき下で会った娘の父親も、まさか自分の娘があんなことをしているとは思っていないだろう。

「おこづかいの少ない割に、色んなもの買ってるとか、よく遊び歩いてる、ってのは、心配した方がいいですよね」

と、江梨が忠告した。

「なるほど」

「でも、四六時中、見張ってるわけにはいかないんですもの。子供を信頼してなきゃ、仕方ありませんよ」

江梨の言葉に、細川は何度も肯いたのだった。

それにしても、待つ、ということはなかなか楽ではない。

特に、いざ出て来て、カメラのシャッターを切る時間は、ほんのわずかしかないのである。だから、あまり息も抜かずに目をこらしておかなくてはいけない。

「――細川さん」

と、江梨が、マンションの方へ目をやりながら、言った。

「何だい」

「こういう所、入ったことないんですか?」

細川は、ちょっとためらったが、

「まあね。正直言うと初めてだ」

「でしょうね。そんな様子だったから」

少し間を置いて、江梨は続けた。「私、よく来たんです」

「そう」

もちろん来たからには一人ってことはないだろう。しかし、それは細川のとやかく言うようなことではない。

「その時に、この窓から、あのマンションをよく見てたんですよね。――いつか、あんな所に二人で住めたらって。彼がそう言ってくれないかな、って思いながら」

「彼って……」

「もちろん、無理だったんですけどね。彼の方には、ちゃんと奥さんもいて。別れてくれるなんて、言ってなかったんだけど、私、自分で勝手に、色々想像して……。まだ十八だったから、当然でしょ」

「十八か」

「短大に入ってすぐ知り合って。男の子なんか全然知らなかったから、新鮮だったし、こんなにすてきな人なんて、他にいない、と思ってたんです。でも――」

と、江梨はちょっと笑って、「我に返ってよく見回してみたら、それぐらいの男、いくらでもいたんですよね」

「もう別れたの」

「ええ。短大を出る時に。こっちも、もう飽きてたんです。——ちょっと強がりかな。彼も仕事でアメリカに行くことになっていて」

それじゃ、まだ別れてそうたっていないわけだ、と細川は思った。——見たところ、ただ明るい現代っ子だと思っていたのだが。

「細川さん、もう離婚して、ずいぶんたつんですよね。——女の人と、何もなかったんですか」

「うん……。まあ、面倒くさがりやだしね。そうもてないし」

「私、細川さんみたいなタイプ、好き」

細川の鼓動が速まった。

「しかしね……。僕はもう若くもないし、大体、娘が君とそう違わない年齢《とし》だよ」

「でも、私、細川さんの娘じゃありません」

と、江梨は言った。

それはまあ事実である。しかし、だからといって……。細川は戸惑うばかりだった。

「あの人たち、あとどれくらいで出て来るのかなあ」

と、江梨はマンションを眺《なが》めて言った。

細川は、そう暑くもないのに、少し汗をかいていた。考えてみれば、加津子と別れてから、もう四年。その間、ずっと女性とはごぶさただったのだ。

再婚する気が全くなかった、というわけでもないが、ともかく宏枝がちょうど思春期でもあり、そっちに気をつかうだけで、手一杯だった、というのが正直なところであろう。

こうして大人の――といっても、江梨はまだやっと二十歳だが――女と二人きりでいると、やはり細川としてもつい心が動いてしまう。

特に、江梨が過去の恋人のことを口にしたので、細川としては少し気が楽になると同時に、「大人同士」としての親近感を覚えてしまったのである。

もちろん――親近感を覚えたからといって、どうなるってもんじゃないが……。しかし、江梨の方もどうやら細川に「親近感」を抱いているらしいところが、問題なのだった……。

二人が、部屋の窓の前に陣取って、もう一時間たっていた。

「――ねえ、細川さん」

と、江梨はマンションに目を向けたまま、言った。「私と寝ません?」

「寝るって……君ね、僕は――」

「独身でしょ。私も独身。別に、不倫ってわけでもないんだし……。しつこく追い回したり、責任とってくれとか、わめいたりしませんから」

江梨はじっとマンションの方を見つめている。しかし、不思議なことに、それが却《かえ》って切実なものを感じさせるのだった。

冗談半分で言っているのではない、ということは、細川にも分かった。――この子は寂しいのだ。誰か、抱きしめ、慰めてくれる人を必要としている。

そうだ。俺《おれ》だって、誰も必要としていないわけじゃないんだ。この子を抱いて、何が悪い？

「私、今、誰かの心臓の音を聞いていたいんです。胸に耳を押し当てて。――彼の時、よくそうしてたんです」

「心臓の音を？」

「ええ……。あの音を聞いてると、時々、自分の心臓の鼓動と、本当にピタッと一つになって聞こえることがあって……。凄く幸せな気分になれたんです」

マンションの入り口から目を離さないままに、江梨の目から涙が一粒、頰《ほお》を滑り落ちて行った。

細川は、心を打たれた。江梨はその男を、真剣に愛していたのだ。

「ね、こうしましょう」

初めて、江梨が細川を見て言った。

江梨は、頰を濡《ぬ》らした涙を、さっと手の甲で拭《ぬぐ》うと、

「あと一分、待つの。それで、二人が出て来なかったら、窓を閉める」

「窓を?」

「ええ」

もちろん、窓を閉めるだけではない。それぐらいは、細川にも分かっていた。

「一分以内に二人が出て来たら、予定通り、写真を撮って、そのまま帰る。ね?　いいですか?」

細川は黙って肯いた。

「じゃ、今から一分。――あと五十秒」

俺はどっちを望んでるんだろう?　細川はそう自分へ問いかけた。

何だか江梨のことがいじらしく思えて、抱きしめたくなっているのは確かだった。しかし……。お互い、こんなに年齢も離れていて、しかも互いのことをほとんど知りもしないのに。

「あと三十秒」

と、江梨が言った。

細川は心臓の音がどんどん高くなって来るのを感じた。どうすべきだろう?　もし――。

「二十秒」

そうだ。きっと二人はまだ出て来ない。俺は承知してしまったんだ。

「十五、十四……」

江梨の頬に朱がさした。息づかいが早くなっている。

「十、九、八——」

と、言いかけて、秒読みが止まった。「出て来た」

細川もマンションの方へ目をやった。大崎と園田万里江が、腕を組んで現れる。

江梨が、

「憎らしい」

と、呟《つぶや》くように言って笑うと、カメラを構えて、シャッターを切った。

細川は、息をついた。また汗をかいている。

「——さ、私たちも出ましょう」

と、江梨は言った。「惜しかったなあ。一分じゃなくて、三十秒にすれば良かった」

「うん……」

細川は、何となく、諦《あきら》め切れない気分だった。ま、勝手と言われれば勝手だが。

部屋のドアを開けながら、

「何だか、君に悪いことをしたような気がするよ」

と、言ったのは本心だった。

「どうしてですか?」

「よく分からないけど……。そんな気がするんだ」

本当なら、今、ここででも強引に彼女を抱きしめてやるべきなのかもしれない。しかし、細川には、踏ん切りがつかないのである。

「細川さんって優しいんだ」

そう言って、江梨は顔だけを寄せて唇《くちびる》を重ねた。さっきの涙の味が少し残っているような気がした。

11　姉と弟

くたびれた……。

朋哉は、アーケードの中の小さな広場へ来ると、ベンチに座り込んだ。

小学校の六年生が、くたびれてベンチに腰をおろしているというのも、あまり感心した図ではないが、しかし子供だって疲れる時は疲れるのだ。特に、このところ毎日、運動会の練習。

「これじゃ本番まえに病気になっちゃう」

と、朋哉がブツブツ言うのも、多少は無理からぬところがあったのである。

今、何時だろう？　朋哉は、最近買ってもらった腕時計に目をやった。

ちょっと目を上げれば、大きな時計が目に入るのだが、自分の腕時計の方が何となく信用できるのである。几帳面《きちょうめん》な朋哉は、必ず毎朝、ＮＨＫの時報と腕時計が合っているか、確かめていた。

「あと一分かあ」

お姉ちゃんは割と呑気《のんき》だからね。それに、日曜日のこのアーケードは凄い人出で、急いで歩こうにも、人が一杯で歩けない。

少し遅れて来ても仕方ないよね。

朋哉は、いつも相手のための言いわけを、一生懸命捜してやるくせがあった。生来の気のやさしさのせいだろうか。

少し雨の降る、肌寒《はだざむ》い日だったが、アーケードの中は、暖かくて、やたらに明るく、そしてやかましい。

音楽がひっきりなしに流れていて、朋哉ですら、少々閉口するほどだった。

ボーン、ボーン、とどこかの時計（姿は見えない）が十二時を打った。

ポン、と朋哉の肩を叩《たた》くと、

「やあ、また早く来てたの？」

と、宏枝が言った。

「お姉ちゃん。正確だね」

「捜しちゃったわよ。まさか、あんたがこんな所に座り込んでるとは思わなかったから」

と、宏枝は言った。「本屋さんで、マンガでも立ち読みしてるかと思ってた」

「だって、座っていたかったんだよ」

「何よ、子供のくせに」

「お姉ちゃんだって、子供だろ」

と、朋哉が言い返した。

「口ばっかり達者になったね。——さ、行こうよ」

「うん」

朋哉も立ち上がって、二人してアーケードの人ごみの間を歩き出す。

「今日は何食べたい？」

と、宏枝が訊《き》いた。

「お姉ちゃんの予算次第で決めてよ」

「あんたの食べるもんぐらい、高くたって知れてるじゃないの。好きなものでいいから」

「じゃあ——中華」

「賛成！」

宏枝は、朋哉の肩を抱いて言った。「うんと食べよう！」

宏枝と朋哉は、アーケードの地下へ入って行った。食堂街になっていて、和食、とんかつから、寿司《すし》、スパゲッティ、と何でも揃《そろ》っている。

また、どの店も結構な混雑だった。お目当ての中華の店に入ろうとしたが満席。

「どうする？　他の店にする？　それとも――」

「待っ！」

と、朋哉は言った。

宏枝なら、さっさと他の店へ入ってしまうだろう。朋哉は、一度決めたことを変えるのを嫌《きら》うのだ。これも性格というものだろう。幸い、待つのは五分くらいで、中へ入れた。

「さ、何でも食べな」

と、宏枝はメニューを見て言った。

「チャーハン、ギョーザ」

「あんたねえ……。進歩しないんだから、本当に」

結局、朋哉の好物、プラス一品料理を二皿取って、宏枝は焼そばにした。

「背がのびたね、お姉ちゃん」

「そう？　あんた、あんまり変わらないね」

「少しはのびたよ」

と、朋哉が強調した。「お姉ちゃんも、あんまり変わらないね、バスト」

「馬鹿《ばか》」

と、宏枝は笑った。

こうして、宏枝と朋哉は時々会っている。この日のために、宏枝は毎月のおこづかいを少しずつためているのだ。

もちろん、どっちの親も、二人がこんな風に会っていることは知らない。でも、親は親、子は子だ、というのが宏枝の考えだった。

「お母さんの問題って、分かったの？」

と、朋哉が訊いた。

「うん。——かなり深刻」

「でも、いやだよ僕。心中なんかしないよ」

「当たり前でしょ、馬鹿！」

と、宏枝は少し本気で怒った。「どんなことがあったって、へこたれるお母さんじゃないわ」

「男の人と会って来たんだよ、昨日」

「え？」

宏枝は目を丸くした。「どうして知ってんの？」

「僕の方が先に家に帰ってたんだ。お母さん、その男の車で帰って来た」

「見たの、男の人？」

「うん、凄《すご》く若かった」

じゃ、あの時、母親が若い男に言い寄られてるのよ、と言ったのは、嘘《うそ》じゃなかったんだわ。もちろん、母に恋人ができて、悪いとは思わない。でも……。

朋哉としては複雑な気持ちではあるだろう。

「あんまり好きじゃないな、ああいうの」

と、朋哉は顔をしかめた。「軽薄だよ」

宏枝には、何となく朋哉の言いたいことが分かった。

「お母さんだって、気ばらしは必要よ。そうでしょ？」

と、宏枝は言った。「そんなに心配するほどのことじゃないわよ」

「別に心配してないけど……」

と、朋哉が言って、「あ、ギョーザが来た！」

頼んだ料理が次々に出て来て、二人はしばし食べる方に集中した。

朋哉の気持ちは、宏枝にもよく分かる。宏枝だって、かつては朋哉の年代を通り抜けたのだから。

そのころの宏枝にとって、一番心配だったのは、「新しいお母さん」が来ることだった。絶対にいやだ、と思った。もし、そんなことになったら、結婚式の日まで、反対はしないでいて、式の最中に毒をのんで死んでやろう、と考えていた。

そうなりゃ、お父さんは一生再婚なんかしないだろう……。

今の朋哉もきっと、「新しいお父さんよ」と、母に紹介される、そんな日が来るかもしれない、と心配なのだ。

離れているために、朋哉にとって、父はたぶん実物以上に――という言い方は本人に気の毒かもしれないが――「いいお父さん」なのである。

時々、朋哉は洩《も》らすことがある。

「僕とお姉ちゃんが家出したりさ、そんなことがあったら、お父さんとお母さん、また仲良くなるんじゃないかなあ」

――朋哉にとって、父と母が「元に戻る」のは、絶対にいいことなのである。

宏枝だって、以前はそう思っていた。いや今だって、父と母がごく自然にわだかまりが消えて、復縁するのなら大賛成だ。

でも、宏枝は、どうして父と母が別れたのか、その理由を知らないのである。今は、宏枝も、「子供のために」といって、父と母がお互い我慢しながら一緒にいるのは間違っているんじゃないか、と考えるようになっていた。

もちろん、それを朋哉に分かれと言っても、無理な話だけれど。

「――運動会のことだけどさ」

と、宏枝が、食べながら、例の「脱出作戦」を説明すると、朋哉は面白がって、目を輝かせた。

「できるの、そんなこと？」

「まだ分かんない。先生を説得できるかどうかにかかってるの」

「でも、やれたら凄いなあ！」

「あんたが余計なこと言うからよ」

と、宏枝が指で朋哉の頭をつっつく。

「ごめん」

と、朋哉はちょっとおどけて言った。

——可愛《かわい》いなあ。可愛くて憎らしい。

宏枝は、朋哉が身近にいてくれたら、と痛いくらいに思った。

姉と弟。——やっぱり一緒にいるのが自然だよね。

宏枝はそう思った。生まれた時から別々に暮らしていたというのならともかく、八年間も一緒にいてから、それぞれに「一人っ子」になってしまったのだから。

しかし、ずっと一緒にいたら、今ごろは毎日姉弟喧嘩《きょうだいげんか》ということになっているかもしれない。——こうして、弟にお昼ご飯をおごってやったりしながら、宏枝はふと考えることがある。

何だか私、大人みたいに、朋哉のことを見てる。母親みたいに……。

これって、やっぱり自然なことじゃないなあ。時には喧嘩して——いや、年中かもしれない。それでいて、何か困ったことがあったら助け合える。

それが姉と弟というものなんだろうけど。

「ねえ、お姉ちゃん」

「何よ?」

「僕さ、思うんだけど……」

「急に真面目《まじめ》になって」

「いつだって、真面目だい」

「そこがあんたの悪いとこ。少しはいい加減になんなさいよ。それで、何だっていうの?」

「来年中学で、どこか受けるとしてもさ、お金かかるよ、やっぱり」

「そりゃそうだろうね」

「お母さんがそのために無理して、病気にでもなったら、困るしね。受験するのよそうかなあ、僕」

宏枝は、ちょっと言葉に詰まった。

朋哉は、別にそう深刻ぶった様子でもなく、チャーハンを食べながらしゃべっていたので、まあ大して思い詰めているわけではないらしい。しかし、朋哉の気持ちも、分からないではなかった。

現実の問題として、母があの失敗で仕事を辞めることにでもなれば……。もちろん、すぐに他の仕事を見付けはするだろうが、収入は不安定にならざるを得ないだろう。

「でもね」

と、宏枝は言った。「お母さんとしては、私も私立へ通ってるし、あんたにも行ってほしいのよ。もちろん、それがいいことかどうかは別だけど、お母さんの気持ちとしてはね」

「うん……。だけど、お母さん、病気でもしたら、困るもんね」

「そりゃそうね」

宏枝は焼そばを食べながら、思った。

今の日本は金持ちだとか金余りとか言って、物は溢《あふ》れてるし、おいしいものが真夜中だって食べられるけど、でも、働き手が病気でもしたら――風邪ぐらいならともかく、何か月も入院したりする病気になったら、とたんに食べていけなくなってしまう。

父の場合は、一応会社員だから、しばらくは給料ももらえるだろうけど。

父と違って、母の勤めている所は、会社も小さいし、病気で倒れたりした時の保障も頼りない。

いくら日本がお金持ちといっても、それはサーカスの綱渡りみたいなものだ。落ちた時に誰も助けてくれない。みんな自分も綱渡りをしているから、人に手をさしのべたりすることができないのだ。

大人って、大変だね、と宏枝は思ったりした……。

そして——宏枝は昨日、父が何だか照れくさそうにして帰って来たことを思い出していた。

女性と一緒だった。——宏枝にはすぐピンと来た。

別にそれだからといって、父親のことを、「不潔!」なんて嫌ったりするつもりはない。どうせ父のことだ。せいぜいどこかでお酒でも飲んで来るぐらいのものだろう。

ただ——父と母が別れて四年。

そろそろ、別の相手を捜し始めるころかもしれないなあ……。

「お姉ちゃん」

と、食べ終えた朋哉が言った。

「うん。デザート、ここで食べる?　それとも、どこかよそに行く?」

「食べるもんの話じゃないよ」

「あら、失礼」

「でも、あんみつ食べようかな」

「素直に言いな」

と、宏枝は笑って言った。

中華の店を出て、二人は甘味喫茶に席を移した。

「甘党だね、あんたは」

と、宏枝はコーヒーを飲みながら、感心している。

「今年も運動会の前の日だろ、お父さんとお母さんが会うの」

「そうよ。〈離婚記念日〉ね」

「何とかさあ、お父さんとお母さん、また一緒に暮らすようにできないかな」

宏枝は、ちょっと黙り込んだ。朋哉はつづけて、

「無理に、じゃなくても。もう四年だもの。これ以上たったら、とってもだめだと思うんだ」

「そうだね」

宏枝は肯《うなず》いた。

父と母が、「よりを戻す」ことは、あまり期待できない、と宏枝は思っていた。期待して、だめだった時、失望するのがいやだということもある。

しかし、朋哉の言うように、「ためしてみる」のも悪くないかもしれない。どうなるにせよ、はっきりした結論を、もう出すころかもしれない。

「何かうまい手がある?」

「それを相談しようと思ってさ」

と、朋哉は座り直した。

どうやら朋哉の方は本気らしい。

宏枝も、学校の体育祭を抜け出そうとまでしているのだ。どうせなら、ここでやれるだけのことをやってみるのも……。ものはためし、ってこともある。

「何かいい考えでもあんの?」

と、宏枝が訊くと、

「お姉ちゃん、長女だろ。何か考えてよ」

「あんた、長男でしょ」

とやり返しておいて、「うーん……」

と、考え込む。

「前はね、よく、家出して、『お父さんとお母さんが仲良くしてくれなきゃ、死んじゃいます』とか手紙でも置いてこうかなあとか考えたんだけど」

と、朋哉が言った。「でも、そんなんでうまく行くのは、ドラマの中だけなんだよね」

「そうよ。それに、お父さんもお母さんも死ぬほど心配するわ。そんなこと、いくら目的が間違ってなくても、やるべきじゃない」

「そうだね。——じゃ、お姉ちゃんがぐれちゃう、ってのはどう?」

「何で私がぐれるわけ？」

「よくあるじゃない。学校の帰りにコインロッカーに服を隠しといて、遊びに行くとか」

「そんなのばれたら退学よ、やりすぎ」

「そうか……。僕じゃ、ぐれても迫力ないしなあ」

朋哉が髪を妙な色に染めて、ガムなんかかみながら歩いてるところを想像して、宏枝は笑い出してしまった。

「何がおかしいの？」

「ごめん。――何でもない。思い出し笑い」

と、宏枝はごまかした。

「お姉ちゃんはいいなあ、呑気で」

と、朋哉はため息をついた……。

「ね、いい？　お父さんとお母さんは男と女なの」

「分かってらい、そんなこと」

「つまりね、お父さんとお母さんが、また、お互い一緒に暮らしたい、と思ってくれなきゃだめなのよ。いくら私たちがお芝居して見せたって、何の役にも立たない。だって、私たちのために、見かけだけ元に戻っても、何にもならないでしょ」

「うん」

「家へ帰っても、お父さんとお母さんが口もきかない、とかさ、家の中をそんな風にしたくないから、離婚したんだと思うの」

「うん……」

朋哉は、額に少々しわなど寄せて、肯いた。

「もし、お父さんとお母さんが、まだお互いのこと、好きだったら……」

と、宏枝は言いかけて、言葉を切った。

たとえ、親子でも、そこまで心の中に踏み込んでいいのかしら、と思ったのである。

「嫌いってことないと思うけどな、僕」

と、朋哉は言った。「だって、二人とも、優しいじゃないか」

「そうね。――でも、私たち、どうしてお父さんとお母さんが別れたのか、知らないのよ」

「お姉ちゃんも知らないの?」

「だって、あんたぐらいだったのよ、私。そんなことまで分かるわけがないでしょ」

「訊いてみれば?」

宏枝には、とてもじゃないが、夫婦が離婚に至るまでの心理を理解する自信はなかった。十六歳で、そんなことが分かったら怖い!

「――ね、待って」

と、宏枝は言った。「お母さん、若い男の人と一緒だったって?」

「うん。でも、分かんないよ、仕事で一緒だったのかも」

いや、たぶんそれは母の言っていた、「二十八歳の男性」だろう。母は見た目には若いし、娘の宏枝から見ても「可愛い」ところがあるのだ。子供の欲目(?)かな。

「お父さんもね、若い女の人と会ってるみたいなの」

「へえ」

「二十歳とか言ってた」

「お姉ちゃんと四つしか違わない。お母さんになったら、妙だろうね」

と、朋哉は愉快そうに言った。

「まさか。――ともかくさ、今、お父さんもお母さんも少々落ち込んでるのよね」

「うん」

「でも、九日に会う時には、お互い、元気でやってる、ってところを見せたいと思うの」

「だろうね」

「もし、その時に、お父さんが若い彼女を、お母さんが若い彼氏を連れて行ったら?」

朋哉は目をパチクリさせて、

「喧嘩にならない?」

「喧嘩になりゃ、まだ二人とも相手のことが好きだってことじゃない」

「あ、そうか。——やきもちやかせるんだね、お母さんに」

「お父さんにも、よ」

「それ、いい手だね」

と、朋哉は目を輝かせた。

「だけど、それでお互い平気だったら、仕方ないわよ。もう諦《あきら》めるしかない」

「うん」

「それでも、やってみる?」

「やってみようよ。十月九日は年に一回しか来ないんだから」

宏枝は、弟の頭をチョンとつついて、

「いいこと言うじゃない」

「頭が違うよ」

「言ったな!」

と、宏枝は笑った。「じゃ、いっちょ、やってみるか」

「うまく行くかなあ」

と、朋哉は水をガブッと一口飲んで、言った。

「やってみなきゃ分からないわ」

「どうしたら、そうできる？」

「それを、これから考えるんじゃないの」

と、宏枝は腕組みをして、考え込んだ。「これはもう一杯コーヒーを飲む必要がある」

「体に悪いよ」

「私、タバコなんかやってないから大丈夫。コーヒーぐらい……。すみません、コーヒーもう一杯下さい」

と、宏枝はウエイトレスに声をかけた。

「僕、アイスクリーム」

「よく、そんなに甘いものばっかり――」

と、宏枝は苦笑いした。

――さて、コーヒー一杯、追加した成果があったかどうか……。

「じゃ、気を付けて帰んなよ」

と、宏枝は、アーケードを出たところで、足を止め、弟に言った。

「うん。お姉ちゃんも、寄り道しないで帰りな」

「私は少しぐらいいいの！」

宏枝は、手を振って、「また電話して」

「うん！」

朋哉は、元気よく駆け出して行く。

「車に気を付けて！」

と、宏枝は言ってから、「――また、『お母さん』やっちゃった」

と、呟《つぶや》くように言った。

さて、帰るか。

もちろん、宏枝の方が、朋哉と母の家の近くへやって来ているので、電車に乗って帰ることになる。まだ時間は早いし、友だちと出かけたことにしてあるから、あんまり早く帰っても、妙なものだ。

香でも呼び出してみるかな……。

宏枝は、電話ボックスに入って、手帳を取り出した。香の電話番号は憶《おぼ》えているけど、念のため――。

あ、金子先生の家の電話番号。メモして来たんだ。

そうか。金子先生に会いに行こうかな、と宏枝は思い付いた。

12　教師と生徒

「ああ、このアパートなら、ほら、その向こうに白い三階建てのが見えてるだろ?」

「何か歯医者さんの看板のある……」

「そうそう。あの建物だよ」

通りかかった、そば屋の出前のおじさんは宏枝に快く答えてくれた。宏枝の方もなかなかいい気分である。

「どうもありがとうございました」

と、頭を下げて歩きかけると、

「あ、ちょっと待ちな」

と、そのおじさんが呼び止める。「これから、そこへ出前に行くんだ。近道を案内してやるよ」

「すみません」

「裏の方から回るとね、信号を渡らずにすむんだ」

小型のバイクで、出前をしている、いかにも人の好《よ》さそうな中年男。

「じゃ、よろしくお願いします」

と、宏枝は言って、のろのろ走るバイクに合わせて、足早に歩き出した。

体育の金子先生の所へ行こうと、途中で何度か電話したのだが、ずっとお話し中。

住所を頼りに、やって来てみたら、結構簡単に見付かったのである。

「あのアパートはよく出前するんだよ」

と、そのおじさんが言った。「どこの家に用事だい？」

「金子先生です」

「金子さん？　じゃ、ちょうどこれを届けるとこさ」

と、宏枝が言うと、びっくりした様子で、

「そうなんですか」

「偶然だね。――といっても、金子さんとこは年中出前取ってるからな」

「そんなにいつも？」

宏枝は愉快になって、

「ああ。ま、三日に一度は夕飯、出前だね」

「へえ」

「しかも、うちだけで三日に一度だろ。よそのラーメン屋とか、ピザとかもよく取ってるみたいだ」

「じゃ、毎日ですね」

「だろうね、きっと」

こりゃ、いい話の種ができた。早速、香に教えてやろう、と宏枝は思った。

「あの人、学校の先生なのかい？」

「ええ、そうです」

「何を教えてんの？」

「体育です」

「ああ、なるほど。——やっぱりね」

と、おじさんが肯く。

何が「やっぱり」なのか、訊《き》こうと思ってやめた。

「あんた、生徒さん？」

「ええ。高一です」

「女の子が多いのかい」

「女子校ですから」

と、宏枝は至極当然のことを言った。

「女子校か！」

出前持ちのおじさんは、笑って、「女子校の体育の先生ね。——なるほど」

「でも、いい先生ですよ。人気あるんです。女の子ばっかりでキャーキャー言って、まともにやらないから、苦労してるみたい」

と、一応、宏枝は気をつかって、金子を賞《ほ》めておいた。

「そりゃ、仕事となれば色々——。ああ、その入り口を入るとね、階段があるんだ」

「ありがとう」

「先に行ってくれ。俺《おれ》はこのバイクを置いて行くから」

「はい」

と、行きかけた宏枝に、

「ああ、二階の二〇四だからね」

「はい」

親切な人だな、と宏枝は思った。

でも——金子先生、独身で、確か一人住まいだと聞いてたけど……。出前取るより、どこかへ食べに出た方が早いんじゃないかしら?

他にも回るのかな、あのおじさん。いやに重そうで——。

お客さんでもいたら、うまくないけど。まあ、ここまで来ちゃったんだ。

二〇四、二〇四、と……。

「ここか」

宏枝は、ちょっと咳払《せきばら》いして、チャイムを鳴らした。

少しして、バタバタと足音がすると、

「はあい、ご苦労さま」

と、女性の声。

どうやら出前が来たと思ってるようだ。でも――誰なんだろ？

ドアが開いた。向こうが面食らって、

「あ……」

「あの……」

二人とも、何となく見た顔だ、と思っている。もちろん、いつもと格好が違うから――。

「ああっ！　先輩！」

と、先に叫んだのは、宏枝の方だった。

「あなた……細川さん！」

宏枝は仰天した。当然だろう。三年生の、倉林兼子《くらばやしかねこ》……。同じクラブの先輩である。

しかも、エプロンなんかして、どう見ても一見若奥様――。

と、声を聞きつけて、金子が飛び出して来た。

「細川、お前……」

「あの——突然すみません」

と、ポカンとしながら、宏枝は言った。「お電話したんですけど、お話し中だったんで……」

金子も、宏枝も、倉林兼子も、お互いに相手が消えてなくなるのを待っているような雰囲気《ふんいき》だった。

「お待ち遠さん」

と、出前のおじさんがやって来た……。

これで二人分？

出前で取った量の多さにも、宏枝はびっくりしたが、もちろん、そんなことは大した驚きじゃなかったのである。

「どうも、毎度」

と、出前持ちのおじさんが帰って行くと、倉林兼子は財布の口をパチンと閉めて、

「まさか、細川さんが来るなんて……」

と、呟いて、「ね、先生——」

「うん」

金子は、情けない顔で、突っ立っていた。

宏枝としては、上がっていいものやら、悪いものやら……。

「あの——出直します?」

と、金子に訊いたが、

「いや。見られちまっちゃ仕方ないよ。なあ?」

と、倉林兼子の方を見る。

「ええ……。授業の一つ、と言っても、通用しないだろうし」

「ともかく、上がれ」

と、金子が宏枝に言った。「一緒に食うか?」

「お腹《なか》一杯ですから」

と、宏枝は言って、「お邪魔します」

本当に「お邪魔」みたいだけど。

倉林兼子は、宏枝にお茶など、出してくれた。

「びっくりした。——先輩、金子先生と?」

「うん。もう三か月くらいかな」

「あの——同棲《どうせい》してるんですか?」

「とんでもない!」

と、金子が言った。「日曜日とかに、ここへ来て、あれこれやってくれるんだ。それだけだ」

「それだけ、ってことないでしょ」

と、倉林兼子はちょっと金子をにらんで、「細川さんだって、子供じゃないし、分かってるわよ。――ねえ？」

「ええ、まあ……」

と、宏枝は多少もじもじしている。

独身教師が、可愛《かわい》い教え子と結婚する、ってのは、珍しい話じゃない。でも、在学中にねえ……。

「うちの両親も、承知なの」

と、倉林兼子は言った。「子供の自由、っていう方針だから。でも、一応高校出るまでは、同棲しないこと、って言われてる。結婚は私が短大出てから」

「そこまで決まってるんですか」

確かに、倉林兼子は高三といっても、大人びた落ちつきのある娘で、後輩に人気もあった。

こうして、エプロンなんかつけていると、二十歳ぐらいと言っても通用する。

「おめでとうございます」

と、宏枝は頭を下げた。「私、口は固いですから」

「頼むぞ、おい」

と、金子は真顔で念を押した。

「でも、細川さん、何の用なの?」

と、倉林兼子は、丼物を食べながら、言った。

「あ、そうか。ショックで、自分の用事、忘れるとこだった」

と、宏枝はペロッと舌を出した。「金子先生にお願いがあって」

「俺に？」

「愛の告白じゃなきゃ、たいていのことは聞いてくれるわよ」

と、兼子が言ったので、宏枝は笑ってしまった。

「でも、結構大変なことなんです」

と、宏枝は座り直して、「今度の体育祭なんですけど――」

「お前、リレーのアンカーだったな」

「そうです。それで……」

宏枝は、両親が離婚している事情を話して、体育祭の当日、学校を抜け出したいのだ、と説明した。

金子は、呆気《あっけ》に取られていたが、

「凄《すご》いことを考えたんだな！」

「学校をさぼることになるわけなんで……。金子先生に協力していただかないと、無理なんです」

「うん……。まあ、気持ちは分かるが……」

と、金子は腕組みして、ため息をつく。

「聞いてあげなさいよ」

と、兼子が、金子をつつく。「いざとなったら、クビになりゃすむことじゃないの」

「気楽に言うなよ」

「私たちのこと、黙っててもらうんだから、あなたも協力しなきゃ」

思いがけない味方である。

「じゃあ……。ともかく、お前を役員にはしないようにする」

「お願いします」

と、宏枝はホッとして、「それ以外のことは、私の責任でやります。もし、ばれても先生の名前は、絶対に出しませんから」

「分かった。——ま、うまくやれ」

と、金子は苦笑して、「しかし、細川の所も、大変だな」

「私たちは離婚しないようにしましょうね」

と、兼子が言った。

「結婚もしない内に、離婚の話か？」

三人で大笑いした。

でも、いい雰囲気だな、と宏枝は思った。

もちろん、危なっかしいところはあるだろうが、金子と倉林兼子――。

「あれ？」

と、宏枝が目を丸くして、「先輩、結婚したら――」

「何？」

「金子兼子になるんですか？」

金子が、頭をかいて、

「そこなんだ」

と。苦笑い。「俺の方が倉林になるかもしれない」

「そうですねえ」

と、宏枝は肯《うなず》いて、「金子兼子じゃ、やっぱりおかしい……」

「私もね、それ考えて、先生のこと、諦《あきら》めようか、とまで思っちゃったの」

と、兼子は言った。「だって、気が付かなかったのよ、そんなこと」

「こいつが突然、やっぱり結婚するの、やめましょう、とか言い出したんで、こっちは焦《あせ》ってさ」

と、金子は笑顔で言った。「何かまずいことしたかと思って――」

「『俺が悪かった！』とか言って、手をついて頭下げられて、こっちがびっくり。何か本当に悪いことしたのかと思って、怒ったりしてね。でも、結局、名前の問題ってことになって」

「それなら、俺の方が変える、と言ったんだよ。――別に、養子になるわけじゃないが、俺の方が変えてまずいってわけでもない」

ふーん、と宏枝は、金子のことを、少々見直した。

口では男女平等とか言っていても、女性の姓に変えるという男は少ないものだ。それも、ただ、「金子兼子」じゃおかしい、ってだけの理由なのだから。

ま、よほど金子が倉林兼子に惚《ほ》れているってことなのだろう。宏枝は、いかにも爽《さわ》やかな気分だった。

「どうも、突然お邪魔しました」

と、宏枝は腰を上げた。

「あら、もっとゆっくりしていけば」

と、兼子が言ったが、宏枝は笑って、

「目が、早く帰れ、って言ってます」

と、応じた。

「――それじゃ、一度、手作りの夕食をごちそうするわ」

「わあ、楽しみ」

「なかなかやるんだぞ、最近は」

と、金子が言った。「もう、出前ばっかり取らなくても良くなりそうだ」

宏枝は、金子の部屋を出て、見送りに出て来た兼子へ、

「それじゃ――何て言うのかな、お幸せに、とか？」

「まだ早いわよ。また明日」

「はい！　先輩、失礼します」

宏枝はコトコトと階段を下りた。

外へ出て、足早に少し行ってから……。

「ああ、びっくりした！」

思い切り大きな声で言ったので、すれ違ったおばさんが、面食らって振り返ったりした……。

「しかし――辛《つら》いなあ」

と、宏枝は呟《つぶや》いた。

幸せそうな二人。宏枝は二人のことを羨《うらやま》しがっているわけではなかった。ただこの「凄い秘密」を誰にもしゃべっちゃいけないのだと思うと、辛かったのである。

13　お母さんの恋人

あ、お母さん、もう帰ってる。

朋哉は玄関を入ると、物音がしているのを耳にして、そう思った。――早かったんだな、今日は。

そして気が付いたのだ、男ものの靴《くつ》があることに。

あいつだ。昨日、お母さんを送って来た奴《やつ》……。

「――朋哉、帰ったの？」

と、加津子が顔を出した。

「うん……」

朋哉は、顔がこわばって、「お客さん？」

と、つい、非難するような調子で、訊いていた。

「お仕事のことでね。すぐ終わるわ」

と、加津子は言った。

仕事？　本当かなあ？

「お腹、空《す》いてる？」

と、訊かれて、朋哉は、

「一杯だよ」

と、あわてて首を振った。「でも、喉《のど》が渇いた」

本当はちっとも渇いちゃいなかったのだが、そう言ってみたのだった。

「じゃ、ジュースがあるわ、冷蔵庫に」

「うん、飲むよ」

と、朋哉は少しホッとして言った。

もし、昨日の男が来ていたのなら、却《かえ》って気をつかって、自分でジュースを出して来てくれるだろう、と朋哉は思ったのである。

それでも、気になって朋哉は居間の中を覗《のぞ》いてみた。

「やあ、こんにちは」

前にも見たことのある、中年の編集者だった。「大きくなったねえ」

「こんにちは」

朋哉はピョコンと頭を下げて、台所へと入って行った。――昨日の男じゃないので、ホッとしていた。

でも、お母さん、仕事で、人を家へ呼ぶなんて珍しい。よっぽど急ぎの用事なのかな……。

朋哉は冷蔵庫からジュースの大きなボトルを出して、コップに注《つ》いだ。

――加津子は、朋哉が台所の方へ姿を消すと、

「もう六年生ですもの。早いわ、本当に」

と、微笑《ほほえ》んで言った。

「そうだね」

と、相手は肯いた。

笠木《かさぎ》というベテランの編集者で、加津子とも古い付き合いだ。

「来年は中学の受験が控えてるし」

と、加津子は言った。「あんまりごたごたして、あの子の気持ちを乱したくないの。何しろ、よく気の付く子だから」

「以前から、そうだったじゃないか」

と、笠木は言った。「タバコ、吸ってもいいかい？」

笠木が、ポケットからタバコとライターを出す。

「ええ、待って」

と、加津子は灰皿を出して来た。「やめたんじゃなかったの？」

「一日に五、六本だよ、今は」

と、笠木はタバコに火を点《つ》けた。「今度の件も、あの朋哉君——だっけ？　知ってるの？」

「詳しく話してないけど、何かあったな、ってことは察してるわ」

「そうか。しかし、まずいなあ」

「本当に。——我ながら、いやになるわ」

と、加津子は首を振った。「いつも若い子たちに口をすっぱくして言ってるのに、まさか自分でやっちゃうなんてね」

「ま、ここは現実的に考えよう」

と、笠木は息をついて、「北村先生の原稿が見付かる可能性は、かなり低いね」

「ゼロに近いと思うわ。残念ながら」

と、加津子は肯いて、言った。

「雑誌の編集部に知られたら、かなりやばいことになるだろう。たとえ、そうこじれなくてもね。そうなると北村先生の方に詫《わ》びて、何とかもう一回書いてもらうしかない」

「それ、可能かしら？　私、もう入稿しちゃった、って、言っちゃったのよ」

「それもまずかったね」

「とっさのことでね……」

「分かるよ。僕だって、昔はよくそんなことをやったもんだ」

と、笠木は笑って言った。「しかし、結局はどこかからばれるんだ。嘘《うそ》を上から上に重ねていかなきゃならない」

「ええ、分かってるわ」

と、加津子は、ため息をついた。「相手が北村先生でなきゃね」

「そうだなあ。僕も顔ぐらいは知ってるが、口添えしてあげられるほどは親しくない」

「いいの。分かってるのよ」

と、加津子は首を振って、「先生の方は私に気があるみたい。それで原稿のことを帳消しにできたら――」

「おいおい。そんなの古いぜ。三文小説じゃないんだから」

「そうじゃないわよ。私だっていやだわ、あんな人の相手なんて。ただ、そういう向こうの気持ちを、うまく利用できないかな、と思ったの」

「なるほど」

「決して責任逃れをするつもりじゃないわ。でも、正直なところ、朋哉の受験もあるし、今、クビになるわけにはいかないの。事務所の方だって、社長は倒れちゃってるし」

「悪いことは重なるね」

と、笠木がタバコを灰皿へ押し潰《つぶ》した。「できるだけ力にはなるよ。長い付き合いだ」

「ありがとう」

加津子には、本当に嬉《うれ》しい言葉だった。

笠木は、ちょっと考えて、

「北村先生の弱点は女好きってことと、それでいて、恐妻家ってことだな。あの奥さんにゃ、頭が上がらない」

「そうみたいね」

「君と、デートしたいのなら、もちろん奥さんにゃ内緒だ。——うん、これはいけるかもしれないぞ」

と、笠木は楽しげに言った。

「奥さんに知らせる、って言って？」

「それだけじゃだめさ。よほどうまくお膳立《ぜんだ》てをして……。よし、僕に任せろ。九日に帰るんだね？」

「そう言ってたわ」

「九日の夜に、校正刷りを見てもらうことにして、北村先生と会う約束をしろよ。僕もその日は空けておく」

「でも……。何もないのよ、原稿も校正刷りも……」

「分かってる。少し時間をくれ。今夜じっくりとプランを練る」

と、笠木は肯いて見せた。

「悪いわね」

「いや、お互い様さ。僕が何かやらかした時には、君に助けてもらうかもしれないからな」

と、笠木は笑って言った。

「あら、電話。ちょっとごめんなさい」

加津子は、鳴り出した電話へと、急いで駆けつけた。

「――もしもし、宮内です」

「市原です」

「あら……。昨日はどうも」

「いや、僕の方こそ。すっかりデートが台なしで、すみません」

「そんなことないわ。殴られたところは、大丈夫？」

「少しあざになってますが、大したことはないです。これにこりずに、また付き合って下さい」

「ええ、その内に」

「いつごろなら？」

「そうね……」

加津子は、ためらった。「すぐには、なかなか……。十日のお休みを過ぎないと」

「十日には何か――？」

「子供の運動会よ」

「あ、そうおっしゃってましたね。分かりました。じゃ、またちょくちょく電話をしますから」

「ええ、それは構わないわ」

と、加津子は言って、「今、ちょっとお客様なので」

「あ、すみません。いや、その……」

「え？」

「あなたに恋しちゃってるようで、忘れられなくて。――声を聞いてホッとしました」

「あらあら」

と、加津子は、少し頰《ほお》を赤らめた。「大変だわ、どうしましょ」

加津子は電話を切って、ソファに戻ったが、笠木と目を合わせるのが、何となく照れくさくて、目の前の空になったコーヒーカップを見ていた。

「恋人かい?」

と、笠木が訊《き》く。

「そんなんじゃないわ。ただの友だちよ」

「それにしちゃ、赤くなってるぜ。——ま、からかうのはやめよう。君もまだ若い。結構な話じゃないか」

「本当にどうってことないの。何しろ二十八よ、あの人」

「十八よりは付き合いやすいだろ」

笠木の言葉に、加津子は笑ってしまった。

「——お母さん」

と、朋哉の声がした。

居間の入り口から顔を出している。

「ちょっと文房具がほしいんだ。お金、いい?　三百円」

「ええ。お財布から持って行って」

「うん。じゃ、買って来る」

朋哉は、台所へ戻って、またすぐに玄関へと出て行った。——加津子は、今の笠木との話を、朋哉は聞いていたのかしら、と思った……。

「あの子は頭がいいから、むずかしいわ。私が二十八歳の男性をここへ連れて来たりしたら、傷つくでしょう」

「どうかな。子供は、逞《たくま》しいもんだよ。ちゃんと現実を受け容《い》れて生きて行く。君が幸せになることが一番大切だ」

「その話はやめましょ」

と、加津子は肩をすくめて、「少なくとも今のところは、単なる話し相手なのよ」

「分かった。——今度K社から出た新しい雑誌を見た？」

「ああ、何だったかしら、名前。似たようなのばかりだから、忘れちゃう」

と、加津子は頭を振って、「表紙のデザインの、もの凄《すご》く古くさいやつね？」

「そうそう。わざとやってるのかと思ったら、そうじゃないんだ。あの編集長、昔、S社にいた、僕の知ってる奴なんだよ。今日、バッタリ外で会ってね、初めて知った」

業界の話をしていると、加津子も活《い》き活きして来る。——たぶん、笠木もそれを心得ていて、わざと話題を変えたのだろう。

そういう気のつかい方をする男なのだ。加津子にとっては、落ち込んでいる時、頼りになる相手だった……。

表に出た朋哉は、別に急ぐでもない足取りで、いつも行く文房具屋に向かった。

もちろん、買う物があったのは事実である。ただ、そう急ぐわけじゃなかった。

あそこにいて、母親が、あの「若い男」のことを話すのを聞いているのが、いやだったのである。

朋哉としては、決して母親にべったりくっついているわけではなかったし、年齢の割にはクールな性格でもあり、むしろお互いに相手の生活には干渉しない方が気楽だと思っていた。

だから、母親があの若い男の車で帰って来るのを見た時、もちろん、いくらかは「やきもち」に近い気持ちがあったとしても、そんなに腹が立ったわけでもなかった。

むしろ、その几帳面《きちょうめん》な性格からいって、今特に問題もなくうまく行っている、自分と母との暮らしが、他の人間の出現によってかき回されるという、その心配の方が大きかったのである。

「——そうだ」

今日は何か雑誌の発売日じゃなかったかしら？　朋哉は途中で、本屋さんに寄ってみることにした。

もちろん、文房具代としてもらって来たお金は使わない。自分のこづかいも、持って来ているのである。

しかし、目当ての雑誌は、まだ並んでいなかった。朋哉はちょっとがっかりした。

性格的に、いつも買っている雑誌は、発売日に買わないと気がすまない。——明日かな？

そう。今日は日曜日だしね。たぶん明日になれば……。

朋哉は、他の雑誌をいくつか手に取って、パラパラとめくった。

可愛《かわい》いアイドル歌手のグラビアページなんかにも、やっぱり目がいく。でも、お金を出して買おうと思うほどじゃなかった。

じゃ、文房具屋さんに行こうかな……。

歩きかけて——目の前を男が一人、スッと横切って行った。

朋哉はドキッとした。見たことのある男だ、と思ったのである。

まさか……。もちろん、昨日はチラッと見ただけで、そんなに顔もよく憶《おぼ》えていないのだが……。

でも、その男を一目見た時、朋哉は、昨日お母さんと一緒にいた男だ、と思ったのだった。着ている物が昨日と同じだった（と、朋哉には思えた）せいもあるのだろう。

見れば見るほど、その男は、あの「お母さんの彼氏」とそっくりである。——この近くまで来て……。じゃ、さっき電話がかかっていたのは、この男からだったのか。

そうか。それで、あのおじさんとお母さんが、この男の話をしてたのか。

朋哉は納得した。——後でお母さんと会うつもりなんだろうか。

せっかくの日曜日なのに!

朋哉は、その男が棚《たな》の奥の方へ行くのを、何となく見送っていた。向こうは朋哉のことを知らない。こうして見ているのは、何だか、いい気分だった。

その男は、ワーアと大きな口を開けて、欠伸《あくび》をした。

まさか朋哉に見られているとは、思ってもみないのだ。当然のことだけれど。

きっと、お母さんの前じゃ、澄ました顔をしてるんだろうな、と朋哉は思った。今度は鼻の穴に指を入れたりしてる。みっともないなあ。

面白くなって、朋哉はもう少しその男を見ていることにした。男は店の奥へ入って行った。

専門書の並んだ、あんまり客のいない辺りで、足を止めている。朋哉なんかが見るような本じゃない。

朋哉は、ちょうどいいものを見付けた。万引き防止用の、凸面鏡《とつめんきょう》が、ちょうど角になった所に取り付けてある。それであの男がよく見えるのだ。

男は、何やら難しそうな本を手に取って開いて見ていたが——本をパタンと閉じると、棚へ戻した。そして店の入り口近くまで戻って行くと、週刊誌を一冊、買ったのである。

それで出て行くのかと思えば、そうではなくて、また新刊書のコーナーをぶらつきながら見ている。――よっぽど暇なんだね、きっと、と朋哉は思った。

それを見ている自分も結構暇だな、なんて考えたりもして……。

すると、またあの男は店の奥の方へと歩いて行った。さっきと同じ棚の前で足を止めている。

朋哉も、凸面鏡で、男のことを見ていた。

それから――信じられないようなことが起こった。

棚から抜いた本を、その男が、買った週刊誌を丸めた、その中へ丸めて押し込んだのである。朋哉は唖然《あぜん》とした。

あれは――万引きじゃないか！

男は、別に左右を見回すでもなく、平然として、店の出口の方へと歩いて行く。朋哉はその場から動けなかった。

男が店を出て行く。レジの人も、他の店員も、まるで気が付いていない。

そして――男の姿は見えなくなった。

朋哉は、やっと我に返った。今のは夢じゃないんだろうか？

あの男――あれは本当に、昨日、お母さんを送って来た男だったのだろうか？

ただ、よく似ているだけの別人かもしれない。朋哉としても、確信はなかった。

でも、似てはいたし、着ている物もそっくりだった。偶然ってことも、ないわけじゃないけれども……。

朋哉は本屋さんを出た。もう、あの男の姿はどこにも見えない。

朋哉は、やっと自分の用事を思い出して、文房具屋へと歩いて行った……。

文房具屋から帰ると、もうあの編集者は帰った後だった。

「お母さん、これ、おつり」

と、朋哉は台所のテーブルに小銭を置いた。

こんな時、残りはおこづかいに加えておくなんてことは絶対にしないのが、朋哉なのである。

「ほしいもの、あったの？」

と、茶碗《ちゃわん》を洗いながら、加津子が言った。

「うん」

「ね、朋哉」

と、加津子は手を休めずに、「お母さん、お仕事のことで一時間くらい出かけて来たいんだけど」

「いいよ」

「そう？　じゃ、留守番しててね」

お母さんは、あの男と会うんだろうか？　あの「万引き男」と。

もし、本を万引きしたあの男が、本当に、お母さんの付き合ってる男だとしたら……。どうしたらいいだろう？

「朋哉、今夜、外で食事でもいいかしら」

と、加津子は言った。「お買い物する時間がないの」

「うん、いいけど」

「そう。――じゃあ、中華料理でも食べようか」

「中華？」

つい、また、と言いそうになって、朋哉は口をつぐんだ。お昼にそんなものを一人で食べて来られるわけがないんだから。

「あら、いやなの？」

「ううん、別に。何でもいいよ」

と、朋哉は言って、「じゃ、部屋にいる」

と、駆け出して行った……。

――加津子は、洗った茶碗を、キッチンペーパーで簡単に拭《ふ》くと、食器戸棚へ戻した。

中華料理が好きなのに、あの子……。

そうだわ。きっと、お昼に食べて来たんだ。

そこは母親である。何といっても、子供がごまかそうとしても、すぐに見破ってしまう。

加津子は、一人で朋哉が中華料理なんか食べて来るわけはないから、誰かにおごってもらったのだ、と、そこまでは正しく推理した。

しかし、まさか、その相手が宏枝だとは考えもしなかったのである。加津子にとってはまだまだ、宏枝は子供なのだ。

加津子の出した結論は当然のことながら——細川が、朋哉とこっそり会っているのだ、ということだった。

前にも、朋哉が昼間出かけて、いやにお腹《なか》一杯の様子で帰って来たことがあり、加津子は首をかしげたのだった。

朋哉のこづかいでは、自分で何か食べるといっても、せいぜい、ハンバーガーくらいのものだろう。

その時は、大して深く考えなかったのだが……。

今日の朋哉の様子から見て、間違いない。

朋哉は父親に会って、お昼を一緒に食べて来たのだ。

――加津子がそう思い込んだのも、無理はない。しかし、正面切って、朋哉にそうは訊けなかった。

「やっぱり、僕、お父さんの方がいいよ」

とでも言われたら……。

もちろん、そんなことを言う朋哉ではない。

しかし、加津子は、朋哉が心の中で、そう考えているのではないか、と思った。

「出かけなきゃ……」

自分に言い聞かせるように、口に出してそう言うと、加津子は居間へ入って行った。

笠木の使った灰皿が残っている。これは後で片付けよう。

着替えをして、朋哉へ、

「じゃ、出て来るわ」

と、声をかける。

「はあい」

朋哉の返事が聞こえた。

――仕事で出かけるというのは、本当だった。この近くに、イラストレーターが住んでいて、ちょうど絵が上がったと連絡が入ったのである。

明日、出がけに寄るつもりだったが、今取って来ておけば、明日少しは余裕ができるので、出かけることにしたのだった。

近くといっても、駅で一つ先。タクシーで行くのももったいない、中途半端な距離だった。

玄関を出て歩き出そうとすると、車のクラクションが鳴った。振り向いて、加津子はびっくりした。

「——市原さん！」

車の窓から顔を出しているのは、市原茂也だったのだ。

「さっきはどうも」

と、市原はニコニコ笑っている。

「どこから電話したの？」

「この先の商店街です」

「呆《あき》れた」

と、加津子は笑って言った。

「つい、あなたの家まで来てみたくなって」

「違う車ね」

「レンタカーですから。お出かけですか」

「ええ。乗せてってくれる？」

「もちろん！」

と、市原は急いでドアを開けた。

「ありがとう。でも、仕事なの」

「運転手をやりますよ。お茶ぐらい付き合ってもらえれば」

「いいわ、それぐらいなら」

車に乗った加津子はドアを閉めた。

——走り去る車を、部屋の窓を開けて朋哉は見送っていた。

やっぱり、お母さん、あの男と会うんだったんだ。そして——そうだ、あの男は、本屋の万引き男に違いなかった。

14 お父さんの恋人

ああ、びっくりした！

――マンションの近くまで戻ってきて、宏枝はまだびっくりしていた。もちろん、金子先生と倉林兼子のことである。

帰り道、真剣に悩んでいたのは、その「秘密」を、香に話してやっていいものかどうか、という点であった。

もちろん、誰にも言わないという約束はしてきたが、一人の胸におさめておくには、あまりに「凄《すご》い！」のである。

その点、香は口もかたいし、信用できる。せめて香にでもしゃべらなきゃ、とても我慢できない！

帰ったら、香に電話してみよう、と宏枝は決めた。もちろん、電話なんかじゃ、もったいなくてしゃべれない。この話は、しっかり、昼ご飯でも食べながら、の値打ちはある！

マンションの建物へ入った宏枝は、ロビー（というほど立派じゃないが）に立っていた若い女性とぶつかりそうになった。

「あ、すみません」

と、宏枝は言ったが、向こうは何も言わない。

何してんだろう、この人？

宏枝は、ちょっと首をかしげたが、まあマンションって所は、色んな人が住んでいるのだし、いちいち気にしちゃいられないのである。大体、エレベーターで会っても、ここに住んでる人なのかどうか、分からないことが多い。

きっと向こうもそうなんだろうね。――物騒といえば物騒だが、お互い、無関心なのも気楽ではある。

「あ、そうだ」

郵便物を取って行こう。お父さんは、休みの日に、郵便物を取りに来るなんてことは、まずめったにない。

〈細川〉という名札の入った郵便受けをあけて、中に入った何通かの封書やチラシを出す。

大したもんはないなあ。私あてのラブレターもないし。

ほとんどはダイレクトメール。郵便料金のむだづかいだと思うけれど、そのままくずかご行きだ。

エレベーターの方へと歩き出そうとして、宏枝は、ふとさっきぶつかりそうになった女性の方へ目をやった。

その女性は、じっと宏枝を見つめている。

——何となく、ではない。はっきり、見つめているのだ。

何かご用ですか、と訊《き》こうかと思ったが、余計なことはしない方がいい、と思い直した。でも、誰だろう？

「——ただいま」

と、玄関を上がって、「お父さん」

いないのかな？

出かけるなんて言ってなかったけど。居間を覗《のぞ》くと、ソファに引っくり返って、父が眠っていた。

どうだろね。

口を少し開けたまま眠り込んでいる父の姿は、まあとてもじゃないが「中年の渋い魅力」とは程遠いものだった。

すると、目が開いて、

「おい……。何だ、宏枝か」

「可愛い彼女にでもキスしてもらってたの、夢の中で？」

「親をからかうな」

と、細川は起き上がって頭を振った。「眠る気はなかったんだけどな」

「――晩ご飯、どうする？」

と、宏枝は訊いた。「今日は日曜日で、浜田さん、お休みの日だから」

「そうか。ま、何でもいい」

「私、お腹空《す》いてないけど」

宏枝は、ソファに座って、新聞を広げると、「今、下に変な女の人がいたよ」

「変な女？」

「うん。何だかじっと私のこと見てるの。気味悪かった」

「そうか。用心しろよ。お前なんか可愛いから狙《ねら》われる」

「別に、頭がおかしいとか、そんな風じゃないけどね。――誰だろうね」

「まあ、世の中、色々な――」

と、言いかけて、細川は言葉を切った。

「どうしたの？」

「いや……。何でもない」

細川は、何だか少しあわてた様子で、立ち上がった。「ちょっと……出て来る」

「珍しいね。パチンコ?」

「そうじゃない。ちょっとその——散歩だ」

「ごゆっくり」

「うん」

細川が、いやに急いで奥へ入って行く。

宏枝は、ゆっくりと新聞を閉じた。——父の出て行く音。

サンダルじゃない。お父さん、ちゃんと靴《くつ》をはいて出て行ったわ。

宏枝はハッとした。あの、下にいた女……。

お父さんが付き合っている会社の若い女の子というのは、確か二十歳だった。もしかすると、あの人?

宏枝が〈細川〉の郵便受けを開けているのを見て、娘だと分かったので、じっと見ていたのかもしれない。いや、そうに違いない!

宏枝は、急いで自分も居間を飛び出した。

細川が、ロビーを見回した時、ちょうど彼女は、外の通りへ出て、タクシーを停《と》めたところだった。

やっぱりそうか! 宏枝の話で、もしやと思ったのだ。

「倉田君！」

と、大声で呼んで、細川は駆け出した。

タクシーに乗りかけた倉田江梨が、ハッとして振り向いた。

「細川さん……」

と、倉田江梨は目を伏せた。

「いや、娘から何だか若い女の人がいる、と聞いてね。もしかして、と――」

「すみません、勝手にやって来てしまって」

「いや、そんなことはいいけど……」

細川は、走って来たので、息を弾ませていた。

「ちょっと」

と、タクシーの運転手が面倒くさそうな声を出して、「乗るんだったら、早く乗ってくれないかね」

「あ、すみません」

と、倉田江梨は言った。「細川さん――」

「うん……。ともかく乗ろう」

何だかよく分からない内に、二人してタクシーに乗ることになってしまった。

走り出してから、運転手が、

「どちらへ?」

と訊く。

細川と江梨は顔を見合わせた。

「細川さん――」

「君はどこへ行くところだったんだい?」

「私は……どこでも」

細川は困ってしまった。大体タクシーに乗るつもりなんか、全然なかったのだ。

「あのね、ちゃんと行き先を決めてから、タクシーを停めてくれんかね」

と、運転手が、うんざりしたような声を出す。

「あの――」

江梨が身をのり出すようにして、「ここへ行って下さい」

と、バッグから取り出したカードのようなものを渡した。運転手は受け取って、

「はいよ」

と肯《うなず》くと、スピードを上げた。

ともかく、行き先が決まって細川はホッとした。

「――びっくりさせて、ごめんなさい」

江梨が笑顔になると、言った。「とても可愛《かわい》いお嬢さんですね」

「宏枝の奴《やつ》かい？　母親に似たんだな、幸いというか」

「あら。でも、細川さんとそっくりと思いましたけど」

「そうかい？」

「ええ。ロビーで見た時から、あ、この人が娘さんだわ、って……。郵便受けをあけるのを見て、やっぱり正しかった、って分かりましたけど。――お嬢さん、不愉快だったんじゃないかしら」

「そんなことはないだろう。もちろん、僕の知り合いとは思ってないだろうけど」

「もし――分かったら、きっと私のこと、大嫌《だいきら》いになるでしょうね」

「どうしてだい？」

「だって……女の子はお父さんになつくでしょ？」

いやに真剣な口調だった。

「普通の娘なら、父親思いかもしれないけどね」

と、細川は言った。「宏枝の奴はクールだよ。そういう子じゃない」

「そうですか」

と、江梨は、タクシーの窓から、外に目をやりながら、言った。

「それに、君は僕の恋人ってわけじゃないんだし……」

言いかけて、細川は口をつぐんだ。江梨を傷つけただろうか、と思ったのだ。もちろん、昨日の出来事を忘れたわけではない。

しかし、一夜が明けてみると、何もなかったことで、細川はホッとしたのだった。

何か「あった」と思われても仕方のない状況ではあったのだが。

「奥さんにもお会いしてみたいわ」

と、江梨が言った。

「別れた女房だよ」

「ええ、分かってます。でも、やっぱり私よりもずっと良く、あなたのことを知ってらっしゃるはずですもの」

「そりゃそうかもしれないが……」

細川は、外へ目をやって、「どこへ行くんだい？」

と、訊いた。

江梨が、いきなり細川の手をギュッと固く握りしめた。

「昨日のホテルです」

と、江梨は言った。

宏枝がマンションのロビーへ出た時、ちょうどタクシーは走り去るところだった。

そうスピードを上げていなかったので、中に二人乗っていたこと、一人はどう見ても父だったことを、宏枝は確かめられた。

あの女と二人で……。

宏枝は、タクシーが見えなくなるまで見送ってから、部屋へ戻った。

何だか不安だった。

父親に恋人ができても、そう気にしないつもりだった。まあ、再婚するとでもいうことになると、二十歳の「お母さん」じゃ、ちょっと大変だな、って気はするけど。

しかし、今の不安は、それではなかった。——下のロビーで、宏枝を見つめていた、あの女の目つきである。

それは異常なものではなかったが、しかし、どこか思い詰めたものを、感じさせた。

そう。——もちろん宏枝には経験もないことだが、不倫の恋でもして、好きな男の妻を見る時には、あんな目になるのかもしれない。

あの人、真剣にお父さんのこと、好きなんだ、と宏枝は思った。

電話が鳴り出した。急いで出ると、

「お姉ちゃん？」

と、朋哉の声が聞こえて来て、宏枝はホッとした。

「朋哉、ちゃんと真っ直ぐ家に帰ったの？」

と、宏枝は受話器を持ち直して、腰をおろした。

「うん、それでさ、家にお客が来てて」

朋哉の声は、少し不安そうだった。

「もしかして、お母さんの例の――」

「そうじゃなかったんだ。仕事のお友だちでさ」

「何だ。それならいいじゃない」

「ちっとも良くないんだよ」

と、朋哉は言った。「あのね――」

一人で買い物に出た朋哉が、母の付き合っている若い男を見付け、その男が本を万引きするところ見たのだという話を聞いて、宏枝は唖然《あぜん》とした。

「ね、朋哉、それ、確かなの？　絶対に見間違いじゃないのね」

と、つい念を押している。

「本当だよ。この目で見たんだ」

朋哉は決していい加減なことは言わない。――まず、間違いないと思っていいだろう。

「呆《あき》れた！　いい年齢《とし》して、万引き？」

「それも、相当慣れた手つきだったよ。一度や二度じゃないよ、あいつ」

宏枝は、朋哉が、その男を嫌っていることも知っている。しかし、だからといって、朋哉がそんな作り話をすることは考えられなかった。

悪口を言うことはあっても、朋哉の性格として、そういう嘘《うそ》は決してつかない子である。

「参ったわね！」

と、宏枝はため息をついて、「お母さん、とんでもない男と付き合ってるんだ」

「ねえ。何とかしないと」

「だけど……。今、お母さんは？」

少し間があって、

「そいつと車でどこかに行った」

と、朋哉が言った。

「車で？」

「うん」

――何てことだろう！

父は父で、母は母で、それぞれ若い相手と出かけてしまったのだ。どこへ？　宏枝は考えたくなかった。

「お母さんはすぐ戻るって言ってたけど」

「すぐ？」

「一時間ぐらいって」

宏枝は、それなら母とその男が、いわゆる「逢《あ》いびき」してるんじゃない、と思った。もちろん、宏枝だって、そういうことはよく分からないが、一時間で、二人きりになれる場所へ行って、また戻って来るというのは、少々無理があるような気がしたのだ。

「一時間。——そう」

「ね、お母さんに話した方がいいと思う?」

と、朋哉は言った。

「言わないで、今はまだ」

と、宏枝は即座に言った。

もし、朋哉が、万引きのことを話しても、きっと母は信じないだろう、と宏枝は思った。

何か証拠でもあればともかく、今のところは朋哉の話しかないのだから。

「分かったわね。お母さんには黙ってるのよ」

と、宏枝は念を押した。

「うん……。だけど、放《ほ》っといていいのかなあ」

「仕方ないじゃないの」

「もし、お母さんが……本気であの男のこと、好きになったりしたら、困るじゃない」

朋哉の心配はもっともだった。

「あんたの気持ちはよく分かるけどね。でも、話だけじゃ、お母さんだって納得してくれないわよ」

「だけど――」

「ね、聞いて。そんな男だったら、きっと他にも何かやってるわ。私、その男のこと、調べてみる」

「どうやって?」

そう訊かれると困るのだが……。

「何とかするわよ」

と、宏枝は言った。「お父さんとお母さんが、この事でまた近付くようになるといいけどね。――じゃ、またね」

「うん。今日はごちそうさま」

「どういたしまして」

と、宏枝は笑って言ってから、電話を切った。

――しかし、考えてみれば、宏枝だって大きいとはいえ、十六歳である。大人同士の付き合いに口出しするには、少し年齢が足らないかもしれない。

父をいさめるわけにも、母に意見するわけにもいかないのだから、諦《あきら》めさせるといっても、容易なことじゃない。

それに——諦めることで、却《かえ》って二人が幸せになれれば、それはいいことだが……。とてもそこまでは宏枝も予測しようがない。

「——お父さん」

どこへ行ったの？　あの女と二人で。

母はしっかりした人で、相手に引っ張られるってことはないだろう。でも父の方は……。

急に落ちつかなくなって、宏枝は、居間の中を歩き回り出したのだった。

宏枝の心配の通り、と言うべきかどうか。

昨日と同じホテルの前でタクシーを降りて、細川はためらいながら、江梨に手を引っ張られて、ホテルの中へと、入っていたのである。

こんなこと、いいんだろうか？　心の中では、ふん切りがつかなかったのだが、といって断固として江梨の手を振り払うという度胸もなかったのだ。

いささか情けない話だが、このまま行ったら、結局江梨を抱くことになるだろう、と細川には分かっていた。

江梨がフロントで、訊《き》いた。

「部屋、空いてます？」

ホテルのフロントの男は、江梨のことを憶《おぼ》えているようで、ちょっと微笑《ほほえ》んで見せたが、こういう所では「なじみの客」でも、知らん顔をするものなのか、口に出しては、何も言わなかった。

「いらっしゃいませ」

と、会釈《えしゃく》して、「恐れ入りますが、ただいま満室でございまして」

江梨は、ちょっと肩を落とした。

「そうね。――日曜日ですものね」

「ええ。ご予約で一杯で、順番を待たれている方も、十組ほどおいでです」

細川は、こんな昼間から、こういうホテルを利用するカップルがそんなに多いのかと啞然とした。細川などには想像もつかない世界だが――。

「分かりました。予約しなかったのが悪いんだから、仕方ないわ」

と、江梨は言った。

「申し訳ありません。この近くのホテルに当たってみましょうか。たぶん、どこも同じだと思いますが」

「いえ、結構です」

江梨は微笑んで、「ありがとう」

と、礼を言った。

細川の腕を取って、ホテルを出ながら、

「何だか、私と細川さんって、縁がないのかもしれない、って気がして来たわ」

と、言った。「細川さんは、ホッとしたんでしょ」

細川は少しためらったが、

「ホッとしたり、がっかりしたりだね」

と、正直に答えた。

「少しでも、がっかりしてもらえて嬉《うれ》しいわ、私」

江梨は、通りへ出て、左右を見ると、「タクシー拾って、帰るでしょ?」

「どうでもいいけど……」

「じゃ、せめてこのホテルの前で拾いたいわ。いかにも、ここから出て来ました、って顔でね」

本当のところ、細川がホッとしていたのは、半分は後ろめたさがあったから、そしてあとの半分は、ホテル代に充分なほどの金を持っていなかったせいである。

まさかこんな所までやって来ようとは思わなかったのだから。

「――タクシーって、待ってる時は来ないものね」

と、江梨は言った。

「君は……どうして僕のことなんか……」

「答えられない質問はしないで」

と、江梨は細川の肩に、頭をもたせかけて言った。「どうなったって、あなたのせいじゃないわ」

「しかしね――」

細川が言いかけた時、後ろで咳払《せきばら》いが聞こえた。振り向くと、あのフロントの男が立っている。

「失礼します」

と、フロントの男は会釈して、「今、ちょうど、一つ部屋が空きました」

細川と江梨は、顔を見合わせた。

「でも、十組も待ってるんでしょ?」

「ええ、まあ」

と、フロントの男は澄まして、「待つのも楽し、ですから、少しぐらい長くなっても、どうということはありません」

「じゃあ……」

「もし、よろしければ、どうぞお使い下さい」

江梨は細川の腕をギュッとつかんだ。――細川は、ちょっとためらってから、

「あのね」

と、低い声で囁《ささや》いた。「ちょっとお金が――」

「気にしないで」

と、江梨は言って、フロントの男の方へ向くと、「じゃ、使わせていただくわ」

「かしこまりました。――どうぞ」

フロントの男がホテルへ戻って行く。

「ねえ、君……」

「細川さんは独身なのよ。私とこうなっても、不倫でも何でもない。そうでしょ?」

「ああ、それは分かってるけど」

「だったら」

江梨は細川の唇《くちびる》に指を当てて、「私のことだけ考えて。これから一時間だけでいいから。グチはその後で、いくらでも聞いてあげる」

細川は、江梨に腕を取られて、再びホテルの中へ足を踏み入れた。――もう、後戻りはできない。

部屋のキーをもらった江梨は、子供のように楽しげな笑顔になって、

「さ、前へ進め!」

細川は前へ進んだのである……。

宏枝は、時計に目をやった。

本当は時計なんか、見る必要もなかったのである。TVを見ていて、時間は分かっていたのだから。

お父さん、散歩にしちゃ長いじゃないの。——父が帰って来たら、そう言ってやろうか。

それとも、

「タクシーに乗ってた人、美人ね」

とでも？

もう、父が出かけて二時間以上たつ。あの女と、どこへ行ったのか、宏枝だって子供じゃないから、想像することぐらいはできる。

もちろん父は独り者で、恋人を作っていけない理由はない。宏枝も父を責めたりしたくはなかった。

ただ——今、ピンチに立って、苦しんでいる母のことを思うと、何も知らずに呑気《のんき》にしている父が、腹立たしく思えるのである。

お父さんとお母さん。もう二度と、やり直すことはできないのだろうか？

宏枝は、寂しい気持ちで、TVに目をやっていた……。

15　心強い味方

「困ったもんだわ……」

と、丸山秀代は呟《つぶや》いた。

もちろん、お昼休みになったことを、困っているわけではない。いかに勤続二十年のベテランといえども、お昼休みが楽しいことに変わりはないのである。

それに、何に困っているにせよ、お弁当を食べる、その食欲には、少しの影響も出ていない様子だった……。

電話が鳴り出したので、秀代は、頰《ほお》ばっていたご飯を、急いでお茶で流し込み、受話器を取った。

「もしもし」

「宏枝さんって女の子からです」

と、交換手が言った。

「ああ。つないでちょうだい」

秀代は、座り直した。

「細川宏枝です」

「あら、面白いもんね」

「え?」

「ちょうど、あんたのこと、考えてたのよ」

と、秀代は言った。「学校から?」

「ええ、今、お昼休みなんで、外に出て、かけてます。あの——お忙しいと思うんですけど、ちょっとご相談したいことがあって」

「ちっともお忙しくなんかないわよ」

と、秀代は楽しげに言った。「こっちもね、会いたいと思ってたの。本当よ。じゃ、どこで?」

「ええと……。そちらの会社の近くまで行きます。どこか分かりやすい所があれば」

「そうねえ」

秀代は、結局、この辺りで一番目立つ、大きなビルの一番上の階で、宏枝と待ち合わせることにした。何しろ、帰りにデート、といったことはめったに(?)ないので、待ち合わせにいい店なんて、まるで知らないのである。

「じゃ、五時半ごろね。楽しみにしてるわ。でも、お父さん、帰りが遅いと心配するんじゃない？」

「大丈夫です。体育祭の準備で忙しい、って言ってありますから」

「体育祭ねえ……。何だか何十年も昔に聞いた言葉だわ」

と、秀代はため息をついた。

「あの、父には――」

「内緒ね。分かってるわよ」

秀代は、電話を切って、またお弁当を食べ始めた。

「丸山さん」

と、若い女の子が一人、そばへやって来ると、声をひそめて、「聞きました？」

「何よ、そんな声出して。愛の告白でもするつもり？」

「それなら、細川さんですよ」

「細川さんが――」

「倉田江梨さんと。これ、みんな噂《うわさ》してるんです」

秀代は、ちょっと顔をしかめると、

「そんなこと、とっくに聞いてるわよ。三回もね」

と、言った。

「やっぱり本当なんでしょうね」

「私は知らないわ。でも、どっちも独身なんだから、放っとけば？」

「だけど、細川さん、もう四十代の半ばでしょ？　江梨さん、二十歳ですよ！——凄《すご》い！」

一人でしゃべって、一人で興奮し、さっさとその女の子は行ってしまった。

「何やってんだろ」

と、秀代は呆《あき》れて呟いたが……。

しかし、実のところ、秀代が、「困った」と呟いていたのは、細川と倉田江梨のことだったのである。

全く、人間というのは不思議なもので、別にお揃《そろ》いの服を着ているというわけでもないのに、「親しくなった」男女は、すぐに誰の目にも明らかになってしまうのである。

廊下ですれ違う時の、目くばせ一つ、誰かが見かけようものなら、もう五分後には三、四人が、十五分後には三十人が、その仲を知っているということになる。

しかも、今度の場合は、倉田江梨が、細川への気持ちを全く隠そうとしない。秀代は、男女の関係について、そうベテランというわけではないが、それでも二人が既に「男と女の仲」になっただろうということは、認めざるを得なかったのである。

会社の中で、独身同士の男女が互いに好きになっても、別にそう問題ではない。ただ、やはり細川と倉田江梨の場合には、その年齢の差に加えて、細川が完全に江梨にリードされている、と見えるところが、ちょっと気になるのだった。

秀代は、あの宏枝という子が、相談したいことがあると言って来たのは、このことを知ったからではないか、と思った。なかなかしっかりした娘ではあるし、父親と二人の生活に、自分とたった四つしか年齢の違わない女性が割り込んで来るのは、確かに心配だろう。

細川の人の好《よ》さは、秀代にもよく分かっている。それだけに、若い倉田江梨に引きずられているんじゃないか。――秀代は、そこがどうにも、心配であった……。

「やあ、大崎君」

と、細川は顔を上げて、言った。

「あ、どうも」

大崎竜一は、会釈《えしゃく》して、「――お一人ですか？」

「そうだよ。良かったら――」

「じゃ、失礼します」

喫茶店の、奥まった席で、「新しい係長とその部下」は、向かい合って座ることになった。

細川は、読んでいた週刊誌を閉じた。

「どうだい、新しい席の座り心地は」

と、細川は言った。

「いや、何だか落ちつきません。この若さで係長でしょう。細川さんには本当に申し訳なくて」

と、大崎はコーヒーを注文しておいて、言った。

「何言ってるんだ。会社の中じゃ、年齢は関係ないさ。バリバリやってくれよ」

細川は別に無理しているわけではなかった。もちろん、大崎に係長の椅子《いす》をかっさらわれて頭に来ているのは確かだが、今の細川は何でも許せるような気がしていたのだった。

それは、昨日、倉田江梨と過ごしたひとときのせいだったのを、細川自身もよく分かっていたのである。

「細川さんは立派ですねえ」

と、大崎は首を振って、「僕なんか、とても真似《まね》できません。きっと――」

と、運ばれて来た自分のコーヒーを見下ろして、

「これに毒でも入れてやりたいと思いますよ、僕だったら」

思ってるよ、俺《おれ》だって、と細川は心の中で言った。――見てろよ。園田万里江との

仲が親父《おやじ》さんに知れたら……。

「——細川さん」

と、大崎は真面目《まじめ》くさった顔になって、言った。「折り入って、ご相談したいことがあるんですが」

「何だい？」

と、細川は面食らって、言った。

「これは仕事の立場を離れて、人生の先輩としての細川さんに、お話ししたいんです」

「人生の先輩とは、また大げさだね」

と、細川は苦笑した。「一体何のことだい？」

「実は……」

と、少しためらってから、大崎は思い切ったように、「好きな女がいるんです」

これには細川もびっくりした。

「そ、そうかい。——まあ、そりゃ結構じゃないか。おめでとう、ハハハ……」

「それが、色々問題をかかえてまして」

「その女のことで？」

「そうなんです。——細川さん、ぜひ相談に乗って下さい！」

と、大崎は身を乗り出して来る。

「あ、あのね——僕は離婚した男だよ。つまり、女性との付き合いにおいちゃしくじってるわけだ。分かるだろ？」

「それだからこそ、僕の辛《つら》い気持ちも、分かっていただけると思うんです」

まあ、そういう言い方もあるか、と細川は思った。

「しかし……。一体何を僕に相談しようっていうんだね？」

「相手の女は、僕より八つも年上なんです」

と、大崎は言った。

「八歳年上ねえ……」

「しかも、離婚の経験者です。それも——三回」

と、大崎の声が小さくなる。

もちろん、細川はそんなこと、先刻承知だが、やはり適当にびっくりして見せなくてはいけない。

「へえ、三回もね！」

「小学生の男の子もいます」

「子持ちか」

「女優で、結構知られてるんです」

「ふーん」

「こういう女と結婚したい、と言ったら、細川さん、どう思います?」

細川は、目をパチクリさせた。

「いや……。別に君も子供じゃないんだから、好きなら、構わないじゃないか」

「そう言っていただけると……。本当に嬉しいです!」

大崎も大分感激屋らしい。涙ぐまんばかりである。

「しかし、僕の父は、そう理解しちゃくれないでしょう」

と、大崎はため息をついた。「それで、困ってるんです」

「専務かい?――そうだねえ。なかなか、頭じゃ分かってても、いざ自分の息子となるとね」

「親父は、僕の相手に、と決めた女がいるんです。僕に、来年になったら結婚しろ、とたきつけています。何とか、まだ忙しい、と言って逃げていますが、もう僕も三十だし、いつまでも逃げちゃいられません」

「その女性は、いわゆる名門の?」

「二十二歳ですよ。来春、大学を卒業するんです」

「三十八と二十二じゃ、大分違うね」

「かなりの企業のオーナーの娘です。悪い子じゃありません。僕だって、他に好きな女がいなければ、その娘と一緒になっていたかもしれない……。でも、万里江を知ってからは、もう他の女なんて……。あ、万里江というのが――」

「三十八歳の彼女ね」

と、細川は肯《うなず》いた。「じゃ、専務は、その万里江さんのことは、まだ知らないわけか」

「もちろんです。耳に入ったら、大変ですよ！」

こうして聞いてみると、やはり江梨の目算は正確だということが分かる。

「しかし、いつまでも隠しとくというわけにも、いかないだろ？」

「そこなんです」

と、大崎は言った。「僕としては、万里江と一緒になる決心です。どんなに親父が反対しても」

結構だね。まあ、せいぜい頑張《がんば》ってくれ。

細川は笑いがこみ上げるのを、何とかこらえていた。

「結婚ってのは、当人同士が幸福になるのが一番肝心だからね」

と、細川は分かったような口をきいた。

「そうでしょう？　僕もそう思ってます。いや、細川さんのおっしゃる通りですよ」

と、大崎はすっかり喜んでしまっている。

坊っちゃんだけあって、甘いもんだ、と細川は思った。

「それで、お願いなんですけど」

と、大崎は言った。

「何だい？」

「万里江との結婚を、何とか親父に認めさせたいんです。もちろんどうしても反対ということなら、やむを得ません。でも、うまく説得できれば――」

「そりゃそうだね」

「お願いします」

と、大崎が頭を下げて、「細川さん、力を貸して下さい」

「力を貸すって？」

「親父を説得するのに、力になっていただきたいんです」

「何だって？」

細川は仰天した。まるで立場が逆じゃないか！

「いや――僕にそんな役はつとまらないよ。そうだろ？　僕はただの平社員で……」

「そんなことありません。細川さんの人間がよくできていることに、僕は感銘を受けたんです。お願いします！」

大崎が、テーブルにぶつけそうな勢いで、頭を下げる。――細川は思ってもみない話に、呆然《ぼうぜん》としていた。

「じゃ、やっぱり……」

と、宏枝は言って、肯いた。「そうだと思ったんですけど」

「まあねえ、あんたのお父さんだって、あんな若くて可愛《かわい》い子に言い寄られたら……。そりゃ、コロッと行っても仕方ないところはあるけどね」

と、丸山秀代は言った。

二人は、待ち合わせたビルの中の喫茶店に入っていた。

「私も、お父さんが誰か本当に好きな人を見付けたら、再婚したっていいと思ってます」

と、宏枝は言った。「ただ――年齢はともかく、あの倉田江梨さんっていうんですか、あの人は、何だか不安なんです」

「そうね」

と、秀代は考えて、「私も、もっとカラッとした現代っ子かと思ってたの。でも、今日の様子を見ててね。ともかく、細川さんのことを好きだって、プラカードを持って歩いてるようなもんね」

「そうですか」

「ちょっと意外だったわ。結構、独占欲の強い子かもしれないわね」

秀代の言葉に、また宏枝は不安が増した。

心配そうな宏枝の顔を見て、秀代は、

「でも、そんなに深刻に考えるほどのこと、ないわよ」

と、あわてて言った。「今の若い子の考えることは、分かんないからね」

「だけど、私がマンションのロビーで会った時、私のことを見てたあの人の目は……。

ただ、興味があるって感じじゃありませんでした」

「そう。——ま、あんたの心配は、よく分かるわ」

と、秀代が肯く。「私も気を付けとくわ。それと、倉田江梨のことも、それとなく、
仲の良さそうな子に訊《き》いてみる」

「お願いします」

と、宏枝は頭を下げた。

「いいのよ。お安いご用。だけど、大変ねえ、あんたも」

と、秀代は同情している。

「いえ、そんなことも——」

と、宏枝は少々照れていたが、「実は、もう一つ、お願いがあって」

「何なの？」

「今度は、お母さんの方の恋人のことなんですけど」

「ええ？」

秀代は目を丸くした。

——母の付き合っている若い男が、どうも万引きの常習犯らしい、という話をすると、秀代は唖然《あぜん》として、

「まあ忙しいのね、お宅は！」

「すみません」

「別に謝らなくたっていいけどさ。だけど、その男、名前も分かんないんじゃ、どんな男か調べるといってもねえ……」

「そうなんです。自分の力じゃとても無理だし。どこか、そういうこと調べてくれる所、ご存知じゃないかと思って」

と、宏枝は言った。

「ああ。探偵社《たんていしゃ》とか興信所とかいうやつね」

と、秀代は肯いて、考え込んだ。「いくら顔の広い私もねえ……。そういう所にゃ知り合いはないけど。——でも、知り合いの知り合いぐらいで、きっとどこか見付けてあげられるわよ」

「お願いします。すみませんけど」

「あんたの方でも、名前とか分かったら、連絡してよね」

「はい、もちろんです」

「さ、飲みなさいよ。冷めるわ、紅茶」

と、秀代はすすめて、「でも、しっかりしてるわねえ、あんた」

「そんなことないです」

宏枝はちょっと赤くなる。「ただ、お父さんがしっかりしててくれないと、こっちも困りますから」

「そうそう。いつも迷惑するのは子供の方だからね」

秀代は同感らしかった。

宏枝は、秀代と別れて、まだ勤め帰りのサラリーマン、ＯＬでこみ合う道を歩いて行った。

こんな風に、早い時間に帰れるのは、お父さんと同じで、あんまり出世とは縁のない人たちなんだろうな、と宏枝は思ったりした。

しかし――もちろん宏枝だって、よく知らないことだが――家路を急ぐ人たちの足取りは軽やかに見えた。早く帰りたくなる家庭があるって、すばらしいことじゃないだろうか。

忙しい、と言い続けて、出世はしても、夕ご飯を家族と食べることもないような、そんな暮らしはいやだな、と宏枝は思う。宏枝自身もだが、将来、もし誰かに恋をして結婚したとして、やっぱり温かい夕食を、一緒に食べたい、と宏枝は思うのだった。

そんな甘いこと、言ってられるのは、宏枝がまだ子供だからかもしれない。しかし、サラリーマンというものは、もちろん会社にも属しているが、同時に家族にも、妻にも子にも、属しているのである……。

——早く帰って、夕ご飯をあったためなきゃ。

宏枝は、人の間を縫うようにして、少し足を速めた。すると——。

「お父さん」

声を出してしまった。黙っていれば良かったのに、と思った時はもう声が出てしまって、父の耳に入ってしまっていた。

あまりに突然、父が目の前を歩いていたのである。そしてその瞬間には、父一人しか、宏枝の目には入らなかったのだった……。

「宏枝！」

細川が目をみはった。「——何してるんだ、お前？」

「あ——ちょっとね」

宏枝は、もちろん気付いていた。「あの女性」が父と一緒にいることに。

「会社に来たのか？」

「そうじゃないの。体育祭で、必要な物があって、頼みに来たの。ついでに、この近くだったから、どこが会社かな、って思って歩いてた」

スラスラと言いわけが出て来るのは、宏枝の頭の回転の速さだろう。

「そうか」

細川は、チラリと江梨の方を見た。——江梨が微笑《ほほえ》んで、

「宏枝ちゃんね。こんにちは」

と、手を差し出す。

宏枝は、その手を握れなかった。代わりに、頭を下げて、

「いつも父がお世話になります」

と言ったのである。

「まあ、しっかりしてるのね」

楽しげに江梨は笑った。しかし、宏枝は、江梨の目が、少しも笑っていないことに、気付いていた。

16　近付いて来た男

くたびれた！

朋哉は欠伸《あくび》しながら、歩いて来た。

いつも、勉強勉強で追い立てといて、運動会が近くなったからって、突然走らせたって、無理だよね。日ごろの運動の方がずっと大切……。

お母さん、まだ帰ってないだろうな。

今朝、出る時に、

「今夜は八時ぐらいになるかもしれないから、お腹が空《す》いたら、ラーメンでも食べていてね」

と、言ってたっけ。

朋哉が玄関のドアを開けようとしていると、

「ちょっと」

と、男の声がした。

手にしていた鍵《かぎ》を、落っことしたのが、却《かえ》って良かった。それを拾っている間に、朋哉は、何くわぬ顔で相手を見る用意ができたからだ。

声に、聞き憶《おぼ》えがあった。——あいつだ。

「はい」

と、朋哉は顔を上げた。

「君、ここの子供かい？」

と、その男は言った。

いかにも、人の好《よ》さそうな笑顔である。

「そうです」

「お母さんに会いたいんだけど、いるかな？」

「まだ帰ってません」

「そうか」

と、男は残念そうに、「ちょっとだけ話がしたくて……。上がって、待ってても、いいかな」

「でも……」

朋哉は迷った。あんまり「遅くなる」と言うと、却って、この男が図々《ずうずう》しくなるかもしれないという気がしたのだ。

「僕はね、お母さんの友だちさ。市原というんだ」

市原。——市原っていうんだ、こいつ。

「じゃ、上がって」

と、朋哉は言った。「もう帰ると思うけど」

「悪いね。じゃ、ちょっと」

市原は、上がり込んで、居間のソファに腰をおろした。「君——朋哉君だったね」

「ええ」

「勉強しててもいいよ。僕はここにいる」

「分かりました」

朋哉は、つい、「何も盗《と》らないでね」と言いそうになって、何とかこらえた。

しかし、これはいいチャンスかもしれないな、と朋哉は思った。お姉ちゃんにも言われている。

こいつのことを、少しでも調べておかなくちゃ。——朋哉は、台所へ行って、お湯をわかすと、お茶をいれて(もちろん、ティーバッグで)、居間へ運んで行った。

「どうぞ」

朋哉がお茶をいれて来たのに、市原はびっくりした様子だった。

「いや、ありがとう。——君、いつもそんなことしてるの?」

「そういうわけでもないけど……」

「偉いねえ。しかし、子供はそんなことまでしなくっていいんだよ。大人のことは放《ほ》っときゃいいのさ」

市原は、いやに真剣な口調で言った。

お茶一杯いれて来るぐらいのことで、そんなにオーバーに言わなくたってね、と朋哉は思った。

「でも、せっかくだからいただくよ」

と、市原は、朋哉のいれたお茶を一口飲んだ。「——おいしい」

「そう?」

朋哉は、ちょっと咳払《せきばら》いをして、「あの——どこかの出版社の人?」

と、訊いていた。

「いや、そういうわけじゃないんだ。ただの——何て言ったらいいかな、『話し相手』だよ」

「ふーん」

市原は、ちょっと間を置いてから、

「お父さんとは、今でも会うのかい」

と、言った。

「ううん。全然会ってない」

父親のことを言われて、朋哉は少しカチンと来た。「会いたいけどね」

「やっぱり会いたいか」

「当たり前だよ」

「そう……。そうだろうね」

と、市原は肯《うなず》いた。「だけど、会いたくなるような親がいるってのは、いいことだよ」

朋哉は、何だか調子が狂ってしまった。この万引き男が、いやにシリアスなことばっかり言うから。

「君のお母さんは立派だね。よく働くし」

「そりゃ、僕のお母さんだからね」

朋哉の言い方に、市原はちょっと笑った。

「――だけどね、朋哉君。君のお母さんにも好きな男性は必要だ。そう思わない？」

「小学生にそんなこと訊かないでくれる？」

と、朋哉は言ってやった。

「うん。そうだな」

市原は、両手を何となく握り合わせたり離したりしながら、「僕がお母さんと付き合っても、構わないかい?」

と、訊いた。

市原がそんなことを訊いて来るとは思わなかったので、朋哉はぐっと詰まってしまった。

もちろん、差し当たりはニコニコして見せて、市原が気を許すのを狙《ねら》った方がいいと思ったのだが、何といっても朋哉は子供である。

自分の気持ちを隠しておくというほど、器用ではない。

「そりゃあ……。でも……」

と、口の中でボソボソ言っていると、市原が手を延ばして、ポンと朋哉の肩を叩《たた》いた。

「いや、ごめんよ。君にこんなこと言うべきじゃなかったな」

と、市原は明るい調子で、「お母さんは、何よりまず君のことが大切さ。それは絶対だよ。君が心配することはない」

「心配って?」

「君がいやなら、決して『新しいお父さん』なんて作らないよ」

「そんなこと……心配してやしないよ」

「そうかな?」

市原は、朋哉の顔を覗《のぞ》き込むようにして、それから、楽しそうに笑った。「――さ、それじゃ、僕は帰るよ」

「待ってるんじゃないの？」

「君に会えたからな。今日はもういい」

市原は、お茶を飲み干すと、「お茶もいれてもらったし」

と言って、立ち上がった。

「じゃ、お母さんに言っとくよ」

朋哉は、玄関まで出て来て、言った。

「うん、頼むよ。また電話しますから、って言ってくれ」

「分かった」

――市原が帰って行くと、朋哉は居間へ戻った。

市原が飲んで行った湯呑《ゆの》み茶碗《ちゃわん》が、空になって置いてある。

何だか変な奴《やつ》だったな、と朋哉は思った。

茶碗を、台所へ運んで行くと、いつもなら流しに置いておくだけなのに、洗剤までスポンジにつけ、ちゃんと洗ってしまった。キッチンペーパーで拭《ふ》いて、棚《たな》へ戻す。

電話が鳴り出した。

「――もしもし。――お母さん？」

「帰ってたのね」

と、母の声が、周囲の車の音に混じって聞こえて来た。

「遅くなるんでしょ」

「それがね、割と早く済んだの、用事が。ね、どこかで食べようか、おいしいもの」

本当は、お母さんが作ってくれた方がおいしいよ、と言いたかったけど、でも、朋哉にも分かっている。

料理ってものは、作るだけじゃなくて、片付けなきゃいけないんだし、お母さんにとっても、朋哉との「デート」が気分転換になるってことが。

「うん、いいよ」

と、朋哉はすぐに答えた。


何となく、宏枝も細川も無口になっていた。

せっかく、思いがけない所で会ったんだから、と、二人してレストランに入ることにしたのだが……。

「なあ、どこで食べる？　何が食べたい？」

と、細川はいささかわざとらしく軽い調子で言った。

「何でもいいよ」

と、宏枝は言った。「お父さんは？」

「いや、何かお前の食べたいものでいいんだぞ」

「私、別に――」

と、言いかけて、宏枝は、「あの上の展望レストランに入ろう」

と、言った。

「え？」

――九階建てのビルの最上階が、円形の展望レストランになっている。たまたま、そこが宏枝の目に入ったのだった。

「まだあるんだね、あそこ」

「ああ、そうだな」

と、細川は肯いて、「じゃ、入るか、あそこに」

「うん」

二人は、足取りを早めた。

倉田江梨は、宏枝と出会ってすぐに別れて帰って行った。さすがに、細川も、三人で食事をしよう、とは言い出せなかったのである。

エレベーターで九階に上がる。

「いらっしゃいませ」

頭の禿《は》げた、人の好さそうなタキシードのおじさんが、入り口で迎えてくれる。憶えてる、と宏枝は思った。このおじさん、前からずっとここに立っていた人だ。

「窓際《まどぎわ》の良いお席が空いております」

「じゃ、そこにしてもらおうか」

と、細川は言った。

「かしこまりました」

そのタキシードのおじさんが、ふと宏枝の顔を見て、

「――ずいぶん前にいらっしゃいませんでしたか?」

と、訊《き》いた。

宏枝はびっくりして、

「はい。来てました。何回か」

「そうですね、確かに見憶えが……。弟さんがおられたんじゃありませんか?」

「ええ」

「そうですか。いや、立派なレディになられましたね。――さ、どうぞ」

宏枝は、胸が熱くなった。

――このレストランは、昔、よく四人で来た所なのだ。まだ宏枝が小学生で、四年生か五年生ぐらいのころだったろう。

朋哉はまだ小学校へ上がるかどうかぐらいだった。

もちろん、そういう小さい子を連れて平気で入れる店だから、味の方は大したことはなかった。

宏枝がこのレストランを選んだのは、別に父への当てつけ、というわけじゃなかった。ただ、単純に、どんな店になっているか、見たかったからである。

でも――まるでタイムマシンで昔に戻ったみたいに、レストランは変わっていなかった。

もちろん昔なんて言っても、せいぜい五、六年前のことなのだから、大して変わっていなくても当然かもしれない。だけど、宏枝の方は、大きく変わっているのだ。

「凄《すご》いね、あのおじさん」

と、宏枝はメニューを広げても、見るのを忘れていた。

「よく憶えてるもんだなあ」

と、細川も感心している。「プロ、ってのは、ああいう人をいうんだろうな」

「私なんか、小学生だったのよ！　それをちゃんと見分けるなんて、凄い」

「ああ……。メニューの方も、ちっとも変わってないぞ」

「本当だ」

と、宏枝はメニューを眺《なが》めて笑ってしまった。「私、確か、このコーンスープが大好きで……」

「そうだ。お父さんの分まで飲んじまったもんだ」

「そうだったね。——これ！　メンチカツ、いつも頼んだ」

「そうだった」

と、細川が肯く。「お前がメンチカツ、朋哉がお子様ランチでな」

「変なオモチャがついててね。どうせすぐなくしちゃうのに」

宏枝は、胸がワクワクした。まるで、小学生の時に戻ったようだったのだ。

でも、あの時には、お母さんと朋哉も一緒にいたんだ……。

「宏枝」

と、細川が言った。

「うん？」

「さっきの人——倉田江梨というんだが、父さんはあの人と付き合ってるんだ」

「知ってるよ」

「知ってる？」

「マンションの下で会ったもの」

「ああ、そうか。——お前には気になるだろうが……」

「お父さんはお父さんだもの」

「そう思うか？」

「うん」

宏枝は肯いた。「でも、年齢《とし》が違うでしょ。慎重にね」

「全くだ」

細川は苦笑した。「説教されるな」

「そんなつもりじゃないけど」

「いいんだ。——馬鹿《ばか》なことはしない。父さんを信じてくれ」

「分かってる」

と、宏枝は肯いて、「お父さん、何食べる？」

エレベーターを降りて、

「あら、懐《なつ》かしいわね」

と、加津子は言った。「朋哉、憶《おぼ》えてる？　よくここへ来たのよ」

「何となく憶えてるよ」

と、朋哉は言った。「お子様ランチ、食べてたよね、僕」

「そうだったわ。いつも、あなたの残したのを、お母さん、せっせと食べてたのよ」

と、加津子は笑って言った。

「——いらっしゃいませ」

と、頭の禿げたタキシードの男が、二人を迎える。「お久しぶりでございます」

「まあ」

加津子は目を見開いて、「憶えてらっしゃるの?」

「はい、はっきりと。坊っちゃんの方は、大きくなられて、よく分かりませんが」

「そうですね。まだ小学校に入りたてぐらいでしたもの」

「どうぞこちらへ」

と、その男は歩き出して、「もう先におみえです」

「え?」

先におみえ?——何のことだろう。

その男について歩いて行くと、

「お姉ちゃんだ」

と、朋哉が目を丸くした。「お父さんも」

「まあ」

「——どうぞ」

四人用のテーブルだったので、空いた二つの椅子《いす》を引いてくれる。

加津子はためらった。

「やあ……」

細川も、びっくりして、腰を浮かした。

「あなた——」

二人は、少しの間、ポカンとして、向かい合って立っていた。

「座ったら、二人とも」

と、宏枝が言った。「悪いわよ、お店の人に」

「ああ……。そうだな」

「じゃ……。朋哉、そっちに」

「うん」

朋哉と宏枝が、チラッと目を見交わした。

「でかくなったね、おい」

と、宏枝が朋哉の頭をポンと叩《たた》いた。

「お姉ちゃんも、少し女みたいになったね」

「言ったな」

二人の間では、ちゃんとうまく話を合わせている。

それにしても——何と不思議な縁！

宏枝は、奇妙な感動に捉《とら》えられていた。もちろん、これはただの偶然には違いないのだけれど、でも、何かそれを越えたものを感じていたのだ。

「メニューも同じね」

と言って、加津子が微笑《ほほえ》んだ。「あなた、何にしたの?」

17　四人家族

何だか奇妙な光景ではあった。

いや、はた目にはどうってことのない四人家族に見えただろうが……。

「私、メンチカツ食べてみよう」

と、宏枝は言った。「お母さんは？」

「そうね……」

加津子はちょっと楽しげに考え込んで、「前はいつも何を頼んでたかしら……」

「お母さんはいつもランチのＡかＢ」

と、朋哉が言った。

「そうだ、そうだった」

と、細川が肯《うなず》く。「お前、よく憶えてるな」

「だって、ＡとかＢって、それで憶えたんだよ」

朋哉の言葉に、みんなが笑い出してしまった。

ああ、昔みたいだわ、と宏枝は思った。まるで、昔に戻ったみたい……。

オーダーをすませると、

「妙な偶然だったな」

と、細川は言った。「元気でやってるのか?」

朋哉の方へ、声をかけたのだった。

「うん、まあまあね」

加津子はチラッと細川の方を見た。——加津子は、細川と朋哉がこっそり会っているのだと思い込んでいる。

もっとも、自分もマンションまで行って、宏枝に会っているのだから、「あいこ」と言って言えないこともないが。

「来年、受験だろう」

「ええ」

と、加津子が肯いて、「塾《じゅく》に通って、忙しいのよ。今は、ちょうど運動会の前で、お休み」

「そうか。今の子供は大変だ」

「あなたの方は? 順調?」

「うん。——別に、これといって……。なあ、宏枝?」

「そうね」

宏枝は、ちょっと迷った。

朋哉と練った作戦の通り、お互いにやきもちをやかせるには、絶好の機会だが、といって、この雰囲気《ふんいき》をこわしたくないという気持ちにもなっていたのだ。

スープが来て、とりあえずは話が途切れた。

朋哉が、チラッと宏枝の方を見る。宏枝はどうしたものか、考えていた。

「――ねえ」

と、朋哉が言い出した。「お母さん、留守の時にお客さんが来たよ」

「あら、そう?　誰かしら」

「市原っていったよ」

加津子が、ハッとしたように、スープを飲む手を止めた。

「そう……。何か言ってた?」

「少し、上がって待ってたけど、帰ったよ」

と、朋哉は言った。

市原か。――宏枝は、朋哉がその男の名前を自分に教えてくれたのだと分かった。

「お仕事の人?」

と、宏枝は母の方に訊いた。

「え？　どうして？」

「何だか、びっくりしたみたいだから」

「そう？」

加津子は、少しためらいながら、「ちょっとお付き合いしてる男性なの」

「ほう」

と、細川が顔を上げて、「恋人か」

「それよりは、息子に近いわね」

と、加津子は笑って、「二十八よ」

「あら、お父さんの方がもっとよ。ねえ、お父さん」

と、宏枝が冷やかすように言った。

始めた以上、続けた方がいい。できるだけ、冗談めかして。

「もっと、って？」

「いや――俺《おれ》の方も、今、付き合って――。付き合ってる、といっても、話し相手みたいなもんだよ」

と、細川は目をそらして言った。

「でも、二十歳でしょ」

「うん……。一応、二十歳だ」

一応、ってのも妙な言い方だった。

「また、ずいぶん若いのね」

と、加津子が笑って、「よく話すことがあるわね、あなた」

「まあ、珍しいんだろ、若い子にしてみりゃ、こんな中年の話が。その内、すぐ飽きるさ」

そうかな。飽きるって顔じゃなかったけどね、と宏枝は心の中で言った。

「しかし、どっちも、問題がないようで、結構じゃないか」

と、細川はいささかわざとらしい調子で言った。

「そうね」

と、加津子も肯く。「別れて良かったのかもしれないわね」

「――もう四年か。早いもんだ」

と、細川は、朋哉を見て、「その内、お前は、母さんも俺も追い越すな、背の高さでは」

「でなきゃ困るわ。ねえ、宏枝」

「うん」

宏枝は、みんなが、「話したいこと」「話さなきゃいけないこと」のまわりをグルグル回っているような気がした。

四人で、「仲のいい親子」という芝居をしているようなものだ。

——食事をしながら、話題は、当たりさわりのないことに終始した。

細川は会社の話、加津子も仕事の話。そして朋哉と宏枝は学校の話……。

宏枝は、段々、腹が立って来てしまった。何だか分からないが、腹が立って来たのである……。

「ああ、懐かしい味だったわ」

と、食べ終えて、加津子が言った。

「ねえ」

と、宏枝が言った。「ここは誰が払うの?」

細川も加津子も、当惑した様子で、ちょっと顔を見合わせた。

「俺が払うさ」

と、細川が笑顔を作って、「こんな店、いちいち割り勘にするほどのこともない」

「いいわよ、あなた。ちゃんと別々に払いましょう」

と加津子が言った。

「しかし、却《かえ》って面倒だよ。これぐらいの食事なら、会社の女の子にだっておごるさ。いいじゃないか、気にすることもない」

「でも——」

と、言いかけて、加津子は、朋哉の不安げな目に気付いた。

これで、気まずくなるのがいやなのだろう。——加津子は、朋哉を傷つけたくなかった。

「分かったわ。じゃ、この次、どこかで偶然出会った時は、おごらせていただくから」

と、加津子が冗談めかして言うと、

「この次は、うんと高い店で会おう」

と、宏枝が言って、みんなが笑った。

ホッとした様子で、朋哉が、

「その前にさ、デザート食べたいんだけどな、僕」

と、言った……。

宏枝は、少し自分を恥じていたのだ。両親の、妙に陽気さをよそおった態度に腹を立てて、二人が言い争いでも始めればいい、と思った。

だって、二人は一緒にいたくないから、別れたはずだ。だったら、こんな風に仲良く座ってるなんて、おかしいじゃないの！

でも、宏枝もまた、朋哉の心配そうな眼差《まなざ》しに、ハッとしたのだった。

自分は、もういくらか大人の気持ちや都合が分かり始めている。でも、朋哉は……。

まだ、朋哉は小学生なのだ。

「あんた、本当に甘いもんが好きね」

と、デザートを食べながら、宏枝は弟をからかってやった。「虫歯のないのが、不思議だわ」

「お姉ちゃんと違うんだ」

「どういう意味よ」

「太る心配しなくていいんだもん、僕は」

「こいつ！」

宏枝は、弟に向かって、拳《こぶし》をくり出した。


「——ありがとうございました」

レジで細川が支払いをしていると、あのタキシードのおじさんがやって来て、頭を下げた。「またどうぞ、お揃《そろ》いで」

「ありがとう」

と、加津子は微笑んで、「朋哉、トイレに行っといたら？」

「うん」

朋哉が駆け出して行った。

細川と加津子もトイレに行って、宏枝は一人で、エレベーターの前に立っていた。

あのタキシードのおじさんが、手持ちぶさたな様子で、やって来ると、

「大変ですねえ」

と、言った。

「え？」

「別々に暮らしてるんでしょ？」

宏枝はびっくりした。

「ええ……。どうして知ってるんですか？」

「いや、見た感じでね」

「へえ……。父と私、母と弟に分かれて」

「なるほど」

「もう四年です。——私、戻ってほしいけど、無理だろうなあ、今からじゃ」

「いや、そんなこともないと思いますよ」

と、タキシードのおじさんが言った。

「本当？」

宏枝は、思わず訊《き》き返していた。「本当にそう思う？」

「合う相手、合わない相手ってのはね、はた目には、結構分かるもんですよ」

「うちの父と母は？」

「合ってますね。もちろん、他に恋人もできるかもしれませんがね。でも、お互い、安心できる相手ですよ」

宏枝は嬉《うれ》しくなった。

「何だか──希望が湧《わ》いて来ちゃった」

と、手を胸に当てる。「でも……。このままじゃ、同じ状態ですもんね」

「お二人がどうして離婚されたのか、それが分かれば、何か方法もあるかもしれませんよ」

と、タキシードのおじさんは言った。

細川と朋哉が、トイレから戻って来る。

宏枝は、朋哉が楽しそうにしている顔を見て、私と一緒の時より楽しそうだな、と思った。

「ごめんなさい、待たせて」

加津子が戻って来る。「さ、帰りましょうか」

「──お母さん」

と、宏枝は言った。「相談があるんだけどな」

「何なの？」

「今夜一晩、朋哉をこっちへ泊めていい？」

「え？」

「その代わり、お邪魔でしょうけど、私がお母さんの所に泊まる。――ね、お父さん」

「しかし……」

「朋哉も、男同士で話したいこと、あると思うし、私も女同士でお母さんと話してみたいの。こんな機会、たぶん二度と来ないし。いいでしょ？」

細川は、加津子を見て、

「お前……。どうだ？」

「私は……。でも、学校があるわ」

「一旦《いったん》、戻りましょうよ。両方の家に。それで明日の仕度をしてから、行けばいいわ」

と、宏枝は弾んだ声で言った。

「よいしょ」

あれこれ放《ほう》り込んだ、大きな紙袋を手に、宏枝はタクシーに乗り込んだ。「お待たせ」

「もう、いいの?」

と、加津子が訊く。「じゃ、運転手さん。やって下さい」

タクシーが走り出す。

宏枝は、紙袋を足下に置いて、落ちつかせてから、座席に座り直して、

「お母さん」

と、言った。

「うん?」

「私が変なこと言い出して、怒ってる?」

「どうして?」

加津子は目を見開いて、「怒るなんて。——そりゃあ、お父さんとの約束から考えたらね、いいのかな、とも思うけど、でもいいじゃない。私もたまにはゆっくりおしゃべりしたいわ」

「徹夜で付き合うよ」

「そんなことしたら、こっちが、明日仕事にならないわよ」

と、加津子は笑った。

「朋哉の奴《やつ》は、お父さんと何をしゃべるのかな」

「そうね……。でも、朋哉、時々お父さんと会ってるのよ」

宏枝はびっくりした。

「本当？」

「日曜日も、どこかへ出かけたと思ったら、お腹《なか》一杯、って様子で帰って来て……。お父さんがごちそうしてるに違いない、ってにらんでるの」

「そう……」

もちろん、宏枝には、母の勘違いが分かっている。朋哉におごってやっているのは、他ならぬ自分である。

しかし、勘違いするのも無理からぬことではあった。

「お母さん、どうしたの、例の原稿？」

「出て来ないわ。何とか切りぬけるべく、奮闘中」

「頑張《がんば》って。お母さんなら、何とかなるわよ！」

「そうね」

と、加津子は微笑《ほほえ》んだ。「ねえ、宏枝。その先の角にさ、小さいけど、おいしいケーキ屋さんがあるの。ちょっと寄って行く？」

「寄って行く！」

すかさず、宏枝は言った……。

しかし、もう夜も結構遅くなっているというのに、若いＯＬらしい女性たちで、店は一杯。結局、宏枝たちは、買って帰って、家で食べよう、ということになった。

——そんな寄り道などして、二人が家に着いたのは、もう十一時近かった。

「ただいま」

玄関を入った宏枝は、大きな声で、そう言った。

まずはお風呂《ふろ》、というわけで、浴槽《よくそう》にお湯を入れ、その間に、加津子と宏枝は、「お茶会」の仕度。

「あ、そうだ」

宿題が一つあった。——宏枝は三十分ほどで、それを片付けてしまうと、お風呂に入った。

「——ああ、いい気持ち！」

パジャマを着て、バスタオルで濡《ぬ》れた髪を拭《ふ》きながら、宏枝は、居間に入って来た。

「髪の毛、乾かさなくていいの？」

「放っとくのが一番。無理に乾かすと、妙なくせがついちゃう」

と、宏枝は言った。

「そう？　風邪引かない？」

「いつもこうだもん。ね、何かやろうか」

「いいわよ。ただコーヒーいれるだけじゃないの」

と、加津子は笑って、「座ってなさい。今、ケーキを出すわ」

「お皿とフォーク、出す」

あれが可愛《かわい》い、これがおいしそう、と、二人であれこれもめてから、やっと、小さなケーキを皿に二つずつ、居間のソファに落ちついて、いれたてのコーヒーを飲んだのは十五分ほど後のことだ。

「お母さん、この間のけがは？」

「え？　ああ、もう何ともないわ」

と、加津子は言った。

二人は、何となく顔を見合わせて、それから、ちょっと笑った。

「こうやってると、何だか話すことってないもんだね」

と、宏枝は言った。

「そうね。でも――」

と、加津子が言いかけた時、電話が鳴り出した。「あら。――誰かしら」

駆けて行って、受話器を取る。

「はい、宮内です。――あ、どうも」

仕事の電話らしい。宏枝は、ケーキを食べながら、母が手帳を取って来るのを見ていた。

「ええと……。そうですね、三時ごろでしたら。――はい、分かりました。どうも」

母が手帳に何か書き込んでいる。

「忙しいの？」

「まあね。忙しくなきゃ困るわ、こういう仕事は」

宏枝は、傍《そば》に置かれた母の手帳へ、目をやった。そう、あの中の住所録を見れば、市原という男の連絡先が分かるかもしれないわ……。

「ね、宏枝」

と、加津子が言った。「お父さんの付き合ってるっていう二十歳の人、会ったの？」

「うん。――話したわけじゃないけど」

「どんな感じの人？」

「若いよ」

と、宏枝は当たり前のことを言った。「でも、お父さんには向かないと思う」

「あんまり年齢《とし》が違うとね」

加津子は肯《うなず》いて、「でも、人のことは言えないわね」

と、笑った。

「お母さん……。その市原さんって人と、そういうお付き合いなの？」

「そういう、って……？」

加津子は、宏枝を見つめていたが、やがて、ちょっと顔を赤らめて、「――まさか！　まだ本格的にデートしたこともないのよ」

と、笑い出した。

「そう……」

宏枝は、ホッとした。

「なかなかね、仕事も忙しいし、朋哉もいるし、男の人とあんまり深くお付き合いするのも、面倒くさいもんなのよ」

「そんなもんかな」

「あなたはまだ分からなくていいの。分かったら怖いわ、その年齢で」

「それもそうね」

と、宏枝は笑った。「ね、お母さん、一度訊いてみたかったんだけど」

「何を？」

「お父さんと、どうして別れたの？」

加津子は、面食らったように、宏枝を見つめた。

「どうして急にそんなこと……。でも――そうね。あなたはもう小さくないし」

「そうよ。今後の参考に聞いときたい」

「参考ね」

と、加津子は笑ってしまった。

「お父さんが浮気した、とか、そんなことじゃなかったよね」

「違うわよ。お父さんはそういう点はね、安全第一っていうか、神経質な人だし、えらく気にやむタイプだから」

「じゃ、お母さんの方の不倫？　でも、男だと『浮気』、女だと『不倫』ってのも不公平だね」

と、宏枝は一人で考え込んでいる。

「そうじゃないの。やっぱり忙し過ぎてのすれ違いが、一番大きかったんじゃないかしら」

「でも、お母さんが働くのは、お父さんも承知してたんでしょ？」

「だけど、結婚してしばらくは――あなたが産まれて何年かは仕事もやめていたし、朋哉が産まれてからも、何年かはセーブしてたから。ただ、少し朋哉の方も手が離れるようになったころ、大きな仕事に誘われたのね」

「うん、急にお母さんが忙しくなったの、憶《おぼ》えてるわ」

と、宏枝は肯いた。「ほとんど毎晩、出前取ってた」

「ちょうどお父さんも忙しい時期でね。――日本の企業って、社員の生活のことなんか何も考えちゃくれないから」

と、加津子は首を振りながら言った。

「じゃあ、お父さんとお母さんが別れたのは、忙しすぎたせい？」

と、宏枝は訊いた。

加津子は、少しためらっていた。話していいものかどうか、と迷っている風だったが、

「それだけじゃないわ」

と、やがて言った。

「他にも何か？」

「そう。――お金」

宏枝には、思いもよらない言葉だった。じっと母を見つめていると、

「別にね、お父さんがお金を使いこんだとか、そんなことじゃないのよ」

と、加津子は言った。

「じゃ、どういうこと？」

「お父さんの従兄《いとこ》で、ほら、自動車の整備工場をしている人がいたでしょう」

「うん。憶えてる。――邦雄《くにお》さん、だったっけ」

「そう。細川邦雄。お父さんとは兄弟みたいに仲良く育った人でね、あなたも憶えてるでしょうけど、とっても優しい人なのよね」

「うん、私、何度かドライブとか、連れてってもらった」

「気のいい人でね、お父さんも大人しいから、結構気が合うのね。結婚してからも、よくうちへ遊びに来たわ」

と、加津子は言って、コーヒーを飲んだ。

「あの人が、何か……？　そういえば、ずっと会わなくなっちゃったね」

「うん。――邦雄さんはね、工場の経営が行き詰まって、お金に困っている、と言って、お父さんに相談に来たの。お父さんはあの通り、頼まれるといやと言えない性格でしょ」

「お金を貸したの？」

「そう。一千万円ね」

「一千万！」

宏枝は目を丸くした。「よくそんなお金が……」

「借りたのよ。保険を解約したり、あれこれかき集めても、もちろん足らない。それで、会社のローンを組んだりして、何とかお金をこしらえたの」

「へえ……。知らなかった」

「そりゃそうよ。私も知らなかったの」

「お母さんに黙って？」

「相談したら反対される、と思ったのね。確かに、反対したと思うわ」

と、加津子は肯いた。「でもね、私だって夫の兄弟同然の人が本当に困ってれば、必死になって、助けてあげるわよ」

「お母さんに相談しなかったのが、まずかったよね」

「おかしい話だってことに気付かなくちゃ。銀行とか、中小企業の公庫とか、色々手はあったはずなの。それを何もしていなかったんだから」

宏枝は、緊張して、母の話を聞いていたが、

「じゃ、お金を借りた本当の理由は、それじゃなかったの?」

と、訊いた。

「そう。――預金が解約されたのを見て、初めて事情を知ってね、不安になったの。そんなお金、いつ返してくれるか分からないでしょ」

「借用証とか……」

「何もなかったの。お父さんの方からは言い出せなかったのよ」

「ひどいね……」

「お母さんもね、怪しい、と思ったの。お父さんと喧嘩《けんか》してても仕方ないし、自分で調べてみたのよ」

「それで?」

「邦雄さん、その三年前に結婚してたんだけど、他に女ができてね、奥さんは実家へ戻ってたのよ」

「呆《あき》れた！　じゃ、お金はその女の人に？」

「それならまだ良かったの。邦雄さん、その女にいいようにされて、結局もう工場を人手に渡してしまっていたのよ」

「じゃ、お金は？」

「競馬、競輪……。女の人へのこづかい……。一千万なんて、アッという間。しかも、暴力団がらみの借金もあって、邦雄さん、追い詰められていたのよ」

「それで、どうなったの？」

加津子は、少し間を置いて、続けた。

「私もね、気になったの。お父さんを責めちゃ可哀《かわい》そうだ、って分かってた。ああいういい人を騙《だま》した人が悪い。そうでしょ？　でも、本当のことは言わなきゃね」

「うん……」

「できるだけ、冷静に、事務的に、調べたことを、お父さんに話したわ。――お父さんもね、きっと薄々は、邦雄さんが嘘《うそ》をついてると知ってたと思うの。人間、分かっていることを、他の人間から言われると、苛々《いらいら》するでしょ。つい、口論になってね」

加津子はため息をついた。「でも――それだけなら、まだしも……。少しして、また邦雄さんが、今度は家へやって来たの。昼間で、あなたは学校へ行ってたわ」

「またお金？」

「そう。――別人みたいに、やつれて、目にも生気がなくてね。それでも、何とかその女を自分の所へ、つなぎとめておきたいのね。私は、断ったわ。その方が、邦雄さんのためだと思ったし」

「分かる」

「でも、邦雄さんは、百万ないと殺されるとか、指をつめなきゃ、とかね……。泣いて頼むの。でも、私はこの家に責任がある。お金は貸さない、と言ったわ」

「お父さんは？」

「黙ってた。心の中では、お母さんの方が正しいと思ってたのよ、きっと」

宏枝は、胸苦しいような思いで、母の話を聞いていた。――それは、思ってもみない出来事だったのだ。

「それで、邦雄さんは、まるで夢遊病の人みたいな様子で、帰って行ったわ」

と、加津子は言って、息をついた。「あ、もう一杯コーヒー飲む？」

「うん……」

たぶん、母の方が、少し間を置きたいのだろう、と宏枝は察した。

加津子は、コーヒーを二人のカップへ注《つ》いで、それから一口飲むと、

「その一週間後に、邦雄さんの奥さんから電話があったわ。まだ離婚していなかったのよ」

「何の話だったの?」

「邦雄さんが、川へ身を投げて死んだ、ってね」

宏枝は、息をのんだ。

「死んだの……。知らなかった」

「自殺かどうか……。放《ほう》り込まれたんじゃないか、とも噂《うわさ》になったわ。でも、結局、自殺のまま、すんじゃったのよ。あなたたちには、何と言っていいか分からなかったからね、会社の人のお葬式だと言って、出かけたと思うわ」

「そう。——憶えてない」

「当然よ。まあ……そんなことがあったのよ」

と、加津子は肩をすくめた。

「そのことで、お父さんと……」

「私もね、自分が取った態度、間違ってたとは思わないわ。でも邦雄さんが亡《な》くなったのは事実ですものね。そして、お父さんが邦雄さんのことを、兄弟のように思っていたのも、ね」

「だけど……子供じゃないんだから、その人だって! お母さんのせいじゃないよ」

「分かってるの。分かってるのよ、お父さんも、私も。だけどね……」

加津子は、ポンと膝《ひざ》を叩《たた》いて、「ね、宏枝、面白そうなビデオ、借りて来てあるの。明日返さなきゃいけないんだけど、見ようか、一緒に」

宏枝は、少したってから、

「うん」

と、肯いた。「お母さん、いつもアクションものでしょ」

「スカッとして、いいじゃない。——じゃ、見ようね。遅くなっちゃうけど」

「どうせ起きてるよ」

宏枝は、母が話そうとしない日々のこと——邦雄の死に続く、言い合い、傷つけ合った日々のことを、我が身の肌《はだ》が痛むような気持ちで、感じたのだった。

お互い、自分たちのせいでもないことで、夫婦が争わねばならない哀《かな》しさ。

宏枝は、母を思い切り抱きしめてやりたかった……。

18　事前工作

「おい、細川」

と、声をかけられて、帰り仕度をしていた宏枝は、振り向いた。

「あ、金子先生」

「ちょっと、時間あるか」

と、金子は、まだ少し生徒の残っている教室の中を見回して、「急ぐんなら、明日でもいいが」

「中年のおじさまとのデートが三件、入ってるだけです、今日は」

と、宏枝は言った。「何ですか？」

「ちょっと体育館へ来てくれ」

「はい。――香、待っててね」

「うん」

と、井上香が肯く。「先生、宏枝を口説《くど》く気？」

「馬鹿《ばか》言え。俺《おれ》にだって、選ぶ権利はある」

金子の言葉に、残っていた生徒たちがドッと笑った。

——体育館といっても、女子校である。可愛《かわい》いものだ。まあ重みで床が抜けることはあっても、他にはあまり傷《いた》むところはないだろう。

「何ですか？」

と、宏枝は訊《き》いた。

「うん。もう明日は九日だ。例の——」

と、金子は少し声を低くして、「お前の話だけどな、あれでいいんだな？」

「ええ。よろしくお願いします」

「分かった。しかし、体育祭ってのは、例年、予定がずれることが多いんだ。用心しろよ」

「はい。でも、何かあっても、決して先生にご迷惑はかけませんから」

金子は苦笑して、

「お前は生徒だぞ。先生に迷惑をかけて大人になるんだ。つまらないことで気をつかうな」

と、言うと、宏枝の肩を軽く叩いた。「ご両親は、うまく行きそうか？」

「分かりません」

と、宏枝は首を振って、「子供には分からないところがありますから」

「そうだな。――お前はしっかりしてる。しっかりしてる子ってのは、何か苦労してるもんだ。でも、むだにはならんぞ、苦労ってやつは」

「TVの青春ものみたいなセリフ」

と、宏枝は少し照れて言った。「私、そんなに深刻になったことありません。――両親が別れてても、うちの場合は別に憎み合ってるわけじゃないし。二人とも真面目《まじめ》っていう点では、よく似てますから」

「そうだな。――ところで、どうやって学校を抜け出すんだ？」

その点は、宏枝も考えていたが、何といっても体育祭で人の出入りは多いはずだ。

「何とかなると思います」

と、宏枝は微笑《ほほえ》んで、肯《うなず》いた。

「うん、まあお前のことだ、大丈夫だとは思うけどな」

と、金子は言った。「実は、倉林と相談したんだ。やっぱり、体育祭の時に、運動着とか制服でなく、私服で外へ出るってのは、かなり目立つぞ。何しろ、年寄りの先生はみんな暇だからな、どこをうろついてるか分からん」

「そうですね」

「もし、見付かったら、言い逃れできないだろう。俺もお前が停学とか退学とかになるのを見たくないしな」

「その時は先生も道連れにしよう」

　と、宏枝は言ってやった。

「おい！　俺は婚約者のいる身だぞ」

「冗談ですよ」

　と、宏枝は笑った。

「いや、実は倉林が、当日、衛生班なんだ。三年生だから、班の責任者になってる」

「先輩が？」

「それで、考えたんだ。お前が、ちょっと貧血を起こして倒れる。倉林がお前を保健室へ連れてって、寝かしておく。——保健室からだと、あんまり人目につかずに裏門から外へ出られる」

　宏枝は目を丸くして、

「でも——そんなこと、いいんですか？」

「俺の立場で、いい、と言えるわけないだろ」

　と、金子は笑って言った。「しかしな、もし倉林がとがめ立てされても、別に困らない。引き受け手がいるからな」

　やれやれ。——結局はあてられちゃってるだけじゃないの、私。

でも、確かに、金子の提案はありがたかった。

「じゃ、お言葉に甘えて」

と、宏枝は言った。「見付からないようにうまくやります」

「頑張《がんば》れ」

と、金子は宏枝の肩を軽く叩いて、「リレーの時は期待してるぞ」

「ええ。精一杯やりますから」

と、宏枝は肯いた。

いい気分だ。——何か秘密を共有している、というのは友情のしるしの一つである。

教室へ戻ると、井上香が待っていた。

「お待たせ」

「何の話？　プロポーズでもされた？」

「まさか」

宏枝は、まだ金子先生と倉林兼子のことを、香に話していなかったのだ。しかし、十日の計画は、もともと香の発案だし、香は口も固い。

「ちょっとね、取っておきの話があるんだ」

と、宏枝は声をひそめて言った。「今日、うちへ来ない？」

もちろん、香が断るわけはなかった……。

加津子は、少しぼんやりして、窓から外の景色を眺《なが》めていた。

もちろんオフィスの窓からじゃ、何も面白いものが見えるわけではない。それでも、つい目は明るい戸外へと向いてしまうのだった。

明日は九日……。

本当なら、毎年細川と会う、〈離婚記念日〉である。しかし、今年はどうなるか、まだ見当がつかなかった。

もちろん、例のなくした原稿のことがあるからだ。親友の編集者笠木も、忙しいのだろう。何の連絡もなかった。

電話が鳴る。——オフィスは今、空っぽだった。

「はい。〈オフィス・U——〉です」

「やあ、笠木だよ」

「あら。今、あなたのことを考えてたとこよ」

「そりゃ嬉《うれ》しいね」

と、笠木は笑った。「遅くなって悪かったね、連絡が。大阪の方へ行ってたもんだから」

「忙しいのは分かってるわ。気にしないで」

「例の大先生から、連絡は？」

「まだよ」

「そうか。明日、一応会う予定なんだろ？」

「連絡が来てみないと、何とも分からないけどね」

「実はね、先生の奥さんを誘ってあるんだよ」

「あなたが？」

と、加津子は目を丸くした。

「おい、変な想像しないでくれよ」

「してないわよ」

と、加津子はふき出してしまった。「でも、よく知ってるの？」

「あの奥さん、陶器に目がないんだ。ずいぶん高価なものを買い込んでる。僕の知ってる奴《やつ》がね、そういう商売をしていて、大分北村先生の奥さんに売ってるんだ」

「へえ」

「珍しいものが手に入りましたんで、と言えば、まず飛んで来るよ」

「それで、どうするの？」

「君、先生に誘われたら、鎌倉の方のね、〈S亭〉って店がいい、と言えよ」

「名前は知ってるわ。凄《すご》く高い料亭でしょ？」

るんだ」

「うん。北村先生の好みだと思うぜ。離れの方だと、泊まっていけるようにもなって
「ゾッとしないわね」

「心配するな。――いいね。もしそれでうまく話がついたら、僕は会社にいるから、
夜の十時ごろまで」

「分かったわ。連絡する」

と、加津子は言った。「色々ごめんなさいね。心配かけて」

「なに、面白いよ、他人《ひと》のことなら」

と、笠木は笑って言った。

笠木の電話が切れて、外で約束のあった加津子が出かける仕度をしていると、また
電話が鳴り出した。

「はい、〈オフィス・U――〉です」

「加津子さん？　市原です」

「あ。――どうしたの？　電話があるかと思ってたのに」

「やあ、すみません。仕事で急に忙しくなっちゃって」

と、市原はため息をついた。「今も、遠くからでね」

「どこ？」

確かに、市原の声は少し遠く聞こえた。

「うん。——あなたの会社の前」

急に声が近くなって、加津子はびっくりした。わざと送話口から離れてしゃべっていたのだ。

「もう！　人をびっくりさせて」「子供みたいね」

と、加津子は苦笑した。

「それが僕のいい所です」

市原の言い方には、笑うしかない。

「ね、私、今から出かけるの。悪いけど」

「そうですか。残念だな」

「あなた、会社は？」

「今、外出中です。ちょっと回り道をして——」

「さぼっちゃだめよ」

「ええ。加津子さんはどちらへ？」

「私は赤坂の方」

「じゃ、一緒に行きましょう。少なくとも、車の中では話せる」

「あなたも赤坂？」

「いいえ」

加津子は、苦笑した……。

——市原は、あまり見慣れない大型の車を運転していた。

「この車は？」

助手席で、加津子は訊いた。

「じゃ、そのご用は？」

「会社の車です。たまに運転手をやらされるんです」

「もう、すんだんです。会社へ戻ればいいだけで。別に急がないんです」

加津子は、少し座席のリクライニングを倒して、

「悪いわね、いつもゆっくりできなくて」

と、言った。

「いいですよ。——乗り心地、どうです？」

「すてき。タクシーとは大違いね」

加津子は、深々と息をつくと、軽く目を閉じた。もちろん、眠れるわけではないが、目をつぶっているだけでも、楽だ。

何しろ目を酷使する仕事なのである。

赤坂まで、二十分くらいか……。あんまり市原に話しかけるのも、運転の邪魔で

……。

しかし、そう思っている内に、いつしか加津子は、ふっと眠りに引き込まれて行ったのだった……。

「何だって?」

と、細川は、びっくりして訊き返していた。

「あの写真よ。分かるでしょ?」

と、倉田江梨は言った。「ほら、はっきり写ってる」

待ち合わせた喫茶店のテーブルに、大崎竜一と園田万里江の顔がはっきり見分けられる写真が置かれた。

大きく引き伸ばしてあるが、大してぼけてはいない。

「いい腕よね」

と、江梨は言った。

「うん……」

細川は、しかし写真の写り具合より、今の江梨の話の方が気になった。「しかし――今、何て言ったんだい?」

「これを週刊誌へ売り込むの」

と、江梨は言った。「大丈夫、絶対、喜んで買うわ」

「いや、そんなことより……」

「もちろん、お金のためじゃないのよ。当然、大崎専務の目に触れて……。後は予定通り」

そう。——予定か。

確かに、そんな話だった。しかし、何となく、細川は気が重かったのだ。

「だけど……。大崎君が気の毒な気がするよ」

「何を言ってるの！　あなたのポストを横どりしたのよ。構やしないわ、これぐらいのこと」

と、江梨は首を振って、「ね、今夜は大丈夫でしょ？」

「うん……。まあ……あんまり遅くならなきゃね」

と、細川は言った。

宏枝には、夜は付き合いで忙しいと言ってある。しかし、たぶん宏枝は気付いているだろう。

もちろん、悪いことをしているとは思わなかったが、それでも江梨に引きずられている自分を分かっているだけに、細川は気が重かったのだ。それでいて、今日は帰るよ、と言えないのだから。

加えて、この写真。——確かに、係長の椅子《いす》はこれで自分の方へ回って来るかもしれないし、写真を細川たちがとったとは、大崎には知れないだろう。

しかし、細川としては、気持ちの上で、すっきりしないものが残るのだ。

喫茶店を出ると、江梨がしっかりと細川の腕を取って、楽しげに足を早める。——一度、寝てしまったら、後は拒めなくなってしまう。

細川としては、確かに若々しい江梨を抱くのは、逆らい難い魅力ではある。しかし、その後には、まるで自分の娘を抱いたかのような、後味の悪さが、残るのだった。

「いつものホテルにね」

と、江梨は微笑みながら、言った。

「いや、今日は——」

と、細川は言った。

「え?」

「今日は……ちょっと帰らないと、まずいんだ」

江梨は不満げに、

「だって、今夜は大丈夫だって言ったじゃないの」

「いや、ごめん。忘れてたんだ。宏枝の奴が晩ご飯を作るから、と言ってた。帰って食べないと……」

我ながら下手《へた》な嘘《うそ》だ。きっと江梨も分かっているだろう。

「そう。——じゃ、仕方ないわね」

と、江梨はがっかりした様子。「宏枝ちゃんには勝てないわね、私」

細川は、何とも言えなかった。宏枝のことを持ち出すと、江梨も黙ってしまう。それを承知で、早く帰る口実にするのは、江梨に対して卑怯《ひきょう》だとも思った。

弾むようだった江梨の足取りは急に遅くなって、

「宏枝ちゃんは嫌《きら》いなんでしょ、私のこと」

と、沈んだ声で言った。

「いや、好きも嫌いも……。まだゆっくり話したこともないじゃないか」

「そうね。でも……分かるわよ。私が宏枝ちゃんの立場だったら、やっぱり顔も見たくないと思うもの」

「ねえ君——」

「分かってるわ。あなたの言いたいこと」

と、江梨は遮《さえぎ》って、「あなたを困らせたりしないって約束だったわよね。私もそのつもりだった。でも……」

「僕だってね、君とこうなって、ただの遊びだ、って逃げるつもりはないよ。ただ、あんまり急ぎすぎない方が……。君だって、僕のことをよく知らないし」

「知ってるわ！」

江梨が突然激しい口調になって言ったので細川はびっくりした。江梨は、抑えた声になって、

「よく知ってるわ……」

と、言った。「あなたが思ってるよりずっと、私はあなたのことを知ってるわ」

――初めて見る、江梨の顔だった。目には涙が光っている。

細川は、まるで自分が突然崖《がけ》っぷちに立っているのに気付いたように、動くこともならずに、立ちすくんだ。

「今日は帰る」

と、江梨は言った。「帰るけど――でも、もう二度と、そんな嘘はつかないで!」

江梨はパッと細川に背中を向けて、歩いて行った。

細川は、呆然《ぼうぜん》として見送っている。――追いかけて、謝ろうか?

しかし、今は何もしない方がいい、と思った。江梨には分かっているのだ……。

江梨の姿が見えなくなると、細川は大きく息をついて、歩き出した。

宏枝は先に食事をしてしまっているだろうか?――ふと思い付いて、途中の電話ボックスに入る。

「――もしもし」

「はい。——あ、お父さん」

宏枝は意外そうな声を出した。「どこからかけてるの？」

「まだ会社の近くだけどな、早く帰れることになったんだ。もう晩飯はすんだのか？」

「これからよ。友だちがきていて、今帰ったばっかりなの」

「そうか。じゃ、一緒に食べよう。これから帰る。待っててくれ」

「うん！」

宏枝の声は元気だった。「おかずはあるけど……。おミソ汁でも作っとこうか」

「いいな、そいつは。頼むよ」

「ＯＫ。じゃあね」

「うん。すぐ帰る」

細川は、ホッとした。——肩の荷がおりた気分だ。

しかし、俺《おれ》は江梨のことを、よく分かっていなかったのだと、今になって気付いた。向こうは若い子だ。中年の男を相手に、ただちょっと遊んでみただけ……。細川はそんな気持ちだったのである。

しかし、江梨は真剣になっている。細川を自分のものにしたいと思っている。それは——いや、細川には、まだとてもそこまでの決心はつかない。

何といっても相手は娘の宏枝と、たった四つの違いでしかないのだ。

細川は、初めて不安を覚えていた。――どうなるのだろう？　江梨が、あんまり思い詰めずにいてくれるといいが……。

「あら……。眠っちゃったのね」

加津子は目を開いて、ふっと我に返った。

「ここは？」

車は、並木道のわきに寄って、停《と》まっていた。

どこか、学校の裏手辺りらしかった。

「すみません」

と、市原が言った。「あんまり寝顔がすてきなんで、つい起こすのがいやで……」

「まあ、時間――」

腕時計を見て、加津子は目をみはった。「大変！　もう遅れてるわ」

「電話がありますよ」

と、市原は言った。「車の故障で、と先方へ連絡すれば」

「そうね……。でも、急いで行かないと」

「待って下さい」

市原の真剣な口調に、加津子は戸惑った。

「市原さん……。私──」

いきなり市原が加津子を抱き寄せた。加津子には、押し戻す余裕もなかった。

加津子の胸が、本当に久しぶりに、ときめいていた。

19　離婚記念日

「おはよう」

と、宏枝は言った。

「ああ」

細川は、欠伸《あくび》をしながら、テーブルについた。

「コーヒー、飲む？」

「うん。——いよいよ明日だな、リレー」

「え？　まあね」

と、宏枝は少し照れたように笑って、「一人だけ頑張《がんば》っても勝てないよ」

「しかし、お前は速いじゃないか。アンカーだろ？　楽しみにしてるぞ」

「せいぜい走りましょ」

と、宏枝は、コーヒーに熱いミルクをたっぷり入れた。「ね、今日は離婚記念日でしょ？」

「ああ。しかし、母さんの方は何か仕事が入ってるらしい。今日、会社へ電話して来ると言ってた」

「そう。でも、構わないよ。もしお母さんと会うんだったら、会って来ても」

「うん。もしそうなったら電話するが、まあこの間、バッタリ会ったしな」

と、細川はトーストをちぎって口へ入れた。「――元気そうだったじゃないか。お前、泊まって、何か話したのか？」

「うん……色々ね」

と、宏枝は肯《うなず》いた。

「そうか。――まあ女同士の話もあるだろうけどな。何か言ってたか？　俺の悪口とか」

「それは出なかった」

と、宏枝は笑った。「でも……。失業するかもって」

「何だって？」

細川はびっくりして訊《き》き返した。「そんなこと、一言も言ってなかったじゃないか」

「お父さんには知られたくないみたい。朋哉まで連れて行かれたら、生きて行けないって……。お父さん、そんなこと、しないよね」

「当たり前だ。しかし――何かあったのか」

「大切な原稿を失《な》くしたんだって」

「あいつが?」

細川には、信じられなかった。

「疲れてたみたい。もし、ばれたら辞表出すしかない、って」

「そうか……」

細川は肯いて、「見かけほど、元気でもないんだな」

「お父さんの方は大丈夫?」

「俺か? 俺は——もちろん、この上なく順調だ」

と、胸を張って、コーヒーを一口飲んでむせ返ってしまった。

「怪しいなあ、その調子じゃ」

と、宏枝は笑った。「会社で転んでけがしないでよ」

「お前は今日、帰りは早いのか」

「体育祭の練習だけだから、お昼過ぎで終わり」

と、宏枝は肯いた。「今日もいいお天気だね」

「そうだな」

と、細川は表の方へ目をやって、「明日も晴れるといいな」

「ま、心がけがいいからね、日ごろの」

と、宏枝は言った。「お父さん、もう出かけたら？」

「うん。――お前も出るんだろ？」

「これを片付けて行く」

「浜田さんがやってくれるよ」

と、細川は立ち上がって言った。

「でも、一応台所へ運んどかなきゃ」

「じゃ、俺は出かける」

「はい、行ってらっしゃい」

と、宏枝は明るく言った。

細川は、出勤の仕度をして、宏枝が台所にお皿やカップを重ねている音を聞きながら、玄関を出た。

――加津子が原稿を失くした。

それは、細川にとってもショックだった。加津子のことはよく分かっている。失くした原稿そのものも大切だろうが、細川には、加津子自身の受けた傷の方が、気になったのである……。

お互い、問題はかかえてるんだな、と細川はマンションを出ながら、思った。

ふと、足取りが重くなる。会社に出て、倉田江梨と顔を合わせるのが、心配だったのである。まさかとは思うが、会社で泣かれでもしたらどうしよう？

しかし――心配していても、どうなるものでもない、と細川は自分に言い聞かせた。

一方、宏枝の方も、簡単に台所の用をすませて、早々と学校へ行く仕度をした。

「あ、そうだ」

――浜田さんあてに、メモを残す。明日は体育祭で、お弁当持参である。

もちろん、計画通りに運べば、お昼は朋哉の学校で食べることになるが、一応用意はしておいてもらわないと。

「さて、と。――行くか」

と、呟《つぶや》くと、電話が鳴り出した。

こんな時間に……。誰だろう？

「はい、細川です」

「あ、宏枝ちゃん？　丸山秀代よ」

と、カラッとした声が聞こえて来る。「ごめんね朝っぱらから」

「いいえ。父はもう出ましたけど」

「うん、いいの。あんたに頼まれてた、ほら――市原って男のこと」

「何か分かりましたか」

と、宏枝は受話器を握り直した。

「名前が分かったんで、簡単だったみたい。何だかとんでもない奴《やつ》らしいわよ」

「とんでもない？」

「女を騙《だま》して、金を巻き上げる、っていうの。ずいぶん沢山の会社を転々として来たみたいだけど、どこでも女性問題でやめてるのね」

と、丸山秀代は言った。

「ひどい男ですね」

と、宏枝は頭に来て言った。「会ったら水をぶっかけてやりたい」

「本当ね」

と、丸山秀代は笑って、「私も一緒にやってあげたいわ」

「でも母はしっかりしてますから。そんな男に騙されたりしないと思います」

「それが危ないのよ」

と、秀代は言った。「自分でしっかりしてると思ってる人ほど、その手の男にはコロッと騙されるの。しっかりした女性は、少し頼りない男を見ると、つい構ってやりたくなるもんなのよ」

宏枝にも、秀代の言うことは、よく分かった。しかし、いくら何でも――。

「それに、女の人だって、いつも気持ちを張りつめてるわけじゃないでしょ。落ち込んだりしてる時も当然あるし、誰かに慰めてほしいと思うことだって……」

宏枝はドキッとした。確かに、母は今、落ち込んでいるはずだ。

「そういうのにつけ込んで来るのが、その手の男はとても上手《うま》いの。ともかく用心に越したことはないわよ」

秀代の言葉に、宏枝は肯いた。

「分かりました。どうもすみません。面倒なことを――」

「お安いご用。詳しいことは、また知らせるわ。何かあったら、電話しなさいね」

秀代の言葉の暖かさに、宏枝はホッとする気分だった。

――仕度をして、マンションを出る。

市原のことを、どうやって母に伝えるか。そこが難しいところだった。もちろん、母が市原のことを何とも思っていなければ、どうってことはない。

しかし、もし市原に好意を持っていたとしたら、果たして宏枝の話を素直に聞いてくれるかどうか。

万引き。――そう、市原が万引きする現場を、母に見せることができたら……。

他の人間が調べたことより、その方が、はっきりと市原の正体を母に示すことになるだろう。

でも、そんなうまい機会が作れるだろうか？

――考え込みながら歩いていた宏枝は、少し離れて、自分のことを尾行して来る女に、気付かなかった。

女は、少し色のついたメガネをかけ、地味なスーツに身を包んでいたから、もし宏枝がチラッと見ても、誰なのか、分からなかっただろう。

もちろん、変装していたわけではないから、近くで見れば、それが倉田江梨だということに気付いただろうが……。

江梨の足取りは充分に用心深く、決して宏枝を見失うこともなかった。


「加津子さん」

と、中川尚子が呼んだ。「――加津子さん」

加津子は、少しぼんやりしていたが、

「え？　ごめんなさい。呼んだ？」

と、訊き返した。

「どうしたのよ、一体？」

と、中川尚子は笑って、「何だかおかしいわよ、今日は」

「そう？　ちょっと寝不足なの。ごめんなさい」

と、加津子は言ったが、少し頰《ほお》を染めた様子は、とても「寝不足」とも見えなかったし、本人も、それを中川尚子が信じるとは思わなかった。

「寝不足にしても、ずいぶん楽しそうな寝不足ね」

と、尚子はちょっと冷やかして、「ちょっと社長の所へ行かなきゃならないの。お昼過ぎまで、留守番頼める?」

「ええと……」

加津子は手帳をめくって、「一時半までに戻れる?」

「充分。十二時半には」

「じゃ、任せて」

「お願い」

と、尚子は立ち上がった。

「社長、どうなの、具合?」

と、加津子は訊いた。

「元気いいわよ。起きられない分、口がますます元気になって」

「じゃ、あんまり会いたくないわね」

と、加津子は笑って言った。「お大事にって伝えて」

「うん」

尚子は、仕度をしてオフィスを出ようとしたが、ふと振り向くと、「明日はどうするの、運動会?」

「行くわ。何があってもね」

と、加津子は微笑《ほほえ》んだ。「もしかすると……たぶん、娘も来るの」

「あら、楽しいわね」

尚子は、「じゃ、よろしく」

と、オフィスを出て行く。

一人になった加津子は、頼まれていたコラムの原稿を書き始めた。——ベテラン編集者になると、筆も立つし、原稿を書く依頼を受けるのも珍しい話じゃない。

本当なら、ここのオフィスの仕事ではないので、家で書くべきなのだろうが、時間をむだにするよりはいい。それに今、加津子は筆が進みそうな気がしていたのである。

——思った通り、スラスラと筆は進んで、自分でもびっくりするくらい、時間は早く過ぎて行った。

もうすぐ十二時、というころになって、さすがに手が疲れた。加津子は、手を休めて、コーヒーを飲むことにした。

もちろん、インスタントだが、味よりも、コーヒーを作ることが息抜きになる。

昨日の、市原とのキス……。

思い出すと、加津子は、まだ体の奥に熱いものが残っているのを感じる。

「まるで子供ね」

と、自分をからかってみるが、本音のところでは、自分が中川尚子のように、「遊び」と割り切った恋のできる人間ではないと分かっている。

もし、あの後何の予定もなかったとしたら、きっと市原について、どこへでも行っていただろう。結局、キスだけで終わったことで、加津子はホッともしたし、がっかりもしたのである。

しかし、少なくとも、昨日のあの瞬間は、加津子の中に、忘れていた感覚の歓《よろこ》びを、よびさましてくれたのだ。――もう、ずいぶん長いこと忘れてしまっていたものだ……。

今度、市原が誘って来たら、断るまい、と加津子は決心している。私だって、そんな息抜きぐらいは許されてもいいだろうし。

――席に戻って、書いたところまでの原稿を見直す。

勢いのある文章で、悪くないが、文のつながりのおかしいところなどを、二、三か所直した。これで後は、おしまいの所に、ちょっと洒落《しゃれ》た文章を……。

電話が鳴り出した。――市原だろうか？　そんな予感がした。

「はい、〈オフィス・U――〉でございますが」

と、明るい声で言うと、

「や、宮内君かね」

とたんに、加津子は現実に引き戻されてしまった。

「北村先生。宮内です」

「やあ、今日、戻ったよ」

北村は至って上機嫌《じょうきげん》である。

「お疲れ様でした」

「いや全くだね。年齢《とし》だよ。さっぱり無理もきかなくなった」

「お若いじゃありませんか」

「これにはね、若さを注入する必要があるんだよ」

と、北村はわけもなく笑って、「——君、いいね、今夜は」

「はい……」

「じゃあ……どこがいいかな」

「あの——〈S亭〉っていうの、ご存知ですか、先生」

「ああ、名前だけはね」

「私も行ったことないんですけど……。もしよろしければ、そこで」

「うん。悪くない。確か、離れがあるんじゃなかったかな」

「そのようですね。じゃ、離れを予約しておきましょうか」

「そうだね、頼むよ」

北村は、急に咳払《せきばら》いをして、「じゃ、校正刷りもその時、持って来てくれたまえ」

加津子は、おかしくて笑いをこらえるのに苦労した。

北村のそばに、奥さんが来たのだろう。電話口の向こうでも、北村の真面目《まじめ》くさった顔が目に見えるようだった。

「じゃ、お宅へお迎えに上ります」

と、加津子は言って、電話を切った。

——さあ。これで後へは引けないのだ。


「倉田君が休み？」

と、細川はつい訊《き》き返していた。「いや——いいんだ。ありがとう」

細川は電話を切った。

自分の席から、倉田江梨の机にかけたのである。私用というわけではなかった。本当に仕事の電話だったのだ。

ところが、江梨が休んでいるという返事。——意外だったし、ホッともした。

もちろん、休みを取っているだけだ。そんなことは年中である。

「細川さん」

と、声をかけて来たのは、丸山秀代である。

「やあ、丸山さん。何だい？」

細川は顔を上げた。

「ね、ちょっと付き合って」

と、秀代が手招きする。

「何か用事？」

「いいから、ちょっと」

何だか良く分からない内に、細川は、丸山秀代の後について、廊下へ出ていた。

「——ね、細川さん」

と、秀代は周囲をチラッと見て、「今日、彼女が休んでるの、知ってるわね」

「彼女、って？」

「とぼけないで。倉田江梨ちゃんのことに決まってるでしょ」

細川は、少しきまり悪そうに、

「君にかかると、何でも分かるんだなあ」

「あのね」

と、秀代はため息をついた。「誰にだって分かるわよ！」

「そうかい？」

「当たり前でしょ。——ま、恋をするのは自由だけどね」

「いや、僕は……」

「そんなことよりね、倉田さん、無断欠勤なのよ」

と、秀代は言った。

「無断って……連絡もないの？」

「何も、ですって。電話の一本もかけられないわけないのに」

「そうだな……」

と、細川は肯《うなず》いた。

「何か知ってる？」

「いや、知らないよ」

「本当に？」

問いかけて来る秀代の目つきは、迫力があって、とても細川は嘘《うそ》をつけなかった。

「本当に何も知らないよ」

と、細川は強調して、「大方、何か急な用事でもあったんだろう」

「そんなことならいいけどね」

と、丸山秀代は一向に安心した様子ではなかった。「細川さん、用心してよ」

「用心って？」

「あの子は、少しファザコンの気味があるわ。もちろんあなたも独身だし、どんな仲になっても構わないけど、彼女の方は、まだまだ大人じゃないのよ」

「うん……。そりゃまあ……分かってる」

と、細川は答えた。

分かってる？　本当に分かっているだろうか。決して責任を取ってくれなんて言わないから、という江梨の言葉に、甘えていなかったか。

きっと、江梨もあの時には本当にそう思っていただろう。しかし……どうしようもなく、のめり込んで行くのを、理性で抑えるなどということを、あの二十歳の江梨に要求しても無理な話である。

「誰の目にも、あの子があなたに夢中なのははっきりしてるわ」

と、秀代に言われて、細川はやはりショックを受けた。

「そんなに？」

「そうよ。私も、あの子がもっとドライなタイプかと思ってた。でもね、人間、見かけがいくら変わっても、恋する気持ちなんて大昔から大して変わりゃしないわ」

「そう……そうだね」

と、細川は肯いた。

「ともかく、あの子は好きとなったら、突っ走るタイプみたい。気を付けてね」

と、秀代がポンと細川の肩を叩《たた》く。「娘さんのためにも。妙にこじれたりしないように、用心して」

「うん。――じっくり話し合ってみるよ」

「あなたの方は、彼女と結婚しよう、って気はないんでしょ?」

「そうだな……。まあ、これからまだしばらく付き合っていけば、そういう気持ちにだって、なるかもしれない。しかし、今はまだ……」

「妙なもんね」

と、秀代が肯いて言った。「いい加減老《ふ》けて来た中年は焦《あせ》らないのに、まだまだ先のある若い人ほど急ぐのよね。ま、それが人生経験ってもんでしょうけど」

「なあ。彼女の家に電話してみようか」

と、細川は言った。「いや、実は――昨日ちょっと、彼女とね」

「何かあったの?」

細川は、昨日、宏枝のことを持ち出して、江梨が目に涙を浮かべていたことを話した。

「別れるとか、そんなことは言ってないんだ。だから、そう深刻じゃないとは思うんだけどね……」

細川の話を聞いて、秀代はちょっと眉《まゆ》を曇らせた。

「そりゃ、あなたはそう深い意味で言ったわけじゃないでしょうけどね。でも、あの子がよほど思い詰めてるとしたら、心配ね」

「おどかさないでくれよ」

と、細川は少々情けない顔で言ったのだった。

――席に戻っても、細川は、さっぱり仕事に身が入らなかった。

倉田江梨の所へ電話するといっても、何と言えばいいのか。

「君と結婚する」

とは、今の細川には、まだ言えないのだ。

何でもないさ。――そう、彼女はただ、気まぐれで休んでいるだけなんだ……。

自分にそう言い聞かせて、書類をめくった時、電話が鳴った。江梨だろうか。

「僕が取るよ。――はい、細川です」

「あなた？　加津子よ」

「やあ、どうした？」

ホッとして、息をついた。「今夜のことか。仕事が入ったのかい」

「そうなの。ごめんなさい」

「いや、そりゃお互い様だよ」

と、細川は言った。「じゃあ……また改めて、ってことにしようか」

「そうね。――この間、お互いに元気だってことは分かったけど」

「しかし、これはこれ。いいじゃないか、たまにゃ二人で」

「そうね」

加津子が笑った。「――ね、あなた」

「何だい？」

「何かまずいことでもあったの？」

細川はびっくりした。

「どうしてだい？」

「初めに出た時の声が、何だかこわばってたわよ。私って分かったら、急にホッとしたみたいだった」

細川は、思いがけず、心を動かされた。

加津子には、細川のほんのちょっとした声の違いも分かってしまうのだ。それはやはり長く暮らしを共にした者同士の領域だった。

「まあ、ちょっとね」

細川は微笑んで、「心配しないでくれ。大丈夫だよ、僕は」

と、優しく言ったのだった……。

20　放課後

「ＯＫ！　これで終わりにしよう」

と、金子が手を振って言った。「後のエネルギーは明日にとっとけ」

「もう残ってないよ！」

と、誰かが言い返したので、他の子たちがドッと笑った。

「じゃ、今夜は腹一杯食って、早く寝ろ。――おい、細川」

宏枝は息を弾ませながら、金子の方へ駆けて行った。

「はい、先生」

「倉林となく、よく打ち合わせとけ」

と、金子が少し低い声で言った。

「分かりました！」

宏枝は、まだ軽く足踏みをしている。すぐに動くのをやめると、却《かえ》って後で足がつったりするのだ。

「——お腹空《なかす》いて死にそう！」

と、香が言った。「先生、みんなにおごって！」

「馬鹿《ばか》言え。お前らにおごったら、俺《おれ》の方が干上がっちまう」

と、金子は言い返した。

宏枝は、アンカーでもあり、かなり本気で走っていた。コーナーの走りで、大分他の子と差がつくのである。

「汗かいた」

と、息をついて、「香、シャワー浴びていかない？」

「うん。そうするか」

「先生、部室のシャワー——」

「ああ、勝手に使え」

と、金子が肯く。「背中を流してやろうか？」

みんながキャーキャー騒ぎ立てる。

汗をかくほど運動した子はそういないので、シャワールームに足を向けたのは五、六人だった。

——宏枝は、熱いシャワーを思い切り頭から浴びるのが大好きである。赤ん坊のころ、お風呂《ふろ》に入れられて、お湯が顔にかかっても、泣きもせずにキャッキャ言って喜んでいた、と母から聞いたことがある。

「――いい気持ち！」

何しろ女子校のシャワールームだから、ドライヤーやらシャンプー、リンスはもちろん、スポンジやボディシャンプーも揃《そろ》っている。

泡《あわ》だらけになって、一気にお湯の流れで、それを洗い落とすのは正に快感だった。

「――変な人がいた」

と、後から入って来た子が、当惑した顔で言った。

「変な人？　男？」

と、香が訊く。

「ううん。女の人。――ね、宏枝。私のこと、宏枝と間違えたみたいよ」

「何ですって？」

宏枝はよく聞こえなかったので、シャワーを止めた。

「私と間違えた、って……」

「うん。私がね、ここの入り口の方へ歩いて来たら、急にパッと誰かが目の前に立ったの。びっくりしちゃった」

「それで？」

と、宏枝はタオルを手に取りながら、訊いた。

「私の方が、ちょっと薄暗い所に立ってたから、向こうもよく分からなかったらしくて、『宏枝さん、話したいことがあるの』って言ったのよ。『え？』って訊き返したら、向こうも人違いと分かったみたいで、『ごめんなさい』って早口で言って、行っちゃったわ」

「宏枝さん、って、確かに言ったの？」

と、宏枝は念を押した。

「うーん、そう言われるとねえ……。でも、そう聞こえたのは事実」

「そう……」

宏枝はタオルで体を拭《ふ》いた。「──どんな人だった？」

「結構若い女の人だったよ。そんなによく見たわけじゃないけどさ、割と美人っていうか、可愛《かわい》い感じの」

「ふーん」

宏枝は肯いた。

「心当たり、あるの？」

と、香が訊いた。

「さあ。──分かんないわ」

宏枝は首をかしげた。

「宏枝、あの人と誰かを取り合ってるんじゃないの？」

「まさか！」

と、宏枝は言って笑った。

しかし、内心、笑いごとではないと思っていたのだ。

おそらく――まず間違いなく――それは、倉田江梨だろう。それ以外には、思い付かない。

倉田江梨が、宏枝にどんな話があって、やって来たのかは分からない。しかし、宏枝の学校までやって来たこと、しかも、中へ入って来たというのは、ちょっと普通では考えられないことだ。

このシャワールームの前にいたのは、たぶん偶然ではあるまい。そうなると、倉田江梨は、どこかから体育の授業を眺《なが》めていて、宏枝がシャワールームへ向かうのを見て、追って来たのだと思える。

そうまでして、宏枝に何の話があるのか。――何か話があるとしても、下校の途中で待っているとか、あのマンションの入り口で待つのが普通だろう。

宏枝は何だかいやな気分だった。

マンションのロビーで初めて会った時の、倉田江梨の視線は、どこか宏枝をゾッとさせる突きつめたものを感じさせたのである。

用心しなきゃ。

もちろん、危険というわけではないだろうけれども……。

香と二人で校門を出た宏枝は、少し歩いて、すぐに気付いた。

倉田江梨が、少し離れてついて来ている。――今朝は気付かなかったけれど、朝からずっと尾《つ》けて来ていたのかもしれない。

宏枝と間違えられた子は、「可愛い」と言っていたが、倉田江梨は前に会った時と違って、ずいぶん地味な服装だった。

どういうつもりなのか、見当がつかないので、無気味な気がした……。

「お腹空いた！」

と、香がため息と共に言って、「ねえ、何か食べて帰ろう」

宏枝は、少し考えていた。香が不思議そうに、

「どうかしたの？」

「ね、香」

「うん」

「この先の角で別れましょ」

「え？」

「私、真っ直ぐ行くけど、香は右へ曲がって」

「右へ曲がったら、駅へ行かないよ」

「分かってる。女の人が、私のこと、尾けて来てるの。——かないで！　気が付いてないような顔をして」

「うん……」

香は、面食らっている。「例のシャワールームの？」

「そうよ。——ね、香、私とあの女の人の後からついて来て。離れてくれる？」

「ＯＫ。それじゃ、あの角で……」

道が分かれている所へ来て、香は、少し大きな声で、

「じゃ、また明日」

と、言って、手を上げ、右へ曲がって行った。

宏枝は、それに答えて、それから、少し足を早めた。

倉田江梨は、宏枝が一人になったのを見て、足早に追い付いて来た。

宏枝は、足を止め、振り返った。

倉田江梨も、立ち止まる。——しばらく、二人は黙って向かい合っていた。

「何か用ですか」

と、宏枝は言った。

「私のこと、分かってたのね」

と、江梨は言った。

「友だちから聞いて。――お話があるんだったら、マンションへ来ればいいじゃないですか。学校へ勝手に入って来たりしないで下さい」

宏枝は、固い口調で、「非常識じゃありませんか」

と、言った。

江梨が青ざめるのを見て、宏枝はちょっとびっくりした。何か言い返して来るかと思っていたのである。

しかし、江梨はうなだれて、

「ごめんなさい」

と、謝ったのである。

宏枝は当惑して、江梨を見ていた。

「私……ただ、あなたと二人きりで話したかったの」

と、江梨は言った。「別にどこでもいいと思ったわ。でも、マンションのお父さんが帰って来るかもしれないし……」

「会社、休んだんですか」

と、宏枝は訊《き》いた。

「ええ。だって——それどころじゃないし。あなたのお父さんに会うのが辛《つら》いの」

と、江梨は言った。

「父とお付き合いしてらっしゃるのは、知ってます」

「そう……。でもね、お父さんはあなたのことが心配なのよ。あなたが私のことを決して好きにならないだろう、って……」

「私、好きになるもならないも——」

「嫌《きら》いでしょ？」

と、江梨は鋭く切り込むように言った。「分かってるのよ。最初会った時からずっと、あなたは私のことを嫌ってたわ」

「父のことは父のことです。どうして私が好きかどうかなんて、気にするんですか？」

と、宏枝は訊き返した。

「あの人が気にしてるからよ」

「父が、ですか。——そう言ったんですか」

「言わなくたって分かるわよ。そうでしょ？　大人の男女なんだもの。——大人の仲になれば、言わないことだって、分かるのよ」

「父は何も言ってません」

「ええ、そうよ。気にしてるから。あなたが傷つくことをね」

と、江梨は肯《うなず》いて言った。「その気持ちは凄《すご》くよく分かるの。そういうあの人が好きなんだもの。でもね、そのせいで、私たちのことを諦《あきら》めなきゃいけないなんて、おかしいと思わない？　間違ってると思わない？」

宏枝は、ため息をついて、

「どうしろ、って言うんですか。父に、あなたの所へ泊まりに行けってすすめるんですか」

「私はただ、あなたに分かってほしいだけよ。あなたがどう思っても、私はあなたのお父さんが好きなの。お父さんだってそうよ。でも、あなたがいるから、どうしても踏み切れないのよ」

江梨の言葉は、半ば自分へ向けられていた。宏枝は、それを敏感に感じ取っていたのだ。

江梨は、愛されているかどうか、という不安を、宏枝のせいにして、逃げようとしているのだ。

「でも、私、消えてなくなるわけにもいきませんから」

と、宏枝は言ってやった。「別に、あなたと父の邪魔はしません。それ以上、どうしろって言うんですか？」

つい、言葉はきつくなった。

「邪魔させないわよ」

江梨の目は、燃えるような光をこめて、宏枝を見つめていた。

宏枝は、一瞬、身震いするほど怖いと思った。江梨の目に光るのは、敵意というより、殺意に近いものに見えた。

「あなたに邪魔はさせない」

と、江梨はくり返した。「よく憶《おぼ》えといてね」

そして、江梨はパッと宏枝に背を向け、歩み去って行った。宏枝は、フーッと息を吐き出した。

「宏枝……」

香が、ゆっくりとやって来た。「凄かったね、今の人！」

「怖かった……」

と、宏枝は言って、「聞いてた？」

「もちろん。ね、お父さんに話して、別れてもらいなさいよ」

「うん」

宏枝は、香を促して、歩き出した。何だか、天気はいいのに、少し寒くなったような気がする……。

「ふざけてるね」

と、香は腹を立てている。「宏枝のこと、おどしたりして。まともじゃないよ」

宏枝は、何やら考え込んでいる様子だった。

「どうしたの、宏枝？」

「うん？——ちょっとね、考えてたの」

「あの女のこと？　このことを話せば、お父さんも分かるわよ」

「そう。そうなのよ」

宏枝は肯いた。「こんなことして、何一ついいことなんかないじゃない。私はもっとあの人を嫌いになるし、父だって、あんな人と付き合うのは怖いからやめよう、とか思うかもしれないし……」

「そうなって泣いても、自業自得《じごう》じゃない」

「そうね。ただ……」

と、宏枝は言った。「冷静に考えれば、あんなこと、マイナスにしかならない、って分かると思うの。でも、あの人は、やっちゃった……。怖いと思わない？　恋してると、あんなことやっちゃうんだね」

「恋は怖いね」

と、香がしみじみ言ったので、宏枝はちょっと笑った。

「でも、凄いなあ、って……。いくらかは感心しちゃう。私も、よく分かんないけど、結構のめり込むタイプだと思う。だけど、とても、あんなことできない」

「普通の人でも、あんなことするのかな」

「さあ。——それほど恋に詳しくなくって」

と、宏枝は言った。「何か食べるんでしょ？」

「そうだ。忘れるとこだった」

「珍しいね。香が」

「宏枝が凄いもの見せてくれるから」

と、言い返しておいて、「でも用心してよ、宏枝」

と、香は真顔で言ったのである。

「用心って？」

と、宏枝が訊き返すと、香は、

「あなたさえいなきゃ、って感じじゃない、あの人。宏枝を刺して、とかさ」

「いやなこと言わないで」

と、宏枝は顔をしかめて、「そこまではやらないわよ」

「そうだといいけど」

と、香は首を振って言った。「ともかく、用心用心。防弾チョッキ、着る？」

「ニューファッションね」

と、宏枝は言って笑った……。

あいつ……。朋哉は、書店の中へ入って、足を止めた。

あいつ！　また来てる！

朋哉が唖然《あぜん》としたのも当然だろう。市原が、この前万引きした同じ書店に入って、平然と本棚《ほんだな》を眺めていたのである。

度胸がいいのか、それとも無神経なのか。

朋哉は、市原に見られないように、ゆっくりと別の棚の間へと入って行った。

胸がドキドキする。――また、やる気だろうか？

まさか！　ついこの間やったばっかりだ。

普通なら用心してしばらくはやらないだろう。でも……。あいつはやりかねない。

朋哉は、何だかよく分からないが、そう感じていた。いや、市原は万引きしても、あんまり悪いことをしたという気持ちになっていないような、そんな気がしたのである。

「――ありがとうございました」

店のレジの人の声が聞こえる。

市原はチラッとレジの方へ目をやった。

あいつ、またやる気だ。――朋哉は直感的に思った。

どうしよう？

朋哉は、自分が何の本を見に入って来たのかも忘れていた。

もし、あいつが万引きするのを見たら、店員に知らせてやればいい。そうすれば、あいつは交番へでも引っ張って行かれて……。

そして、二度と朋哉や母の加津子の前に姿を見せなくなるだろう。

そうだ。そうなれば一番いいんだ。

朋哉はじりじりと動いて、市原が見やすい場所を捜した。――今日の市原は、車の本の棚を熱心に見ている。

外車の写真とかが集めてある写真集。結構高いし、重い。あんなもの、万引きしようとする奴《やつ》もいないだろう。

市原は、さりげなく左右へ目をやった。――朋哉は緊張した。

「ちょっと――」

と、誰かが、後ろに立っていて、朋哉はギクリとした。

「あ……」

この店の主人が、静かに立っていたのだ。

朋哉がわきにどくと、書店の主人は、スッと、本棚に沿って歩いて行った。

何してるんだろう？　棚を整理してるってわけでもないみたいだし、といって……。

まさか！——朋哉は書店の主人が、チラッと市原の方へ目をやるのを見た。

市原が万引きしたことを、気が付いているのだ。そして、またやるところを取り押さえてやろうと……。

朋哉は胸がドキドキして、しばらくは目をつぶって、じっとしていなくてはならないくらいだった。

目をあけた時、市原はまだ車の本の棚の所にいた。手には週刊誌を丸めて持っている。

前と同じだ。

市原が、ゆっくりと歩き出した。出口の方へ向かったのかと思うと、途中で曲がって、小説の棚へ来る。もちろん、朋哉なんかの読むような本じゃない。

市原は平づみになっていた本を二つ三つ、取り上げてめくっていたが、大して興味ない様子で、戻してしまった。

棚をのんびり眺めている風で……。ちっとも緊張している様子ではない。

もう、やめたのだろうか？　今日はまずいと思ったのか、それとも危ないと気付いたのか。

そして——今日は上衣《うわぎ》をはおっていたのだが——市原は、本棚から大して分厚くない本を一冊抜き出すと、スッとさりげなく上衣の下へ入れた。

朋哉は、愕然《がくぜん》として、突っ立っていた。

馬鹿《ばか》！　こんな時にやって！　捕まるじゃないか！

どうしてか知らないが、朋哉は店から逃げ出したかった。本当なら、市原が捕まって、お母さんが市原のことを諦めたら、それこそ朋哉にとってはいいことなのだ。

それなのに——朋哉は、市原が捕まるところを見たくなかったのだ。

市原が、ゆっくりと出口の方へ歩き出す。

店の主人は？　朋哉は目で捜した。

いつの間にか、店の主人はレジの所に立っていて、市原が来るのを待ちうけていた。見ていたのだ！　そして、市原が店を出ようとするところを捕まえようとしている。

市原は、少し足を早めて、出口の方へ——。

「ねえ」

と、朋哉は、市原へ駆け寄っていた。

市原は、朋哉を見て、ギクリとした様子だった。

「君か……」

「どこかで見たなあと思ったんだ」

「そうか。——本買いに？」

「雑誌だよ。おじさんは？」

「僕か？　僕は……」

市原は、上衣の下に持っていた本をスッと出すと、

「この本を買いにね」

と、言って、レジに差し出した。

21　大人と子供

書店の主人は、市原の出した本をジロッと見て、それから、

「あんた――」

と、言いかけた。

市原が、千円札を二枚出す。それから、

「君、何か雑誌を買うんだろ?」

と、朋哉に言った。

「うん」

「じゃ、この本と一緒にしてもらおう。持っておいで」

少し迷ってから、朋哉は走って行って、雑誌を取って来た。

「じゃ、これも一緒に」

と、市原は雑誌を本の上に置いた。「二千円で足りるね」

主人は、いまいましげに、市原と朋哉をにらんでいたが、やがて黙ってレジを打つ

と、本と雑誌を袋に入れ、つりをよこした。

「行こう」

と、市原が促す。

二人は、書店を出て歩き出した。

「何か飲まないか」

と、市原が言った。「アイスクリームでも食べるかい」

「うん」

朋哉は肯いた。「そこがおいしいよ」

二人は、真っ白なインテリアのアイスクリームの専門店に入った。一階はみんな立ち食いである。

二階のテーブルについて、市原はコーヒーアイスクリームを一口なめて、苦笑した。

「甘いなあ。とてもじゃないけど……」

「チョコレートはもっと甘いよ」

朋哉は平気なものである。本来が甘党の方だ。

「なあ……」

市原は、本の入った袋をテーブルに置くと、「君は——知ってたんだね」

「この前、あそこでやったただろ。見てたんだよ」

「そうか」

「あの店の人も――」

「うん。くやしそうににらんでたな」

「凄い目してたね」

二人は顔を見合わせ、ちょっと笑った。

「あの店、子供の立ち読みとか、凄くうるさいんだ。よく追っ払われたよ」

と、朋哉はそう言って、「でも、この辺じゃ一番大きい店なんだ。あそこに行けないと、ちょっと大変だよ」

市原は、ハッとした様子だった。

「そうだな。――悪かった」

「いいけどさ……。どうして、あんなことするの？　お金ないわけじゃないだろ」

朋哉の問いに、市原は少し辛《つら》そうに目を伏せた。朋哉は続けて言った。

「僕は別に……助けたかったわけじゃないんだ。ただ、お母さんが聞いたら、ショックだろうと思ってさ」

市原は、朋哉を見て、

「この前のこと、お母さんに話したのかい？」

と、訊《き》いた。

「言ってないよ」

「――ありがとう」

「でも、お母さんが……。もし、僕のお父さんになる人が、万引きして捕まったりしたら、いやだからね、僕」

市原は、溶けて行くアイスクリームを、じっと見つめながら、

「大丈夫だよ」

と、言った。

「大丈夫、って？」

「そんなことにはならないよ」

市原は、明るい表の方へ目を向けて、まぶしげに目を細めた。

「じゃあ……」

「子供のころからなんだ」

と、市原は言った。「いつ、初めて盗んだのか、よく憶《おぼ》えていない。それくらい、前のことだ。気が付いた時には、ポケットに、ガムだのチョコレートだのが入ってるんだ」

そう言って、市原は、ふと微笑《ほほえ》んだ。

「そのころは、甘いもんが好きだったんだな、僕も。それにね、自分で言うのもおか

しいけど、僕は可愛《かわい》い子供だったんだ。小さいころは、よく女の子かと思われた。それくらい、色の白い、可愛い子供で、しかも大人たちに可愛がってもらうにはどう振る舞えばいいか、よく知っていた」

市原は、水をガブッと一口飲んで、息をついた。「大人しくて、いい子、というのが、僕の役割で、しかも、僕はうまくその役を演じてた、というところかな」

「俳優になりゃ良かったのに」

「うん。しかしね、その一方で、僕は物をくすねたり、盗《と》ったりする楽しみを覚えた。誰も僕のことなんか疑いもしないんだ。あんないい子が、そんな悪いことをするわけない、ってね。中にゃ、のろのろして要領の悪いのがいて、たいてい、僕の代わりに叱《しか》られてたっけ」

市原は、ちょっと笑って、「もちろん、もう僕は子供じゃない。悪いことをすりゃ捕まるってことも分かってる。でもね……。欲しいものを手に入れるのに、盗むくらい楽な方法はないだろう?――僕はその気持ちがね、子供のころから、身にしみついてるのさ」

「だって――本なんて、高いもんじゃないじゃないか」

「分かってる。でも、その気になれば買えるものを盗むのが面白いんだ」

と、市原は肯いて言った。

「病気じゃないの？」

と、思わず朋哉は言った。

「病気か。――たぶん、そうなんだね」

「僕の知ってる子だって、万引きしてる奴《やつ》はいるよ」

と、朋哉は言った。「万引きが面白いって子もいる。僕なんか、怖くって、できないけど」

と、朋哉は首を振って、

「楽しいの、あんなことが」

「どうかな……。一度うまく行くとね、その時の気持ちが――何ともいえない気分なんだ。忘れられなくなるんだよ」

市原は、受け皿の中で、どんどん溶けて行く、自分のアイスクリームを見て、言った。「僕は、このアイスクリームみたいなもんかもしれないね。どんどん溶けて行って、でも、まだ大丈夫、まだ食べられるよ、って自分に言い聞かせてる……」

それはもう、市原の独り言のように聞こえた。

朋哉は、自分のアイスクリームを食べ終えていた。

「これ、おごってもらっていいの？」

「うん。当たり前さ」

と、市原は言った。「もう払ってあるんだから盗めないしね」

二人は、少しの間、黙り込んだ。

「――ねえ」

と、朋哉は言った。「お母さんと、もう会わないでよ」

市原は、何も言わなかった。朋哉は続けて、

「このことは言わないよ。でも――やっぱり知ってる、ってだけで、いやなんだ」

と言うと、立ち上がった。「じゃ、僕、もう行く。ごちそうさま」

先に階段の方へ歩きかけると、

「朋哉君」

と、市原が呼び止めた。

「なに？」

「ありがとう」

と、市原は言った。「君みたいな子供になりたいよ」

朋哉は、ちょっと笑顔を見せて、階段を駆け下りた。

外へ出て、

「あ、いけね」

市原が買ってくれた、雑誌をもらって来なかった。つの袋に入っていたので、忘

れてしまったんだ。

でも——今から戻って、取って来る気にもなれなかった。

まあ、いいや。別に、どうしても欲しかった、ってわけじゃない。あの場の成り行きで、買っちゃったんだから。

朋哉は、家への道を歩き出した。通りを渡って、足早に——。

「おーい！」

と、声がした。

市原の声？振り向くと、市原が、あのアイスクリーム店を出て、朋哉の雑誌を手に持って、振っている。気が付いて、追いかけようと——。

市原が、通りを駆けて渡ろうとした。宅配のトラックが、駐車中の車のかげから走って来た。

こんなことって——。

こんなことって、あるの？朋哉は、目の前で起こったことが、とても現実のものとは思えなかった。

市原が通りを渡って来ようとした。朋哉に買ってくれた雑誌を手にして、大股《おおまた》に、駆けるように、歩いて来た。

市原は、すぐわきに停《と》まった車のかげになって、走って来るトラックに全く気付かなかったのだ。トラックの方も、市原が不意に飛び出して来て、あわてただろう。

やめて！——朋哉がそう思った時には、もう……。

ドン、と鈍い音がした。市原の体は路上に押し倒されて、急ブレーキの音が悲鳴のように、鳴り渡った。

トラックは停まっていたが、市原の姿は見えなくなっていた。トラックの下になっているのだ。

運転手が降りて来たが、何が起こったのか、よく分かっていない様子で、笑ったりしている。

「冗談だろ、おい……」

と、通りかかって、足を止めている男に向かって、声をかけたりして……。

人が集まって来た。

「どうしたの？」

「はねられた？」

「下よ、トラックの！」

と、中年の女性が大きな声で、「誰か救急車を呼んだの？」

救急車ね。そうか、もちろん、そうなんだ。

「大したことないんだよ……」

と、運転手は勝手に肯《うなず》いて、「スピード出してなかったしね」

「生きてるのか?」

と、声が飛んだ。

やっと――朋哉は我に返った。

市原が、はねられた! いや、もしかしたら、トラックの下に巻き込まれて、もっとひどいことになっているかもしれない。

朋哉は、交番が近くにあるのを思い出していた。一一九番に誰かが電話しているとしても、何分もかかるだろう。朋哉は駆け出して行った。

――朋哉の判断は正しかった。交番にいた警官を連れて、朋哉が現場に戻った時、まだ誰一人として、一一〇番にも一一九番にも連絡していなかったのである。

トラックの運転手も、警官が来たと知ると、

「あいつが飛び出して来たんだ! 本当だよ。俺《おれ》はちゃんと前を見てたんだから」

と、大声で怒鳴った。「急ぐんだ、その荷物はね、今日の夕方までに――」

警官は、集まっていた人の中に、顔見知りを見付けたらしく、一一九番への連絡を頼んで、それから、トラックの下を覗《のぞ》くために、膝《ひざ》をついた。

朋哉は、トラックから少し離れて立っていた。近付いて、下を覗くなんて度胸は、とてもなかった。

「——けがしてるかい？」

と、トラックの運転手が言った。

「当たり前だ」

警官が、怒ったように言った。

「少し黙ってろ！」

朋哉には、運転手の気持ちも分かった。もし、市原が大けがをしていれば、運転手にとっては大変なことになるだろうから。

でも、市原は——大丈夫だろうか？

あの、トラックにぶつかった時の音を聞いただけでも、ただじゃすまないだろうな、ということは分かった。

朋哉は、自分が取って来て、あの書店のレジに置いた雑誌に目を止めた。雑誌は、トラックのタイヤにひかれたのか、ねじるように引きちぎられていた。

朋哉はギクッとした。まるでそれが、市原自身のように見えたからだ。

でも、警官はトラックの下へ潜り込むようにして、何か話している。話ができるくらいだから、きっとそんなにひどいけがじゃないんだろう。きっと。——きっと。

警官が、立ち上がった。額に汗をかいていて、ハンカチを出して拭《ぬぐ》うと、朋哉の方を見て、

「ちょっと、君」

と、手招きした。「——君は、宮内朋哉っていうのか?」

「そうです」

と、朋哉は肯いた。「あの人——けがは?」

「うん。かなりひどい」

と、警官は言った。

「そんなに?」

「救急車で運んでも、どうかな」

「どうかな、って……」

「助からんだろうね、たぶん」

朋哉は、呆然《ぼうぜん》としていた。——人が死ぬ? あんなことで? たったあれだけのことで?

「君は知り合いか」

と、警官が訊いた。

朋哉は黙って肯いた。

「そうか。——あの人が、君と話したがってる」

「僕と?」

「うん。どうする？」

「話せるんですか」

「話すなら、早い方がいい」

と、警官は低い声で言った。「まあ――あんまりいい気持ちはしないだろうがね」

朋哉は、引きちぎられた雑誌を見た。市原は、あれを僕に渡そうとしたんだ。

「話します」

と、朋哉は言った。

「そうか。じゃあ、その下の所から、君なら頭が充分入るだろう」

朋哉は、メガネをしっかりとかけ直すと、トラックのそばに膝をつき、頭を下げた。

もちろん、トラックの下は暗い。初めは何も見えなかった。

少し、頭を奥の方へ入れてみると、目も慣れて来て、何か動くものが見えた。

「君か……」

かすれた声が聞こえた。

「ねえ、大丈夫？」

と、朋哉は言ってから、他の言い方をするべきだったかな、と思った。

「あんまり大丈夫じゃないね」

市原が、笑ったようだった。「それ以上、こっちへ来ないで。油が洩《も》れてると、危ないよ」

「うん……」

朋哉は、市原がどこかに挟《はさ》まって動けなくなっているらしい、と気付いた。そして、

「ごめんね」

と、朋哉は言った。「僕の雑誌を……」

「いや、いいんだ」

と、市原は言った。「盗んで逃げようとして、トラックにひき殺されたんじゃ、みっともないけどな……」

「もうすぐ救急車が来るよ」

「僕は医者じゃないけど、たぶん、もうだめだと思うよ」

と、市原は言った。

声に、力がなくなって来ている。それは朋哉にも分かった。

「ねえ、しっかりして！　お母さんに会いたいでしょ」

「会いたいね」

市原は、どこかホッとした様子だった。「なあ、朋哉君……」

「うん」

「お母さんには……黙っていてくれるかい、あのことは」

もちろん、万引きのことを言っているのだ、と朋哉にも分かった。

「うん」

朋哉は肯いた。見えなかったかもしれないが、肯いて見せたのである。

「言わないよ」

「ありがとう」

「きっと助かるよ。ほら、サイレンが――」

「いいんだ」

と、市原は言った。「君に会えて、本当に良かった」

朋哉の胸に何か突然に熱いものがこみ上げて来て、涙が溢《あふ》れて来た。

「死なないで……。ねえ」

「泣いてるのかい？」

市原が、びっくりしたように、「僕のために？」

「うん……」

「良かった……。生きてて良かったよ」

と、市原は囁《ささや》くように言った。

救急車のサイレンが近付いて来る。

本当に、市原は死んでしまうんだろうか？

朋哉は泣いている自分が、不思議で仕方なかった。こんな奴、大嫌《だいきら》いだったはずなのだ。それなのに……。

どうして泣けて来るんだろう？


「――朋哉君」

と、市原が言った。

「え？」

「今しか話せないかもしれない。聞いてくれ」

「何のこと？」

「お母さんは……」

と、言いかけて、市原は咳込《せきこ》んだ。

「大丈夫？」

「うん……。今夜、お母さんは、失《な》くした原稿の作家と会うんだ」

「え？」

朋哉はびっくりした。

「相手は大物で……下手をすりゃ、お母さんを思うままにしちまうかも……」

と、市原は辛《つら》そうに言った。「北村っていったかな、確か……」

「北村ね」

「今夜、鎌倉の〈S亭〉って料理屋の離れで会う、と言ってた。――分かるかい？」

「鎌倉の〈S亭〉だね」

「そこの離れだ。――そんな奴とお母さんを二人にしちゃいけない。分かるだろ？」

「うん」

と、朋哉は肯いた。

「お父さんに……連絡するんだ」

と、市原は言った。

「お父さんに？」

「そうだよ。そんなこと、やめさせなきゃいけない。それができるのは、君のお父さんだけだ」

救急車が停まった。バタバタと足音がする。

「おい、君は出て！」

と、さっきの警官が声をかけた。

「はい」

朋哉は返事をしてから、市原へ、「頑張《がんば》ってね！」

と、声をかけたが、もう市原は返事をしなかった。

「ひどいな、大分」

と、救急隊員の話が、朋哉の耳にも入って来る。

そんなこと言ってないで、早く病院へ運びゃいいじゃないか！　朋哉は心の中で、そう叫んでいた。

トラックの下から市原を引っ張り出すのに大分手間取った。救急車がサイレンを甲《かん》高《だか》く鳴り渡らせながら、走り去るのを、朋哉は見送っていた。

市原が助かるかどうか、もちろん、心配だったが、しかし、朋哉の心は軽くなっていた。市原が、生きていて良かった、と言ったのを、熱い気持ちで、思い返していたのだ……。

22　母を救え

宏枝は、重苦しい気分で、マンションへ帰って来た。

途中でも、倉田江梨が尾《つ》けて来ているんじゃないか、と何度も振り向いて見たりして、すっかりくたびれてしまった。

部屋へ入って、しばらくソファに引っくり返っていると、やっと落ち込んでいた気分も戻って来る。――やはり、江梨のことは、父に話そうと思った。

たぶん、父もそれで考え直すだろう。その点は、ほぼ確かだ、と思った。ただ、問題は――もちろん、倉田江梨の方が、諦《あきら》めるかどうか、である。

とてもじゃないが、すんなりと丸くおさまるとは思えない。父と倉田江梨が直接話をしても、とてもらちはあかないように、宏枝には思えた。

父は大体、ものごとを、きっぱり言える人ではない。それが父のいい所でもあるのだけれど、やはり、はっきり言わなきゃいけない時もあるのだ。

誰か、間に立ってもらった方がいい、と宏枝は思った。そうしなきゃ、とても穏やかに話し合うという雰囲気《ふんいき》じゃないのだから……。

「さて、着替えるか……」

と、ソファから起きて、伸びをしていると、電話が鳴り出した。

倉田江梨かな？　ちょっとためらってから、宏枝は、受話器を上げた。

「お姉ちゃん？」

「朋哉か。——良かった」

と、ホッと一息。

「何が？」

「いいの。何か用事？」

「あのね、お母さんのことなんだけど」

「うん、今夜はお父さんと会えないらしいじゃない。仕事が入ってるとか」

「それが大変なんだよ！」

と、朋哉が甲高い声を出した。

「何なのよ、一体？」

「鎌倉の〈S亭〉の離れ」

「え？」

「憶《おぼ》えるかメモするかして！　急いで！」

「はいはい」

何だか分からないが、宏枝はメモを取った。「――メモしたよ。これが何なの？」

「そこでね、お母さん、北村って作家と二人きりで会うんだ」

「二人きりで？」

「その作家の原稿を失くしたんだ。お母さん、そのお詫《わ》びに、って――」

「あんた、そんな話、どこで聞いたの？」

と、宏枝は訊《き》いた。

「市原って人から」

「市原？　例の、万引きした……」

「うん。――でもね、それは本当だよ」

朋哉は、市原が事故に遭ったこと、そして朋哉と話した、その内容を、姉に聞かせた。

宏枝は、朋哉の話を、重苦しい思いで、聞いていた。

市原というのが、どんなにひどい奴《やつ》か、宏枝は丸山秀代から聞いている。しかし、朋哉の語る市原は、誰からも愛されることのなかった、哀れな男だった。

「――分かったわ。その話は本当ね、きっと」

と、宏枝は言った。

「僕もそう思う。ね、お姉ちゃん、どうしよう?」

「どうする、って……。お母さんは大切よ」

「もちろんだよ」

「もし、本当に北村って作家がお母さんを狙《ねら》ってるのなら、助けなきゃ」

「そうだよね」

と、朋哉はホッとしたように言った。

「お父さんに電話するわ」

と宏枝は言った。「後は任せて。あんたはお家にいて、待ってなさい」

「やだよ」

と、朋哉は言い返した。「どうして、僕だけ家にいるのさ?」

「あんた小学生よ」

「お姉ちゃん、高校生だろ。どっちも学生じゃないか」

宏枝は笑ってしまった。口のへらない奴なんだから!


「もしもし」

という声で、細川にはすぐに分かった。

すばやく、左右へ目をやる。幸い、隣の席は空いている。

「やあ、僕だよ」

「席にいたのね。良かった」

と、江梨は言った。

「ゆうべは……。悪かったね。今日はどうしたんだい？」

「私のこと、心配してくれるのね」

「ああ。無断で休んでるっていうから……」

「今の私は、あなたのことしかないの。会社も、友だちも、どうでもいい……」

「ねえ君。――君は若いんだ。焦《あせ》ることはないよ。そうだろう？」

電話の向こうで、江梨は黙ってしまった。細川は、

「もしもし。――おい、どうしたんだい？」

プツッ、電話は切れた。

細川は、首をかしげた。俺《おれ》は、何か悪いことを言ったろうか？

また電話が鳴る。

「はい」

「お父さん？」

「宏枝か。どうした？」

細川はホッとして、微笑《ほほえ》んだ。「もう、帰ってるのか」

「うん。――ね、お母さん。お母さんのこと、助けなきゃ」

宏枝の言葉に、細川は面食らった。

「助ける、って――どういうことだ？」

と、細川は訊いた。

「あのね、朋哉が聞いたんだって」

宏枝の話に、細川は啞然《あぜん》とした。

「何だと？　原稿を失くしたから、身を任せるなんて、そんな時代劇みたいな話があるか！」

時代劇のころに、「原稿を失くす」ことはなかっただろうが、ともかく、ＴＶでよく時代ものを見る細川としては、「年貢《ねんぐ》の代わりに娘を差し出せ」とかいう悪代官のイメージなのである。

「そうなる、って決まってるかどうか知らないけど――」

と、宏枝が言いかけると、

「いや、そうに決まってる！　下心がなきゃ、そんな所へ誘うもんか。大体、作家なんてのは、女に手が早いに決まってる！」

と、八つ当たり気味。

「ね、お父さん、その〈Ｓ亭〉って所へ行ける？」

「行くとも！──よし、電話して、予約の時間を確かめる」

「良かった」

と、宏枝が言った。

「何が？」

「お母さんのことなんか、もう知らない、って言うのかと思った」

「おい、宏枝……。そりゃな、母さんと別れはしたが、別に母さんのことが憎かったわけじゃない。それに……」

「それに？」

──そうか。そうなんだろうか？

細川は、自分に向かって問いかけた。俺は、やっぱり加津子を愛しているのだろうか？

「いや、何でもない」

と、細川は言った。「ともかく、他のことは、また後だ。宏枝はマンションで待ってろ」

「いやだ」

「いや、って──どうして？」

「朋哉も行くことにしてるの。私も当然行くわ」

「そうか」

細川は微笑んだ。「みんなでお母さんを助けに行こう」

「うん。騎兵隊みたいにラッパ鳴らしてね」

と、宏枝は嬉《うれ》しそうに言った。「お父さん!」

「何だ?」

「大好きだよ」

「——おい、何を言い出すんだ」

細川は、思いがけず、胸が熱くなった。

「じゃ、マンションにいるね。電話してちょうだい」

「分かった」

電話を切った細川へ、声がかかった。

「細川さん、倉田さんからかかってます」

また江梨から?

細川はためらったが、出ないわけにもいかない。ちょっと間を置いて、

「もしもし」

と、言った。「君か。さっきは電話が切れちゃって……」

「今夜、会って」

と、江梨は言った。

沈んだ声だった。——細川は、

「君……。今、どこにいるんだ?」

と、訊いた。

「近くよ。ね、いつものホテル、部屋を取ったわ。待ってる」

「ね、君——ちょっと待ってくれ」

相手が切りそうだったので、細川はあわてて言った。「今夜はね、ちょっと突発的な用ができて——」

「待ってるわ」

江梨は構わず、くり返した。

細川は何と言っていいのか、分からなかった。

「はっきりさせたいの、私」

と、江梨は言った。「娘さんとも話したわ」

「宏枝と?」

「ええ。でも、私のこと、嫌《きら》ってるわ。当然ね」

「待ってくれよ」

「でも、私は絶対にあなたを諦めない。——本当よ」

ここまで思い詰めていたのか。細川は、愕然《がくぜん》とした。丸山秀代の話を思い出す。

「分かったよ。ゆっくり話そう。しかし今夜はだめなんだ」

「私のことより大事な用事?」

訊かれて、細川は返事に詰まった。

「いいかい。比較できないことっていうのが、世の中にはあるだろう?」

「でも、どっちかを取らなきゃいけないことだって、あるわ」

「ああ……。そりゃそうだけど」

「ともかく待ってるわ、私」

と、江梨は言った。「遅くなってもいい。ともかく、ホテルへ来て」

仕方ない。——今、会社の電話では、あれこれ話すわけにはいかなかった。

「分かったよ。しかし何時になるか、分からないよ」

「いいわ。時間は充分あるわ」

と、江梨は言った。「朝まで待ってるから」

電話が切れると、細川は、息をついた。

確かに、二十歳の娘を相手に寝てしまった身としては、偉そうなことは言えない。

だが、まさかこんなことになろうとは……。

宏枝に会って話した、と言っていたが、宏枝は何も言っていなかった。

「そうだ」

〈S亭〉って所へ電話して、予約の時間を確かめなきゃ！　細川はあわてて、また受話器に手を伸ばした。


そのころ――細川や、宏枝たちが自分を助けようと張り切っていることなど知らない加津子は、鎌倉へ向かう車の中にいた。

北村を迎えに行くつもりだったが、当の北村の方から、他で用事があって、直接〈S亭〉に行く、と連絡が入ったのである。

電車で行こうかとも思ったのだが、少しくたびれていたし、北村を相手に、どういう状況になるか分からないのだ。そう思うと、少し体力を温存しておかなくちゃ、と思い直して、タクシーを呼んだのだった。

確かに、卑怯《ひきょう》といえば卑怯ではある。原稿を失《な》くしたことは事実だし、それをこんな風にごまかしていいとは思っていない。

しかし、今はどうしても仕事を失うわけにはいかないのだ。

笠木が何を考えてくれているのか……。ともかく、うまく行かない時のことだって、考えておかなくてはならない。

加津子は、北村が前から自分に気があることに気付いてはいた。どこまで本気なのか知らないが、ともかく、北村の好みのタイプではあるらしい。

最悪の場合、覚悟はできているだろうか？――加津子は、タクシーの中で、自分にそう問いかけた。

北村に抱かれて、その代わり、原稿はもう一度書いてもらう……。

そんなこと！　まるで安っぽいメロドラマだわ。

でも――人生というものは、あんまり高尚《こうしょう》な文学のように進んではいかない。いやになるくらい安っぽい感傷が、時には人生の本当の顔ですらあるのだ。

市原さん……。市原茂也の顔を、加津子は思い浮かべた。

こんなに年上の自分のことを、どうして愛してくれるのだろう？　加津子には見当もつかなかった。

そう。――会社にいるだろうか？

めったに会社にはいないから、と言われている。でも、もしかしたら……。

「あの――すみません」

と、加津子は運転手に声をかけた。「ちょっと電話をかけたいんです」

「どうぞ」

運転手が、ヒョイと電話を取り出したので、加津子はびっくりした。個人タクシーで、電話がついていたのだ。

「どうも……」

どこかへ停《と》めてもらうつもりだった加津子は、急いで手帳を取り出し、市原の会社へとかけてみた。

「――もしもし」

加津子は、少し大きな声で言った。「――あの、市原さんはいらっしゃいますか？――もしもし？」

少し電話の感度が悪いようだ。雑音も入った。

「もしもし、市原ですか？」

と、男の声がした。「今日は休んでますよ。というか……もう来ないかもね」

加津子は、よく聞こえないので、

「市原さん、お休みですか？」

と、訊き返した。

タクシーがトンネルへ入ったりすると、ほとんど聞こえなくなってしまう。

「――というわけでね」

と、男の声が聞こえた。

「あの、すみません、よく聞こえなくて」

「え？――ちょっと待ってくれ。何だって？」

その男は、電話口の近くで、他の誰かとしゃべっているようだ。「——市原が？本当か？」

加津子はドキッとした。今の言い方は、普通ではない。

「もしもし。どうかしたんですか？——もしもし」

加津子の問いかけにも、向こうはなかなか答えなかった。途切れ途切れに、

「もうだめだって？——そんな——知らないけど——」

といった言葉が聞こえて来るだけだ。

何のことだろう？　加津子は苛々《いらいら》しながら、待っていた。

「もしもし」

やっと向こうが電話口に戻って来たが、口調はガラリと変わっていた。「そちらは、どなた？」

「え？　あの——市原さんの知り合いの者です」

「ご家族ですか。それとも——」

「いえ、そういうわけではありません」

「そうですか」

「市原さんが、どうかしたんでしょうか？」

少し間があって、ザーッという雑音が、耳を打った。

「たった今、警察から連絡があったんです」

「警察？」

「事故にあったとかで。トラックにはねられたんだそうです」

「まあ……」

加津子は唖然とした。思ってもみないことだ。

「それで――けがはひどいんでしょうか」

「いや、それがね……。おい、間違いないのか？」

と、向こうで誰かに訊いている。「そうか。――失礼しました」

「いいえ、それで……」

「警察からの連絡だと……ついさっき死んだそうです」

――その後、どう言って電話を切ったのか、加津子は憶《おぼ》えていなかった。

ふと我に返ると、タクシーはもう鎌倉に近付いており、周囲はすっかり夜に閉ざされていた。

「この先、どう行くんです？」

と、運転手が訊く。

加津子は、ゆっくりとバッグを開けた。

23 離れにて

熱いお茶が置かれた。

「──どうぞごゆっくり」

という声が、加津子の耳をかすめて行く。

一人になって、加津子はやっと我に返った。いつの間に〈S亭〉に入り、この離れに案内されたものやら……。

遠い昔のように、ぼんやりと思い出せるだけだった。──あれは本当だったのだろうか？

市原が死んだ。

市原が、死んだ……。

何かの間違いかもしれない。人違いってこともあるし、そんなことは大して珍しくない。

事故があれば、混乱して、人の名前を取り違えることだって……。

でも、加津子にもよく分かっていた。たぶんそういう可能性は百に一つ、あるかないかだ、ということが。

電話をしてみようか？——でも、どこへかければいいのだろう。

どこで事故に遭ったのかも、聞いていないのだ。警察へ問い合わせても、そんなことまで調べてはくれまい。

市原が死んだという病院の名前ぐらい、聞いておけば良かったと悔やんだが、あの時はとてもそこまで考えられなかったのである。

——悲しいとか、寂しいとか、そんな気持ちはまだ湧《わ》いて来なかった。具合が悪くて入院でもしていたというのならともかく……。

ともかく、目の前のお茶をゆっくりと飲む。その熱さが胸に広がって行く感覚は、現実そのものだった。

部屋の隅《すみ》の電話が鳴り出した。加津子は湯《ゆ》呑《の》み茶碗《ちゃわん》を置いて、床の間の端の方で、何だか居心地悪そうにしている電話へと急いだ。

「——はい」

「もしもし」

「笠木さん？」

「やあ、早いね。まだかと思ってた」

「車がね、割と道が空《す》いてて、順調に来たのよ」

「そうか。大先生はまだだね？」

「ええ。少し遅くなるって。外を回って、ここへ八時ごろ、ってことだったわ」

「遅い方が泊まって行けるしな」

「そうね」

「君は、そんなつもりじゃないんだろうね」

「まさか」

と、加津子は笑った。

笑っていられる自分に、びっくりした……。

「奥さんの方にはね、七時からそこで例の品を見せると言ってある。何をおいても飛んで来るよ」

「でも……それからどうするの？」

「君、自分の鞄《かばん》は？」

「バッグ？　もちろん持ってるわよ」

「それを預けるんだ」

と、笠木は言った。「中には先生の原稿と校正刷りが入ってる。分かるね？」

「バッグをお店の人に預けるのね」

と、加津子は言って、「でも、普段はそんなことしないわ」

「分かってる。そこはうまくやれよ」

と、笠木は言った。

「ええ、それから？」

「北村先生が来たら、ま、せいぜい旨《うま》いものを取って、もてなすんだね。一番いいのは酔い潰《つぶ》れるまで飲ましちまうことだけど」

「やめてよ。酔うと手がつけられないんだから、あの人」

「そうか。じゃ、うまく様子を見ながら、飲ませるんだ」

二人の打ち合わせは、さらに続きそうだったが――。

「失礼いたします」

という声に、加津子は、

「ちょっと待って。切るわ、一旦《いったん》」

と、受話器を置いた。

ガラッと襖《ふすま》が開いて――。

「先生」

加津子は、目を丸くした。「お早いんですね」

「うん」

北村は、上機嫌《じょうきげん》な様子で、入って来た。「さっさと片付けて来た。いや、一つ賞の選考があってな」

「そうですか」

「忘れてたんだ。昨日、あわてて候補作をパラパラめくったよ」

と、北村はあぐらをかいて、「まずビールだな」

と、おしぼりで手を拭《ふ》く。

「はあ……」

どうしよう？　こんなに早くやって来るとは思ってもいなかったのだ。

「君も飲め。今夜はゆっくりでいいんだろう？」

「はい」

そう答えるしか、仕方がない。

「いや、いつも文句をつける奴《やつ》がいるんだ。ひねくれ屋でな。そいつが欠席したもんだから、アッという間に受賞作が決まった。気持ちのいいもんだな」

と、北村は笑った。「――何だ、少し顔色が悪いじゃないか」

「そうですか？」

加津子は、度胸を決めて微笑《ほほえ》んだ。「じゃ、少しアルコールを入れた方が良さそうですね」

「そうだとも。赤くなると、君は実に色っぽいぞ」

「まあ、先生がお世辞なんて、珍しい」

と、加津子は笑った。

お世辞か……。市原は、それこそ加津子が恥ずかしくなるような賞《ほ》め方をしてくれたものだ。

でも、と加津子は思った。人間は、賞められることが必要なのだ。

美しい、と言われれば、もっと美しくなろうとする。それが人間というものなのである。それは顔やスタイルのことばかりではない。

ビールが運ばれて来ると、加津子は、ともかくまず、北村とグラスを打ち合わせた。


「お父さん、遅いよ！」

と、宏枝ににらまれて、細川は、

「すまん」

と、頭をかいた。「ホームを間違えて、別の電車に乗っちまったんだ」

「頼りないなあ」

と、朋哉が言った。

「そう言うなよ。まだ大丈夫。予約は七時に入ってる」

「もう七時だよ」

「だけど、すぐにゃその……。まあ、ともかく〈S亭〉ってのを捜そう」

「場所、調べてないの？」

「いや、タクシーで言えば分かる、って聞いたんだ」

と、細川は言って、「タクシー乗り場は、と……」

「あっちよ」

と、宏枝が指さした。「――歩いては行けないの？」

「ずいぶん遠いらしいよ。山の中にある、ってことだったから」

三人は駅を出て、タクシー乗り場へと急いだ。

「わ、並んでる」

と、朋哉が目を丸くした。

確かに、乗り場の所には、ずいぶん長い列ができていた。

「どうする？」

と、宏枝が訊《き》いた。

「並ぶしかないよ。大丈夫。どんどん来るさ、こんな所は」

と、細川は請け合ったが……。

運が悪かったのは、三十分ほど前から、雨が降り出したことだった。おかげで、いつもならタクシーなんか使わない勤め帰りのサラリーマンやＯＬまで、並んでしまっている。

加えて、タクシーも途中で客を拾うから、なかなか、駅にはやって来ないのである。

「――ちっとも来ないよ」

と、朋哉は苛々《いらいら》している。

「まあ落ちつけ」

と、言いながら、細川自身も、一向に落ちついてはいなかった。

「お父さん」

と、宏枝が言った。「あの江梨さんって人は大丈夫なの？」

「お前、会って話したって？」

「うん。向こうがしゃべっただけよ」

宏枝は、江梨が学校へやって来たことを、父親に話してやった。

「学校に行ったのか、江梨が」

細川は、重苦しい気持ちで、言った。

「ねえ、悪い人じゃないとは思うけど、やっぱり少し変よ」

宏枝の言う通りだ。――細川は肯《うなず》いた。

江梨は、たぶん自分でも思っていなかったのだろう。こんなに細川に夢中になってしまうとは。細川の方だって、信じられないくらいである。

前の恋人と別れて、寂しかったのかもしれない。もともと、年上の男性に憧《あこが》れる方だったのかも……。

ともかく細川の個人的な魅力だけでないことは確かである。まあ、世の中、好き好きではあるにしても。

「分かった」

と、細川は言った。「ちゃんと話をして別れる。お前に心配かけて、悪かったなあ」

「そんなこといいけど。でも、簡単にはお父さんのこと、諦《あきら》めないと思うわ」

「まあ、じっくり話しゃ大丈夫さ」

今夜会うことになっているのを、細川は言いにくくて黙っていた。それより今は、加津子のことだ！

「あ、雨が上がった」

と、朋哉が言った。

本当だ。――雨はやんでいた。

五分ほどすると、タクシーも次々に来るようになったし、タクシーに乗るのをやめる人もいて、列はアッという間に短くなった。

「次だ！」

と、朋哉は嬉《うれ》しそうに言った。

「そうだな」

加津子のことを、こんなに心配している。家族なら当然といっても、今は必ずしも当然とは言えない世の中である。

細川は、さすがに俺《おれ》の子だ、と満足であった。

「来たよ」

やっと、細川たちの乗るタクシーが来た。急いで三人で乗り込み、

「どちらへ？」

運転手が訊く。

「ええと——何だっけ？」

焦《あせ》って、忘れてしまっている。

宏枝が、ため息をついて、

「〈S亭〉までお願いします」

と、言った。

「奥様は今日はどちらへ？」

と、加津子はビールを注《つ》ぎながら、訊いた。

「あいつか？　あいつは、俺の外出にはうるさいくせに、自分は黙って旅行にまで出て行く。——女なんて、勝手なもんだ」

と、北村はブツブツ言っている。

どうしよう？　笠木が、どうしたのか、心配しているだろう、と、気が気ではない。

「やれやれ……」

料理も酒も律義《りちぎ》に平らげて、北村が伸びをした。「おい、宮内君！」

「はい」

「今夜はゆっくり……でいいんだろ？」

トロンとした目で、加津子を見つめる。

「え、ええ……。でも、そう夜中までは——」

「分かっとる！　ちゃんと帰すとも」

と、北村は手を振って、「いいか、俺は約束を守る男だ。知ってるだろ？　ま、締め切りはあんまり守らんけどな」

自分で言っているので、おかしくなってしまう。

「ちゃんと帰す。だから——な？」

北村が、加津子の腕をつかんで、引き寄せようとする。

「先生……。いけません」

加津子は、北村の手を押し戻した。

「そうか……。しかし、夜は長い。気が変わるかも、なあ？」

まさか、と言いたいのを、ぐっとこらえて、

「さあ、どうでしょ」

と、笑って見せる。

「おお、そうだ！」

北村はピシャリと膝《ひざ》を叩《たた》いた。「仕事があったな。校正刷りを見るんだ」

加津子はドキッとした。

「そうですわ」

「じゃ、今の内に見とこう。これ以上飲むと、見られなくなる」

「あの……待って下さい。預けてあるんです、荷物を」

「何だ、あれじゃないのか？」

「いいえ、他にもう一つあって、そっちへ入れてあるんです。すぐ取って来ますから」

と、腰を浮かす。

「逃げるなよ！　いいか！」

「はい、ちゃんと戻ります」

「布団《ふとん》、敷いて待ってるぞ」

北村はそう言って笑った。

——加津子は、離れを出て、息をついた。

雨が降ったのか、外の空気はしめって、ひんやりとしていた。

笠木に連絡しなきゃ！　どこにいるんだろう？

加津子はともかく、本館の玄関へと足を向けた。

「——笠木様ですか？」

と、受付の女性は帳面を見て、「ああ、〈五月の間〉ですね」

「どこでしょうか？」

「この廊下を行かれて、突き当たりを左へ曲がると三つ目のお部屋です」

「ありがとう」

加津子は、古い板ばりの床を踏みながら、笠木のいる部屋へと急いだ。

加津子が行ってしまうと、すぐに、玄関を入って来た三人——細川、朋哉、宏枝である。

一方、加津子が出て行った後、離れでは北村が、一人で苛々しながら待っていた。

「早く戻って来いよ……」

と、まるでおまじないみたいに唱えていたが……。

「ふむ。――そうか」

こんな時には、余計な手間はかけない方がいい。こういう離れを用意した、ということは、女の方も、「その気」になっているのだから――。

プレイボーイを「自称」し、一応、世間的にも、人妻の不倫の話など書いて、主婦層の人気を集めている北村だが、実際のところはそうもてるわけじゃなかった。まあ、見た目はなかなか「文士」風で、悪くないのだが、何しろこのところ太ってお腹が出て来ているし、疲れやすくなっていて、すぐに眠ってしまう。

――宮内加津子には、大分前から目をつけていたのである。

ちょっと知的なムードもあるが、いやみじゃないし、それに亭主と別れてもう何年もたっている、というのも気に入った。

それにこっちは作家で、相手は編集者。どうしたって、こっちの方が強い立場である。

いや、別に、その立場を利用して、無理やりに、と思っているわけではない。向こうだって、まんざらじゃないはずだ、と信じているのである。

そうだな……。まあ、向こうとしては、なかなかスンナリと受け入れる、ってわけにゃいかないかもしれん。

いくらかは強引さも必要だが、それもほどほどでないと――。

布団を敷いて待ってるぞ、と言ったが、もちろん彼女の方は本気にしてはいないだろう。

「よし」

じゃ、一つ、本当に布団を敷いといてやろう。

うん、これはいい考えだ。

少々足がもつれたが、何とかシャンと立ち上がって、北村は、隣の部屋へ入ると、押し入れを開け、布団を取り出した。

ちゃんと敷いて、先に寝ていてやろう。

彼女が戻って来た時には、部屋は真っ暗で……。ちょっと戸惑うだろう。

先生、どうかなさったんですか、とか訊いて……。

うむ。ちょっと疲れたから横になってるんだ、と言えば、彼女の方は、まあ、大丈夫ですか、と寄って来る。

先生、お布団がめくれてますよ、と直そうとするところを、ぐっと手をつかんで抱き寄せて――。

先生、いけません……。とか、何とか逆らうだろうが、そこは力ずくでぐっと抱きしめれば、やがて体の力も抜けて身を任せ……ということになるだろう。

北村は一人で想像しながらニヤニヤして、

「あ、そうだ」

早く布団を――。北村はあわてて布団をきちんと敷き始めたのだった。


〈五月の間〉。――これだわ。

加津子が、どう声をかけようかと迷っていると、

「宮内君」

と、声がした。

当の笠木が、廊下をやって来る。

「笠木さん！　良かった」

と、加津子はホッと息をついた。

「いや、どうしたのかと思ってさ……。先生は？」

「それが、凄《すご》く早く来られたの。どうしたらいいかと思って」

「そうか。――参ったな」

「先生の奥様は？」

「車が混《こ》んでる、って連絡が入ってね」

「じゃ、まだみえてないの？」

「いや、もう着くころだ。君——荷物の方は?」

「預ける暇もなかったの」

「そうか……。じゃ、今、先生は離れで一人?」

「そうよ」

「分かった。——君、どう言って、出て来たんだ?」

「でたらめ言って。肝心のゲラがこっちに預けた荷物に入れてある、って」

「よし。そんなのは向こうにゃ分からない。先生、君と泊まる気だろ?」

「そうらしいわ」

と、加津子はため息をついた。「いざとなったら私……」

「どうするんだい? まさか——」

「先生にかみついてやるわ」

笠木は笑って、

「それでいいんだ。じゃ、僕は玄関の方で、奥さんのみえるのを待ってる」

「私、どうしたら?」

「たぶん十分以内に、奥さんもみえると思うんだ。そこで、預けておいた荷物を受け取ろうとする。すると、その荷物は君が持ってってしまっている、というわけさ」

「それじゃ——」

「同じ北村の名で預けてあったから、間違えた、というわけだ」

「奥様が、びっくりされるわね」

「同じ名前で、こんな所に。しかも離れに、と来れば、怪しいって思うだろ」

「で、離れに見に来る……」

「そのタイミングだ。君、うまくじらして、先生の手をのらりくらりとかわしてろよ」

「気楽に言わないでよ」

と、加津子は苦笑した。

しかし、そのころ、離れに向かっている別の人間がいた。もちろん細川たちである。

24　混乱

「おい……。どっちに行けばいいんだ？」

と、細川は足を止めて、左右を見回した。

「ちゃんと聞いておかなきゃだめじゃないの！」

と、宏枝に叱《しか》られて、

「すまん……」

と、細川は頭をかいている。「しかし、すぐ分かると思ってたんだ」

まあ、その気持ちも分かる。宏枝だって、こんなに〈S亭〉の庭が広くてややこしいなんて思ってもいなかったのである。

「離れ、っていうから、離れてんだろ」

と、朋哉が言った。「もっと遠くなんじゃないの？」

「いくら何でも……。ほら、その先は表の道路よ」

大体、ほとんど照明らしい照明がない。おかげで、木立に囲まれてしまうと、どっちに向かって歩いているのかも、分からなくなってしまうのだ。

「困ったな」

と、細川はため息をついた。

「急がば回れ、だわ」

「お姉ちゃん、宙返りでもやるの？」

「私が宙返りしてどうするのよ」

と、宏枝は顔をしかめた。「一旦《いったん》、戻って、よく聞いて来るのよ」

「その方が早いかもしれないな。しかし――どっちへ戻るんだ？」

細川は、方向音痴の傾向があって、二、三度右へ左へと曲がると、もう、自分がどの方向へ向かっているのか、分からなくなってしまう。

「それぐらいは見当つく」

と、宏枝は言った。「こっちよ」

宏枝が先頭に立って、未開のジャングルを探険する冒険家たちみたいに、三人は、足下に用心しながら――やたらにこった作りなので、小さな石段になっていたり、橋があったりするのだ――進んで行く。

「――ほら、その先が、さっき出て来た所でしょ」

と、宏枝が指さす。

「そうか！　分かったぞ」

と、細川が肯《うなず》いた。

そりゃ、目の前に見えてりゃ分かるに決まっているのである。

「よし、今度はしっかり聞いて来る」

「朋哉。あんたも一緒に聞いといで」

と、宏枝は言った。

「お姉ちゃんは？」

「私、ここにいる。もしかして、お母さんが通りかかったりするかもしれないじゃない」

「よし、待ってろ。すぐ戻るから」

と、細川は大股《おおまた》に歩いて行き、

「待ってよ！」

と、朋哉が追いかけて行った。

宏枝は、やれやれ、とため息をついて、庭の方へ目をやった。

どうやら父親の血はひいていないと見え、宏枝は割合に方向感覚がいい。

一度通った道は大体忘れないし、まず迷うこともない。

「――なるほどね」

一度、こうして戻ってから眺《なが》め回してみると、庭の様子がおよそ分かって来る。初め通った時には、本当に気まぐれに道が分かれているようで、見当もつかなくなってしまったが、実際には少し広い歩道がグルッと庭を巡っていて、そこから細かい道がいくつか分かれ、それぞれの先に、一棟ずつ、ちょっとひなびた造りの離れがある、といった具合なのだ。

あんまりややこしくちゃ、お客の方だって迷子になってしまうだろう。

すると、ここの仲居さんらしき人が、料理の器を下げて来るのが見えた。宏枝は、ちょっとためらったが、

「あの、すみません」

と、声をかけた。

「はい、何ですか？」

「あの——北村さんって人がみえてると思うんですけど、どの離れか、分かりませんか」

「さあ……。北村さんねえ」

「あの——作家の方なんですけど」

「ああ！　北村先生ね。ええ、お見かけしましたよ。そうそう。どこかで見た人だな、と思ったんだけど」

「どちらにおいでか分かります？」

「あの棟ですよ。ほら……。今、明かりが消えてるけど」

「あ……。そうですか、どうも」

「いいえ」

——一人になると、宏枝は、

「まさか……」

と、呟《つぶや》いた。

明かりが消えてる？　どうしてだろう？

宏枝は、父たちが、まだ戻って来ないのを確かめると、一人でその離れに向かって歩き出していた。

「お母さん……。まさか……」

明かりが消えてる。本当だった。

宏枝は、しばらく表に立って、迷っていた。でも——やっぱり黙っていられない！

もちろん原稿を失《な》くしたのは、母が悪いのかもしれないけれど、だからってこんなこと！

宏枝は意を決して、引き戸をそっと開けた。

加津子の方は、笠木と別れて、離れに戻ろうと廊下を急いでいた。

角を曲がろうとしたとたん——。

「キャッ！」

両手に料理の盆を持った仲居さんと正面衝突してしまった。派手に盆が引っくり返り、加津子も相手も尻《しり》もちをついてしまう。

「ご、ごめんなさい！」

「失礼しました！」

あわてて、互いに謝り合って、立ち上がったものの……。

料理の汁が、加津子のスカートに、大きく広がって、しみになってしまった。

「まあ、すみません！」

「あ——大丈夫ですよ。洗えば……」

「でも、こんなに——。ちょっとお待ち下さいね」

と、駆けて行くと、ふきんを濡《ぬ》らして、急いで戻って来た。

「あ、あの——本当に大丈夫ですから」

とは言ったものの、確かにそのままの格好では歩きにくい。

仕方なく、加津子は向こうがせっせとスカートの汚れを拭《ぬぐ》ってくれるのに任せていた。もちろん、急いで離れに行ってなきゃいけない、と分かってはいたのだが。

——一方、笠木の方は、正面玄関で、北村の夫人がやって来るのを待ちうけていた。

「遅いな……」

と、少し苛々《いらいら》しながら呟いていると、

「あの、失礼します」

と、呼びかけられる。「笠木様でいらっしゃいますか？」

「そうです」

「お電話が入っております」

「そうですか。どうも」

また遅れる、って連絡かな？　急いで駆けて行って受話器を渡されると、

「どうも。——もしもし」

「笠木さん、メモを見たんでね」

「やあ、どうした？」

同じ編集部の人間からである。

「いや、問題なく校了になってるんだけど」

「じゃ、いいじゃないか」

「一つだけ、校閲の方からチェックが来てね」

「何だ、また重箱の隅《すみ》をつつくのかい？」

と、笠木はため息をついた。「長くかかる?」

「いや、すぐすむよ」

「じゃ、読んでくれ」

と、笠木は言った。

笠木が離れた、ほんの一分ほど後に、玄関前に車が着いて、北村夫人が降りて来たのだった……。

「いらっしゃいませ。どちらのご予約でいらっしゃいましょうか?」

と、応対したのが、さっき宏枝と庭で出会った仲居さんだ。

「北村ですけどね」

と、北村夫人は言った。

ちょっと考えてみりゃ、招《よ》んでくれているのは笠木なのだから、当然笠木の名で部屋は取ってあるはずだが、そこまでは頭が回らないのである。

「ああ、奥様でいらっしゃいますか」

と、仲居さんの方は喜んでニコニコしながら、「私、先生のご本の大ファンでございまして」

「まあ、どうも……」

と、夫人は微笑《ほほえ》んで見せた。

「ご主人はもう大分前にお着きでございます。離れの方ですので。——ご案内いたします」

夫人はキョトンとして、突っ立っていた。——ご主人がお着き……。

離れに？

夫人は、事情を察した。偶然といえば偶然だが。しかし、ここのことは、夫の口からも聞いたことがある。

確か、まだ来たことはない、ということだったが、一度行ってみようか、なんて話もしていた。ここへ夫が誰かと（当然女と）やって来ているとしても、不思議はない。

夫人は胸もとから怒りが熱となってこみ上げて来るのを、ぐっとこらえた。

「あの——どうかなさいました？」

と、仲居さんが不思議そうに声をかける。

「いいえ、別に。案内して下さいな」

と、夫人は何くわぬ顔で、言ったのだった。

宏枝は、見憶《みおぼ》えのある母親の靴《くつ》が、上がり口に脱いであるのを見て、立ちすくんだ。

もちろん、加津子は、靴をはくのが面倒なので、用意してあったサンダルを引っかけて出ていたのだが、宏枝にそんなことまで分かるはずもない。

やっぱりお母さんはここにいるんだ……。

部屋の中は、明かりが消えていて、静かだった。——宏枝にだって、これがどういうことなのか、察しがつく。

でも……。お母さんが、もし本当に好きで誰かと泊まるのならいい。だけど、こんな風に……。

そんなの間違ってる！　いやだ！

がまんできなかった。父親の来るのを待たずに、宏枝は靴を脱いで上がると、そっと襖《ふすま》を開けた。

小さな明かりだけが灯《とも》っていて、食卓がそのままになっている。その奥にもう一部屋あって、襖が細く開いていた。

そこは真っ暗で、中の様子は分からない。

宏枝は、ゴクリとつばをのみ込んで、足音を忍ばせて、その仕切りの襖の方へと近付いて行った。

そっと覗《のぞ》き込むと、布団《ふとん》が敷かれているのが見える。宏枝のこめかみに汗が伝った。

暗い中でも、目が慣れる、ということはある。

宏枝は、敷かれた布団が空っぽで、かけ布団がめくってあるのに気付いた。どこにいるんだろう？

誰もいない、というので、ホッとして足を進めると、突然、襖のかげから手がのびて来て、宏枝を後ろから、パッと抱きしめた。

「キャッ!」

と、宏枝が声を上げる。

「ほら、つかまえたぞ!」

酒くさい息が宏枝の顔にかかる。びっくりした宏枝は、自分をつかまえた手を振りほどこうとして、却《かえ》って足がもつれ、布団の上に倒れてしまった。

「こら! おとなしくしろ!」

ドサッと重い体がのしかかって来て、宏枝は息が詰まりそうになる。

「やめて――誰か――」

もちろん、襲いかかっているのは北村で、当然、相手は加津子だと思い込んでいるのである。それに、親子だけあって、声だけを聞くと、よく似ている。

「分かってて招んだくせに!――観念しろ!」

北村は、笑い声を上げながら、宏枝を押さえつけた……。

「あれ?」

と、朋哉が言った。「お姉ちゃん、いないよ」

「そうだな。どこに行ったんだろ?」

と、細川も戸惑って、キョロキョロ見回している。

「トイレかな?」

「まさか。——どうするの?」

「うん……。困ったな」

と、また細川は迷って、「先に行くと、また分からなくなるし」

「じゃ、待ってる?」

「そうだなあ」

と、また細川の優柔不断ぐせが出る。

すると、そこへ——。

「失礼いたします」

「あ、どうも」

と、細川はわきへよけた。

「北村先生は、あちらの離れでございますけど——」

と、その仲居さんは、夫人に言って、「でも……明かりが消えているようでございますわね」

「いいの」

と、夫人は言った。「主人はね、明るい所の苦手な人なのよ」

「まあ、そうでございますか。やっぱり作家の先生って、少し普通の方とは違うんでございますね」

「大分違うわね」

と、夫人は言った。「いいわ、一人で行くから。ありがとう」

北村夫人が、暗い離れに向かって歩いて行くのを、細川と朋哉は見ていたが――。

「あれが、例の作家の奥さんか」

と、細川は言った。

「怖そうだね」

「うん……。しかし、どうして明かりが――」

と、細川は首をかしげてから、青くなった。「大変だ！」

「お父さん、どうしたの？」

「お前はここにいろ。いいか」

「でも――」

「お姉ちゃんが来たら、後から来い。分かったな！」

と、細川は言って、北村夫人を追って、駆け出した。

「――どうしたのかな」

と、朋哉がポカンとしていると、サンダルの音がした。

振り返った朋哉もびっくりしたが、相手もびっくりした。

「朋哉！　何してるの、こんな所で？」

「お母さん。――離れにいるんじゃなかったの？」

「何ですって？」

「お父さんが今――」

と、朋哉が言いかけた時だった。

北村夫人と、細川が向かっていった離れの方から、

「助けて！」

と、叫び声が上がったのである。

「あれは？」

と、加津子が唖然《あぜん》とする。「今の声――」

「お姉ちゃんだ！」

朋哉が駆け出す。

「待って、朋哉！」

加津子も、すぐにその後から駆け出していた。

離れに着いたのは、北村夫人と細川が、ほとんど同時だった。戸を開けたところで、

顔を見合わせ、

「あなたは？」

「ともかく中です！」

「そ、そうね」

何だかよく分からなかったが、二人して中へ入ると、

「明かり、明かり――」

スイッチを手で捜してカチッと押す。

明かりが点《つ》くと、奥の部屋から、転がり出て来たのは宏枝で、スカートが半分脱げかかっている。

「宏枝！」

「お父さん！」

「お前――」

そこへ、

「いてて……。痛いじゃないか！　おい！」

と、わき腹をけられて、北村が顔をしかめながら出て来る。

そして、妻の険悪な形相《ぎょうそう》に出くわして、ギョッと立ちすくんだ。

「お前！」

「何てことですか！」

北村は、細川に抱きついている宏枝を見て、目を丸くした。

「どうなってるんだ？」

北村が呆然《ぼうぜん》とする。

「あなた！　こんな年齢《とし》のいかない女の子にまで手を出して！」

「いや、これは間違いだ！　俺《おれ》は——俺は——」

細川は、宏枝がガタガタ震えているのを、しっかりと抱きしめていたが、少々遅れて、カーッと血が頭に上って来た。

「こいつ！」

パッと立ち上がると、細川は、拳《こぶし》を固めて北村の顎《あご》を一撃した。およそ人を殴ったことなんかない細川だが、これはみごとに命中し、北村は、ドスン、と尻《しり》もちをついた。

「失礼しました」

と、細川は夫人の方へ頭を下げ、「つい、カッとなりまして」

「いいえ。おみごと」

夫人はパチパチと拍手をした。「後は私の爪にお任せ下さい」

それを聞いた北村が、真っ青になって、

「やめてくれ！　許してくれ！」

と、声を上げた。

そこへ、朋哉と加津子が飛び込んで来たのである。

「まあ、宏枝！　あなた……」

「お母さん。――大丈夫よ、私。この人、私のこと、お母さんと間違えたらしくって」

宏枝も、やっとショックから立ち直りつつあった。

「そうなんだ！　勘違いだ！　まさか、そんな若い子だとは思わなかったんだ！」

北村が必死で訴える。「おい、引っかかないでくれ！」

夫人の爪の威力は相当なものとみえる。

「あなた、どうしてここへ……」

「うん。朋哉の奴《やつ》が知らせて来たんだ」

「朋哉が？」

「お母さんを守ろう、って、三人で決めてさ。ね、お姉ちゃん」

「うん」

宏枝は服の乱れを直して、髪の毛を手で押さえながら、「お母さん。――クビになったっていいじゃない。何したって、食べていけるよ」

加津子は、目頭が熱くなった。同時に、こんなやり方で、責任逃れをしようとしていた自分が、恥ずかしくなったのである。

「——奥様」

と、加津子は言った。「ご主人のせいではありません。私がいけないんです」

北村は、ハアハア喘《あえ》ぎながら、やっとこあぐらをかいて、

「どういうことだ?」

と、かすれた声を出した。

「先生からいただいた原稿を、帰りの電車で失《な》くしてしまったんです。申し訳ありません」

加津子は、両手をついて、頭を下げた。

加津子の話を聞いても、北村は別に怒るでもなく、

「そうか……。まあ、大した枚数じゃないしな」

と、肯《うなず》いた。

「そうよ。もう一度書いてあげなさい」

と、夫人が言った。「大体、普段の評判が良くないから、こんなことになるのよ」

「分かったよ」

と、北村は渋い顔で、「その代わり——君、悪かったな。ここはまあ、ぐっとこら

えてくれ」

と、宏枝の方へ手を合わせる。

「分かりました」

宏枝は笑い出しそうになるのをこらえていた。奥さんって、そんなに怖いもんなのかしら?

「でも、あんなことしちゃ、女性は嫌《いや》がると思いますけど」

と、宏枝は言ってやった。

「自分で言ってるほど、もてやしないのよ、この人」

と、夫人は言った。「あなた」

「何だ?」

「せっかく、布団も敷いたんだし、私、ここへ泊まって行こうかしら」

「まあ、それはいいお考えですわ」

と、加津子は微笑んで言った。「私がもたせていただきますので、どうぞごゆっくり」

「あら、悪いわね。じゃ、お言葉に甘えて……。あなた、ずいぶん食べたのね」

と、夫人は食卓を眺《なが》めて、呆《あき》れたように、「私も同じものをいただくわ」

「注文して参りますわ」

と、加津子は言った。「後はお邪魔いたしませんので、お寛《くつろ》ぎいただいて……。先生、また改めてご自宅の方へお詫《わ》びに伺います」

「ああ。――いや、原稿が出来たら連絡するよ、うん」

北村の方も、奥さんの「爪」から逃れられて、ホッとしている様子だ。

北村夫妻を残して、細川たちはゾロゾロと離れを出た。

「――ともかく、何とか無事にすんで良かったな」

と、細川が言った。

「ごめんなさい。私のせいで心配かけてしまって……」

「当たり前じゃない、心配しても」

と、宏枝が言った。「元夫婦なんだから」

細川と加津子は、何となく照れて、目をそらした。そこへ、

「そこにいたのか！」

と、駆けて来たのは笠木だった。「いや、先生の奥さんとすれ違いで――」

「却って良かったのよ」

加津子の言葉に、笠木は面食らって、目をパチクリさせていた。

25　夜の語らい

「あなた」

と、加津子が言った。

「うん？」

細川は加津子の方へ顔を向けた。「何だ？」

「私、考えてたんだけど……」

電車が、ゴトゴト揺れながら走っている。——もう大分時間は遅くなっていたので、車内は空《す》いていた。

四人で、駅前のレストランで食事をして帰るところである。タクシーよりも電車で途中まで行った方がずっと早い、ということになったのだった。

宏枝と朋哉はぐっすり眠り込んでしまっている。朋哉が姉の方によりかかる格好になって、宏枝は初めの内、少々迷惑顔だったが、結局、自分も眠ってしまったのだ。

向かい合った座席に座った細川と加津子は、姉弟の寝顔を飽きずに眺めていた。

「俺も考えてたんだ」

と、細川は言った。「なあ、加津子、またやり直してみようか」

「ええ」

「もちろん、あの時、俺はずいぶんひどいことをお前に――」

と、言いかけて、「今……『ええ』って言ったのか?」

「ええ」

「その『ええ』っていうのは――つまり、その――やり直そう、ってことに対しての、『ええ』なのか?」

「ややこしいこと言わないでよ。『ええ』は『ええ』でしょ」

「そうか。――『ええ』なのか」

はたで聞いてたら、何のことやら分からなかっただろう。しかし、細川はポッと頰《ほお》を赤くして、

「しかし、俺はあんまり変わってないぞ。頼りないし、人に強く言われると断れないし」

「そういう人だと分かってて結婚したんだから」

と、加津子は微笑《ほほえ》んだ。「私だって、相変わらず料理は辛めよ」

「それぐらい、我慢するさ。いや、その内、慣れるよ。それに――俺はぶきっちょで

だめだが、宏枝も少しはやる」

「そうね。その気になれば……」

「ああ、その気にさえなれば、人間ってのは逞《たくま》しいもんさ」

加津子は、夫の手を握った。いや、元の夫の手を。それはもうじきに、また「今の夫の手」になるだろう。

「でも、あなた――」

と、加津子は言った。

「うん？」

「大丈夫なの、若い彼女のことは」

細川は突然目が覚めたような気分になった。

「そうだ！」

江梨のことを、すっかり忘れていた。

「何よ、急に大声出して」

と、加津子の方が面食らっている。

「いや、すまん。実は……」

細川はためらった。電車の中なんかで説明するには、あまりに複雑な話だ。

「どうかしたの？」

「うん……。ともかく、一旦《いったん》俺のマンションに。――その方が近いだろう」

「だけど……」

「頼む。まさか、子供たちには聞かせられないし」

加津子は肯いた。

「分かったわ。じゃ、一度あなたのマンションに行きましょ」

宏枝と朋哉は、もちろん父親の声ぐらいで目が覚めるはずもなく、ぐっすりと眠っていたのである……。


「そういうことだったの」

加津子は、ゆっくりとお茶を飲んで、言った。

「――全く、言いわけのしようがないよ」

と、細川は首を振って、「心に隙《すき》があった、ってところかな」

細川のマンションである。

明日は朋哉も運動会というので、あまり遅くなるのはいやだったのだが、倉田江梨のことは、はっきりしておかなくてはならない、と加津子も考えたのである。

今、宏枝と朋哉は、順番にここのお風呂《ふろ》に入っている。上がり次第、加津子は朋哉を連れて帰ろうと思っていたのだ。

しかし……。細川の話を聞いて、加津子は不安になった。

「じゃ、今も、その子はあなたのことを待ってるわけね」

「たぶん……。いや、きっと待ってるだろうな」

「行ってあげなきゃ」

「しかし――」

「心配よ。宏枝の学校にまで行ったなんて、よっぽど思い詰めてると思わなくちゃ」

「ああ。確かに、それを聞いて俺も不安になったんだ」

加津子はしばらく考えていたが、

「お風呂、出たよ」

と、宏枝がパジャマ姿で顔を出すと、

「朋哉も？」

「うん、今出るとこ」

「そう。――ね、宏枝、悪いけど、ここで朋哉を見てやっていてくれる？」

「いいけど……。どうするの？」

「お母さんたちはちょっと――」

と言いかけて、「あなたも分かってるわね。お父さんの彼女に、二人で会って来るの」

「そうか。——うん、分かった」

と、宏枝は肯いて、「気を付けてね」

「できるだけ早く帰るから」

と、加津子は立ち上がった。「あなた、行きましょう」

タクシーを拾うと、細川と加津子は、倉田江梨が待っているはずのホテルへと向かった。

　明日が休日ということもあり、夜になっても結構混んでいる道もあったが、それでも三十分ほどでホテルに着いた。

「こんな所を使ったの？」

　と、加津子がタクシーを降りて言った。

「俺が選んだわけじゃない。彼女の方だよ」

　と、細川は弁明した。

「見て。〈満室〉よ。明日がお休みだからでしょうね」

「こういう場所が繁盛する、ってのは、いいことなのか悪いことなのかね」

「人のこと言えないでしょ。自分でも使ったんだから」

　と、加津子は言って、「ともかく、入りましょ。どの部屋か、訊《き》いてみて」

「うん」

フロントの男は、細川の顔を憶《おぼ》えている様子だった。

「ええと……倉田って名前で――」

と、細川が言いかけると、

「細川様ですね」

と、フロントの男は言った。

「うん。部屋はどこだい？」

「もう出られました」

細川は戸惑った。

「出た、って……。もういないのか」

「はい。十五分ほど前でしょうか」

と、フロントの男は言った。

「そう。――いや、それならいい」

何だか肩すかしを食わされた感じである。少し離れて立っていた加津子が、フロントの方へ来ると
「彼女、どんな様子でした？」

と、訊いた。

「どんな、とおっしゃられても……」

「何か言って行きませんでしたか。それとも怒ってるようだったとか」

フロントの男は、しばらくためらっている様子だったが、

「――まあ、少し寂しそうには見えましたよ」

と、答えた。

「それだけですか」

「それと……まあ、何度かここへ見えてますのでね、『またどうぞ』って声をかけたら、『たぶん、二度と来られないわ』と言って……。何となく思い詰めたような感じでしたがね」

フロントの男の言い方は淡々としていた。――色々な男女の出会いや別れを見て来たに違いない。それにいちいち、係わり合ってはいられないのだ。

「それだけ？」

「ええ、それだけです」

加津子は、肯《うなず》いて、

「ありがとう」

と言うと、細川を促して、外へ出た。

「何だか気になるな」

と、細川はホテルを出た所で言った。

「ええ……。その人、ずっと待ってる、って言ったんでしょ?」

「そうだ。それなのに——。まあ、確かに遅くはなったが」

「もし、どこかへ行くとしたら——」

加津子は、言いかけて、ふと顔をこわばらせると、いきなり、ホテルの中へと駆け戻って行った。細川はびっくりして、

「おい、どうしたんだ!」

と、あわてて加津子の後を追う。

「——電話を貸して!」

と、加津子はフロントへ駆け寄って、言った。

「どうぞ」

フロントの男が、電話をカウンターの上にのせる。

「おい、加津子——」

「もしかして、私たちと入れ違いに、あなたのマンションに……」

と、言いながら、加津子は、プッシュホンのボタンを押した。「——早く、早く出て。——早く」

呼出音が聞こえる。二度、三度……。

「どうした? 出ないのか?」

と、細川は言った。

「――出ないわ。そんなはずないのに」

なおも、加津子は待った。しかし、呼出音が虚《むな》しく鳴り続けるばかりだ。

「だめだわ」

と、加津子は受話器を置いた。

「どういうことだ？」

「分からないけど……。まさか……」

「あの子が――江梨が――何かした、っていうのか？　宏枝たちに」

細川は真っ青になった。「どうしよう！」

「急いで帰るのよ！　ああ、何もなきゃいいけど！」

二人はホテルを飛び出した。ちょうど、このホテルの前でタクシーが停《と》まり、若いカップルが降りて来た。幸運だ！

「お願い！　急いで！」

と、乗り込みながら加津子は言った。

――タクシーが夜道を走っている間、二人はほとんど呼吸さえしていないようだった。

「何も……何もあるはずがない。そうだよ」

と、細川は呟《つぶや》いた。

もちろん、加津子もそう信じたかった。しかし、目の前にちらつくのは、錯乱した倉田江梨に刺されて、血まみれになって倒れている宏枝と朋哉……。

馬鹿《ばか》な！　そんなことってあるわけないわ！

加津子は、固く固く、両手を色が変わるほどの力で握り合わせていた。——神様！どうか何もありませんように……。

タクシーがマンションの前に停まると、細川と加津子は転がるように飛び出した。

マンションのロビーに、細川たちが駆け込んだ時、ちょうどエレベーターが一階へ着いて、扉《とびら》が開いたところだった。

中から——倉田江梨と宏枝が出て来た。

宏枝はパジャマの上にカーデガンをはおって、サンダルを引っかけている。

二人は、何だか、声を上げて一緒に笑っていた。

細川と加津子がポカンとして、突っ立っていると、

「あ、帰って来たの」

と、宏枝が言った。「入れ違いだったんだね」

「君……」

と、細川は言った。

「待ちくたびれて、来てみたの」

と、江梨は微笑んで言った。「そうしたらすれ違い。――縁がないのね、私たち」

「悪かった。遠くへ行ってたもんだから」

「いいの。一人で、あのホテルにずっといたら、何だか目が覚めて来た、っていうか……。あの、奥さんですね」

「ええ」

と、加津子が肯いた。

「ご心配かけて、すみません」

と、江梨は言った。「宏枝ちゃんから、聞きました。今度はうまく行くといいですね」

「ありがとう。あなたは……」

「私は大丈夫です。細川さん。休みあけに、私、辞表を出しますから」

「そうか……」

と、細川は言った。

「色々、ありがとう」

江梨は、手を差し出した。細川がその手を軽く握ると、江梨は、ちょっと辛《つら》そうに目を伏せたが、

「——宏枝ちゃん、明日、頑張《がんば》ってね」

と、笑顔で言って、「おやすみなさい」

と、足早に、マンションを出て行った……。

細川と加津子は、急に体の力が抜けたように、息を吐いた。

「ね、お父さん」

と、宏枝が言った。「タクシーの運転手さんが、怖い顔して、こっちを見てるよ」

「いかん！」

細川は思い出した。「料金、払ってなかった！」

細川が金を払いに戻って行くと、加津子は宏枝に言った。

「さっき電話したのよ。出ないから、心配したわ」

「そう？　かけ間違ったんじゃない？　鳴らなかったわよ」

と宏枝は言った。

「そう……」

加津子は、それ以上訊かなかった。ともかく、何事もなかったのだ。

半分眠ったままの朋哉を連れて、加津子は家へ帰った。

もちろん、朋哉はそのままぐっすりと眠り込む。加津子は、といえば——すぐにも眠りたいくらい、くたびれて、でも幸せな気持ちだった。

色々あったが……。でも、これで良かったのだ。

市原茂也の事故死は、やはり大きなショックだったが、逆に加津子を立ち直らせた、とも言えるかもしれない。でも、感謝していた。市原に、ありがとう、と言ってあげられないことが、残念だった。

「そうそう」

明日の仕度だ！　お弁当の下準備をしておかなくちゃ。明日の朝だけじゃ、とても無理だわ。

加津子は、ざっとシャワーを浴び、それからお弁当作りのための用意にかかった。今夜の内にやれることはやっておこう。

電話が鳴り出した。——何だろう？

急いで手を拭《ふ》いて、出ると、

「お母さん、寝てた？」

「宏枝ったら、まだ起きてたの？」

「お父さんはもう寝ちゃった」

「どうかしたの？」

「うん……。ちょっとね。さっき言わなかったことがあったから。倉田江梨さんのことでね」

と、宏枝は言った。

「何か……」

「あの人、この部屋へ来て……。私、てっきりお父さんたちだと思ってパッと開けちゃったんだ」

「宏枝、まさか――何かされたんじゃないでしょうね」

「そうじゃない。あの人、飛び下りようとしたの」

「飛び下りる? あそこから?」

「うん。この部屋から飛び下りて死んだら、お父さんも、いつまでも忘れられないでしょ。悪いことをした、と思うだろうし」

「それで――あなた、どうしたの?」

「どう、って……。話したの」

「どんなことを?」

「色々よ」

と、宏枝は言った。「――結局、あの人も死ぬのをやめたんだし、いいじゃない」

「そりゃそうだけど……」

「朋哉は寝てたけど、聞こえて起きて来るといけないから、ベランダに出て、戸を閉めて、話してた。たぶん、それで電話の鳴るのが聞こえなかったのよ」

加津子は、息をついて、

「物騒なこと、やめてよね」

と、言った。

「あの人も、寂しかったんだよね」

と、宏枝は言った。「お父さんって、付き合うと、とてもあったかい人だって言ってたよ」

「そうね」

と、加津子は受話器を持ったまま、肯いた。「お父さんは、あったかい人よ」

「あの人はあの人なりに、遊びじゃなくて、真剣だったんだね。――私、あの人、ちょっと普通じゃないなあ、とか思ってたけど、恋とかすると、誰でもああなるもんなの？」

宏枝の言葉に、加津子はちょっと苦笑して、

「あなたも、その内経験すると、分かるわよ」

と、言った。

「そうね。こればっかりは、説明してもらっても面白くないしね」

と、宏枝はちょっと笑って、「じゃ、おやすみ。ごめんね、びっくりさせて」

「いいのよ。明日のお弁当の用意してたから。あなた、明日、来られるの？」

「え？　うん。――行くよ、もちろん」

「あなたの所、体育祭じゃなかったっけ」

「今年はねえ……。何か事情で、簡単にすましちゃったの」

「あら、残念ね。じゃ、明日、待ってるわ」

「うん。朋哉にしっかりやれ、と言っといてね」

「はいはい。じゃ、おやすみなさい」

「お母さん」

「うん？」

「電話じゃなくて、直接言えるようになるね、おやすみ、って」

加津子は、キュッと胸をしめつけられるような気がした。

「そうね……。本当に、そうだわ……」

「お母さんも、早く寝てね」

――宏枝の電話が切れると、加津子は台所に戻った。ちょっとセンチメンタルな気分になって、涙が瞼《まぶた》にたまっていた……。

やれやれ。――宏枝は、ベッドに潜り込んで、思った。

こんなにうまく行くんだったら、明日、苦労して体育祭を脱《ぬ》け出さなくても良かったのに。

でも、今さら……香にもしゃべっちゃってるし、金子先生も、倉林先輩も、そのつもりでいる。今になってやめられないわよ！

だけど、お父さんは明日、体育祭を見に来るだろう。

後になって、話が食い違わなきゃいいけど……。

でも、そんなことで離婚はしないだろう。――その前に再婚しなきゃね。

宏枝は目を閉じた。

お父さんとお母さん、また結婚式を挙げるんだろうか？　いくら何でも、みっともないかな？

だけど、パーティぐらいはやってくれなきゃね。何しろ、子供二人に、散々苦労かけたんだから！

微笑《ほほえ》みながら、宏枝は眠りに落ちて行った。

26　晴れの日

「はい、気分の悪い方はこちら」

と、倉林兼子が保健室の入り口で案内している。

「おいおい」

と、金子先生が苦笑して、「安売りやってんじゃないぞ」

「はい、一丁あがり」

と、倉林兼子は笑って、「じゃ、気を付けてね」

「はい。じゃ、リレーまでに必ず戻りますから」

と、宏枝は言った。

「頼むぞ。お前なしじゃ、面白くない」

金子先生がポンと宏枝の肩を叩《たた》いて、「また後でな」

と、歩いて行く。

——体育祭の日である。

生徒たちのどよめきが聞こえる。秋晴れ。――すばらしい上天気。

宏枝は、私服に着替えて、人目につかないような場所を選んで、うまく脱け出した。

――ゆうべ、遅かったので、いささか朝起きたときは寝不足気味だったが、爽《さわ》やかな天気に、たちまちすっかり体の隅々《すみずみ》まで、目が覚めてしまった。

さ、早いとこ、朋哉の小学校へ。あいつも来年は中学か。早いもんだなあ。

自分のことは棚《たな》に上げて、宏枝がそんなことを考えて、足を早めると――。

「おい」

「え？」

宏枝はバッタリ……父と顔を合わせていたのだ。

「お前、どこに行くんだ？」

と、細川は目をパチクリさせている。

「お父さんこそ――今ごろ来たの？」

「何だかんだとやることがあって、出るのが遅れたんだ」

まずい！――宏枝は思わず手で額をポンと叩いていた。

いや、実のところ、細川がちょうどマンションを出ようとしたところへ、倉田江梨から電話がかかって来たのである。

江梨は、少し沈んだ声ではあったが、落ちついていた。そして、大崎竜一と園田万里江のことで、お願いがあるの、と言った。

「何だい?」

と、細川が訊《き》くと、

「あんなことして、出世しても、あなたは喜ばないわよね。私、やっとあなたがそういう人だってこと、分かったの」

と、江梨は言った。「あの写真はもう週刊誌へ送っちゃって、止められないけど、載るのを防ぐことはできるわ」

「というと?」

「先に、当人たちが自分たちの仲を公表しちゃうの。そうすれば、もう載せても意味ないわけでしょ」

なるほど、と細川は思った。

「私、他人を傷つけても幸せにはなれないんだってことが、やっと分かったの」

と、江梨は言った。「だから、あなたから大崎さんに連絡してあげてね」

「うん。――分かったよ」

細川は、江梨がこうして冷静になってくれてホッとしたが、同時に、ちょっと苦いものがこみ上げて来た。

「ええと……。僕がこんなことを今さら言ってもね、年上の人間として恥ずかしいけれど、君には悪いことをしたと思ってる」

少し、電話の向こうで江梨は沈黙した。——また泣き出すのかな。余計なこと言ったかな俺《おれ》は？

「そんなことないわ」

と、江梨は、穏やかな調子で言った。「少なくとも、あなたと会ってる時は幸せだったわ。——年齢《とし》が違うっていっても、大人同士なんですもの。私、泣き言なんて言わないわ。本当よ」

江梨は、初めてちょっと笑った。その笑いを聞いて、細川の胸は痛んだ。

俺のせいだ。——俺が悪かったんだ。もう決して、決して、こんなことはするまい。

細川は、江梨が「さよなら」と言った後、電話の向こうの彼女に向かって、頭を下げたのだった……。

それから、細川は大崎の所へ電話をした。父親の専務の方が出たのでギョッとしたが、まあ息子は細川の上司なのだ。電話をかけてもおかしくはあるまい。

電話に出た竜一に、細川は、出版社に勤める友人が、例の写真のことを教えてくれた、と説明して、

「もう止められない、ということなんだ。それだったら、いっそ先手を打って公表した方がいいんじゃないか」

と、言った。

「――分かりました」

と、大崎竜一は少し考えて言った。「却《かえ》って、ふん切りがつきます。彼女に早速連絡を取って、記者会見でもやりますよ」

「その方がいい。専務もきっと分かってくれるよ。僕も応援する」

細川の言葉は、心からのものだった。

「ありがとうございます！」

大崎の声は爽やかだった。

電話を終えて、外へ出た細川は、秋晴れの空を見上げて、今の大崎の声とそっくりだな、と思った。

人間、何かを決心した時には、強くなれるものなのだ……。

まあ、こんなわけで、細川は遅れて体育祭にやって来て、宏枝とばったり出会ってしまったのだった。

「しょうがないや」

宏枝は、ため息をついて、「あのね、朋哉の奴《やつ》が馬鹿《ばか》なこと言ったもんだから」

と、こうなったわけを父親に説明した。

細川は、宏枝の説明を聞いて、唖然《あぜん》とした。

「じゃ——こっそり脱け出して、リレーまでに、ここへ戻るっていうのか」

「うん……。行かないと、お母さん、がっかりするしさ」

細川は苦笑いして、

「そこまで子供に気をつかわれちゃ、親もかなわんな」

「ごめん。先生と先輩も巻き込んじゃった関係で、今さら、もうやらなくて良くなったんです、ってわけにもいかないのよ」

「——よし」

と、細川は肯《うなず》いた。「じゃ、俺も一緒に行こう」

「お父さんも？」

「ああ。戻る時は、タクシーで来りゃ早いだろう」

「うん。——じゃ、二人で行く？　きっと朋哉の奴、喜ぶよ」

と、宏枝が嬉《うれ》しそうに言って、父親の腕を取った。

「息子の運動会だって、覗《のぞ》いてやらなきゃな」

と、細川は言った。「よし、今日は父さんとデートだな」

「趣味じゃないけど」

と言って、宏枝は明るく笑った。

あ、あそこにいた!

混雑している〈父母席〉の中に、やっと母親の顔を見付けると、宏枝は、

「すみません。——失礼します」

と、人の間をかき分けて行った。「お父さん、気を付けて」

「俺は大丈夫だ」

と、立場がない感じの細川が、やっとこ宏枝の後をついて行く。

その途中で、加津子の方も宏枝に気付いた。

「ここよ!——あら、あなた」

と、細川を見て、目をパチクリさせる。

「やあ。朋哉は?」

「これから八十メートル競走よ。——よく来られたわね」

「そりゃ、父親だからな」

「宏枝、無理に引っ張って来たの?」

「違うわよ。勝手について来たの」

「野良犬《のらいぬ》みたいなこと言うな」

と、細川は文句を言った。「俺の分の弁当はないのか?」

「余分にあるから大丈夫よ。——座れる?」

「ああ。スマートだからな、ともかく」

日なたに座っていると、結構暖かいというよりは暑いほどである。——あまり広くない校庭は、生徒と父母たちで一杯という感じだった。

「——あ、朋哉だ」

宏枝がそう言って、「おーい！」

と、近くの人がびっくりするような大声を上げると、朋哉も姉に気付いて、手を振った。

朋哉は父親がいるのに気付くと、父母席の方へと駆けて来た。

「お父さん！　来たの？」

「ああ。何メートル走るんだ？」

「八十メートルさ」

「そうか。応援してるぞ。頑張《がんば》れよ」

と、細川が言うと、

「うん！」

朋哉が嬉しそうに肯く。

「ほら、行かないと叱《しか》られるよ」

と、宏枝は言ってやった。

朋哉は小柄《こがら》でもあり、三番目のスタート。

「張り切りすぎて、転ばなきゃいいけど」

と、加津子は言った。「――あ、次よ」

「朋哉！　頑張れ！」

宏枝がここぞとばかり、大声を出した。せっかく、体育祭を脱け出して来たのだ。

ここで張り切らなきゃね。

バン、とピストルが鳴って、朋哉が走り出した。八十メートルなんてアッという間だが……。

加津子、細川、宏枝、三人の目が、朋哉を追っていた。四年ぶりのことだ。そして、これからは毎年……。いや、宏枝が体育祭をいつもさぼるというわけにはいかないかもしれないが。

ともかく、今、四人家族は再び一つになったのである。

「――やった！　二着！」

宏枝は目を丸くした。「信じられない！」

「まあ……。いつもおしまいの方、走ってるのに」

加津子が手を叩く。

「やりゃできるんだ。――なあ」

細川は、しっかりと、自分に納得させようとするかのように、肯いた。

朋哉が息を切らしながら、真っ赤な顔をしてやって来た。

「おい、やったね！」

と、宏枝が言ってやると、

「実力だよ」

と、澄ましている。

「何言ってんの」

「お姉ちゃん……大丈夫なの？」

「心配しなくたっていいわよ」

「何が？」

と、加津子が不思議そうに訊く。

「何でもない！　ね、後は何に出るの？」

「騎馬戦。僕、上に乗るんだ」

と、朋哉は、少し照れたように、「あんまり自信ないけど」

「張り切って行きなさいよ。じゃ、午後だね」

「お昼、四人で食べようね」

「OK！　じゃ、後でね」

朋哉が生徒席へと戻って行く。

「あいつも少しは頼りになるね」

と宏枝が言ったので、加津子は細川は一緒になって笑った。

「凄《すご》いじゃないか」

と、三人の後ろで声がした。

加津子が振り向いて、びっくりする。

「笠木さん！　何しに来たの？」

笠木は上衣を脱いで肩にかけていた。

「君の所へ電話しても出ないしさ、そういえば今日は朋哉君の運動会だったな、と思い出して……。や、ゆうべはどうも」

笠木は、細川へ会釈《えしゃく》してから、加津子を促して、父母席を出た。

「――何かあったの？」

と、加津子は訊いた。

「北村先生の奥さんから電話がかかって来てね」

「まあ。――それで？」

「原稿があった、って」

加津子がポカンとして、

「——あった？」

「そう。もとの原稿がね」

「じゃあ……出て来たの？　誰かが届けてくれたのね」

「いや、そうじゃないんだ。奥さんが預かったまま、忘れてたと言うんだよ」

「何ですって？」

「妙だろ？　あの日、先生は出かけてしまって、出がけに、奥さんに君が取りに来たら渡してくれ、と頼んで行った、というんだけどね」

「でも……私、受け取ったのよ」

「先生から？　だって、出かけてて、留守だったと言ってるぜ」

「そんなこと……」

と言いかけて、加津子は、「待って。——待ってよ。もしかしたら……」

突然、思い出した。何もかも。

そうか！——目を覚ました時、電車は逆方向へ走っていた。帰りの逆だから、つまり北村の家へ向かっていたのだ。

眠っていた……。そう。行く時の電車で、運よく座れて、すぐに眠ってしまったことを、加津子は忘れていたのだ。

そのことを、今、突然思い出したのである。

つまり……混《こ》んだ電車に揺られて、あの坂を上がり、原稿を受け取って、帰りの電車に乗った、あの記憶は、「行きの電車で見た夢」だったのだ……。

目を覚ました時、紙袋に原稿は入っていなかった。当然のことだ。まだ、これからもらいに行くところだったのだから！

落ちついて時間の経過を考えれば分かりそうなものだったが、パニック状態になって、それどころじゃなかった。——まさか、以前、暑い時期に北村の家まで原稿を取りに行って、ヘトヘトになって帰った記憶が、夢の中でくり返されたのだとは、思ってもみなかった……。

「おい、大丈夫かい？」

と、笠木が言った。

加津子は、笑い出していた。まるで宏枝みたいに、笑い転げていたのだった……。

「——心配かけて、ごめんなさい」

と、お昼の弁当を食べながら、加津子は言った。

「良かったね。原稿があって」

と、朋哉は、猛烈な勢いで、おにぎりを食べながら言った。

「お母さん、疲れてるのよ。少し休んだら？」

「そうね……。少し旅行でもしようかしら」

「それがいいよ」

と、宏枝は細川を見て、「お父さんとさ、再婚旅行に出たら？」

「聞いたことないね」

と、細川が笑う。「――うん、こののり巻きは旨《うま》い」

「あら、私と朋哉、二人だけだって大丈夫よ。ねえ？」

「うん。お姉ちゃんがいりゃ、怖いもんないさ」

「あんた、それどういう意味よ」

と、宏枝は朋哉をつついてやった。

「――でも、本当に旅行でも。ね、あなた。四人で一緒に」

「ああ、いいな。そう遠くじゃなくても。学校の休みにうまく合わせて。休暇なら、いつでも取れるさ」

「あら、お邪魔じゃないの？」

と、宏枝が冷やかす。「弟か妹がふえてもいいわよ、何なら」

「変なこと言わないで」

と、加津子が赤くなった……。

「――じゃ、行くよ、僕。午後、二番目だからね、騎馬戦」

「しっかりね」

と、宏枝は言って、駆けて行く朋哉を、「ちょっと待って!」と追いかけると、

「私、騎馬戦が終わったら、あっちに戻るからね」

と、言った。

「うん。ごめんね」

「今回限りのサービスよ」

宏枝は、ポンと弟の肩を叩《たた》いた。「落とされないで、頑張って!」

「任しといて!」

朋哉は元気よく言って、駆けて行った。


「――ドキドキしたよ」

と、香が言った。

「ごめん。でも、ちゃんと間に合ったでしょ」

宏枝は、軽く足踏みしながら、言った。

父と二人で、タクシーで戻って来た時、ちょうど、リレーの選手が集合をかけられているところだった。あわてて着替えて、辛《かろ》うじてセーフ。

トラックへ出ると、宏枝は大きく深呼吸をした。

爽《さわ》やかな空気が、胸を満たす。――力一杯走ってやろう、と宏枝は思った。朋哉にゃ負けられない。

「前の走者までに、あんまり差がつかなきゃ、勝てるね」

と、香が言った。

「たぶんね。――転んだりしないようにしなきゃ」

「お宅のお父さんは？」

「どこかあの辺よ」

と、宏枝は父母席を指した。

「あれかな？――ね、宏枝」

「うん？」

「お母さんじゃない、あれ」

「え？」

まさか！　でも――父母席を見た宏枝は、本当に母が父と並んで手を振っているのを見て、目を丸くしたのだった。

しかも、朋哉までいる！

宏枝は、あわてて駆けて行った。

「ちょっと！　どうしたのよ？」

「聞いたわよ、朋哉から」

と、加津子が言った。「無茶なことして！」

「だけど……運動会は？」

「早退したんだ」

と、朋哉が言った。「もう出番ないし、先生にわけを話して」

「呆《あき》れた！」

「お姉ちゃん、転ぶなよ」

「誰が！　見てらっしゃい」

宏枝は笑って、選手の集合場所へと戻って行った。

「――大きくなったもんだ」

と、細川は言った。

「そうね。親がもたもたしてる間に、子供は追い越して行くわ」

「のんびり行くさ、こっちは。――なあ」

「ええ」

加津子が肯く。

「――ほら、始まるよ！」

と、朋哉が言った。「お姉ちゃん、アンカーだ」

リレーが始まった。宏枝は赤のアンカーで、赤いトレーナーを着て、順番を待っている。

二人目、三人目、とレースは進んで、赤は三位。でも、あまり差はなかった。

さすがに生徒も歓声を上げ、盛り上がって来る。

宏枝の番が来た。バトンの受け渡しも素早く、宏枝は飛び出した。

「――お姉ちゃん！　頑張れ！」

朋哉が飛び上がって、声援する。「抜け！」

宏枝は、一人抜いて二位に上がり、さらにもう一人に迫って行く。ワーッと声が上がった。

加津子は、ちょうど目の前を宏枝が駆け抜けるのを見た。宏枝は、かつて加津子が青春を駆け抜けた、同じ速さで、風のように吹き抜けて行った。

「やった！　抜いた！」

朋哉の声に、ゴールの方を伸び上がって見た加津子は、テープを切る宏枝の姿を、涙でにじんだ視界の中で、やっと見分けたのだった。

良い子になって「ご馳走《ちそう》様！」

大林宣彦《のぶひこ》

昔、むかし、「ウエルメイド」というものがあった。

例えば、クリスマスが近くなると上映されるアメリカ映画の美しい看板などに、「ウエルメイド」という文字がとても大切なもののように、丁寧《ていねい》に書かれていたりした。

その文字を目にする度に、まだ子供だったぼくは、何故《なぜ》だか偶《たま》の日曜日、家族そろって出掛けたデパートのレストランで飲ませて貰《もら》える、「ミルクセーキ」を想《おも》い出した。

「ミルクセーキ」を飲むというのは、ちょっと怖《おそ》ろしい程の贅沢《ぜいたく》だったが、この贅沢だけは許されてよいものなのだ、と子ども心に信じていた。

何故ならそこでは、大人も子どもも、皆、みんな、世にも幸福な顔をしていて、この何でもない一日を、生涯《しょうがい》の中での特別な一日にしようと、誰もが一所懸命努力している、そんなふうに思われたからだった。

『別れ、のち晴れ』という、この一冊の書物は、ぼくに久びさに、あの遠い昔の「ミルクセーキ」を想い出させた。そして、そうだった、「ウエルメイド」とは、正しくこういう味わいのものだったなあ、と独《ひと》り言《ご》ちた。

昔、むかし、まだほんの子どもでとても幸福だった頃《ころ》、家族そろってよく出掛けたレストランに来てみると、そこにはやっぱりあの頃と同じように、頭の禿《は》げた人の好《よ》さそうなタキシード姿のおじさんがいて、しかもこのおじさんがなかなかの人生の智《ち》恵《え》者で、傷ついた主人公の少女の心に勇気と希望とを甦《よみがえ》らせるよう、素敵で洒落《しゃれ》た言葉を投げ掛けてくれる。

そんな小さな挿話《そうわ》が大切に、丁寧に描かれていたり、お母さんを攫《さら》ってしまいそうだった小悪党のお兄さんが、聡明《そうめい》な少年の前で精いっぱい、ヒーローとなって死んでいったり、お父さんを想い詰めて自殺するかも知れないお姉さんが現われて、恋するということの素晴しさや怖ろしさを教えてくれたり。

そして、大団円はもう信じられないほどのドタバタ喜劇！

ぼくはもう、本当に子どもの頃のように、うっとりしたり、ハラハラしたり、わああ泣いたり、ひっくり返って笑ったり、――そして、神様、どうかこんな面白い物語を、永遠に終らせないで下さい、と祈りながらこの書物を読み進めて来たのだ。

とりわけラスト、別れていたお父さんとお母さんとが再び一緒になり、家族四人そろっての体育祭。「お姉ちゃん！　頑張れ！」と叫ぶ少年の声の中、少女は少女らしく「風のように吹き抜けて」テープを切った。

その時ぼくは、知らぬ間にきっちり膝《ひざ》をそろえ、坐《すわ》り直してこの本を読んでいた。

そうなのだ。「ミルクセーキ」を飲むという贅沢が許されるには、子どもはお行儀良く、良い子にならなければならないのだった。

昔、むかしの「ウエルメイド」は、信念を持つ大人が精魂こめて作り上げたものだった。この書物が類稀《たぐいま》れな美しい、愛《いと》しい、そしておいしい「ミルクセーキ」に仕上ったのは、ひとえに赤川次郎さんの「信念」の賜物《たまもの》である、とぼくは思う。

それでは、赤川さんの「信念」とは何か？

それは、みんなそろって幸福になろうね、という願い、あるいは約束、であるだろうとぼくは思う。

「ミルクセーキ」のようだという赤川さんの小説が、決して甘くて口当りがいいだけの読み物に終らないのは、その「信念」の故《ゆえ》だろう。

例えば、赤川さんの小説には、いわゆる悪人が出て来ない。どこかで間違えたり、それ故に不幸になった人物はいるが、根っからの悪い人は登場しない。

これをもって甘いという人は、他人に対する思いやりが無い人だ。赤川さんの小説の美質は、すべての登場人物への、作者の思いやりの視線があることだ。

それはつまり、赤川さんが傷、というものに対して、とても鋭敏な人だからだろうと思う。

人間というのは悲しいもので、常に傷つけ合う。いや、傷つき合うといった方がいいのかも知れない。それも心から大切にしたい、そういう人に対して誠心誠意尽くしたつもりが、かえって相手を傷つけてしまう。

それは結局、ひとりひとりは違う人間であり、お互いの幸福観もまたまったく違うから。

でも、人間というものが素晴しいのは、傷つき合うから、許し合う。許し合うから、愛が生まれるのである。

そういう、傷つき合って、許し合って、愛が生まれていく様を描いたものこそが、じつは「ウエルメイド」なのだ。

心をこめて、相手を思いやる。その優しさが、いたわり合う心が、「ミルクセーキ」のような類稀れなおいしさを生み出していくのである。

そしてそれを飲めば、みんなで幸福になろうね、という約束を結ぶわけで、だから勇気づけられもし、自ら良い子になろうと決意もするのである。

赤川さんには、そういう優しさを醸造し得る、人間に対する鋭い観察眼がある。だからこそ永遠の良い子になるべき、本当の大人の「ウエルメイド」の作品を作り出せるのである。

昔、むかしの「ウエルメイド」の映画は、みんなそうだった。面白くて為《ため》になった。映画は、智恵の果実だった。

その頃のおいしい「ミルクセーキ」を自ら飲んで幸福に育った赤川さんが、いま書物という形を借りて生み出しているものは、まるでいつか見た映画のようだ、とぼくには思われる。

それが証拠に、赤川さんがこの書物のすこし前にお書きになった『ふたり』という物語からぼくが映画を作ってみたところ、本当にいつか見た「ウエルメイド」の、「ミルクセーキ」のような映画に仕上った。

そしてその時、じつはぼくは、赤川さんの「信念」を確認したのだった。そしてそのことにとても共感し、ここに同志がいた、と信じ得た。

それは、かつて子供の頃「ミルクセーキ」を飲んだものが、大人になって果す責任、その自覚のありよう、といってもいいものだった。

赤川さんはその自覚の上での同志だが、このわが同志は天才である。そこのところが、ちょっとぼくとは違う。

だからぼくはまず、赤川さんのよき読者として、たくさん「ミルクセーキ」を飲ませて貰い、時どきはその一杯を映画にさせてほしいと願っている。そのことによって、ぼく自身、良い子になりたいと願っている。

この一冊などは、正にそういう書物なのだ。

そんなわけで、きょうは一言「ご馳走様」と。なにしろぼくはいま、とても「良い子」で「幸福」なのだから。……

（一九九三年三月刊・新潮文庫より再録）

本書は1993年3月新潮文庫より刊行されました。
なお、本作品はフィクションであり実在の個人・団体などとは一切関係がありません。

徳間文庫

別《わか》れ、のち晴《は》れ

2018年7月15日 初刷

著者 赤《あか》川《がわ》次《じ》郎《ろう》

発行者 平野健一

発行所 株式会社 徳間書店

〒141-8202
東京都品川区上大崎三-一-一
目黒セントラルスクエア

電話 編集〇三(五四〇三)四三四九
販売〇四八(四五一)五九六〇

振替 〇〇一四〇-〇-四四三九二

印刷 製本 株式会社 廣済堂

ISBN978-4-19-894366-0 (乱丁、落丁本はお取りかえいたします)